文春文庫

ひとめぼれ

畠中恵

文藝春秋

目次

八木家

八木清十郎
やぎ せいじゅうろう

麻之助の幼馴染みの色男。父親・源兵衛逝去で町名主を引き継ぎ、お安に結婚を申し込んだ

← 死んだ父の後妻 →

お由有
おゆう

清十郎の父親・源兵衛の後添い。麻之助からの幼馴染みで、かつて麻之助が淡い恋心を抱いていた

↕ 夫婦

親子 ↓

お安
おやす

地味だがしっかり者で、適切な返事が返せる出来た妻。存外度胸が良く、清十郎から頼られっぱなし

幸太
こうた

麻之助にもなついているが、じき奉公を考える年頃に

一目おいている

両国の貞
りょうごくのさだ

両国界隈で若い衆を束ね、顔役のようないなせな男。吉五郎に男惚れし、勝手に義兄弟を名乗る

→ 手下 →

両国広小路の人々
りょうごくひろこうじのひとびと

貞のところに集う遊び人たち

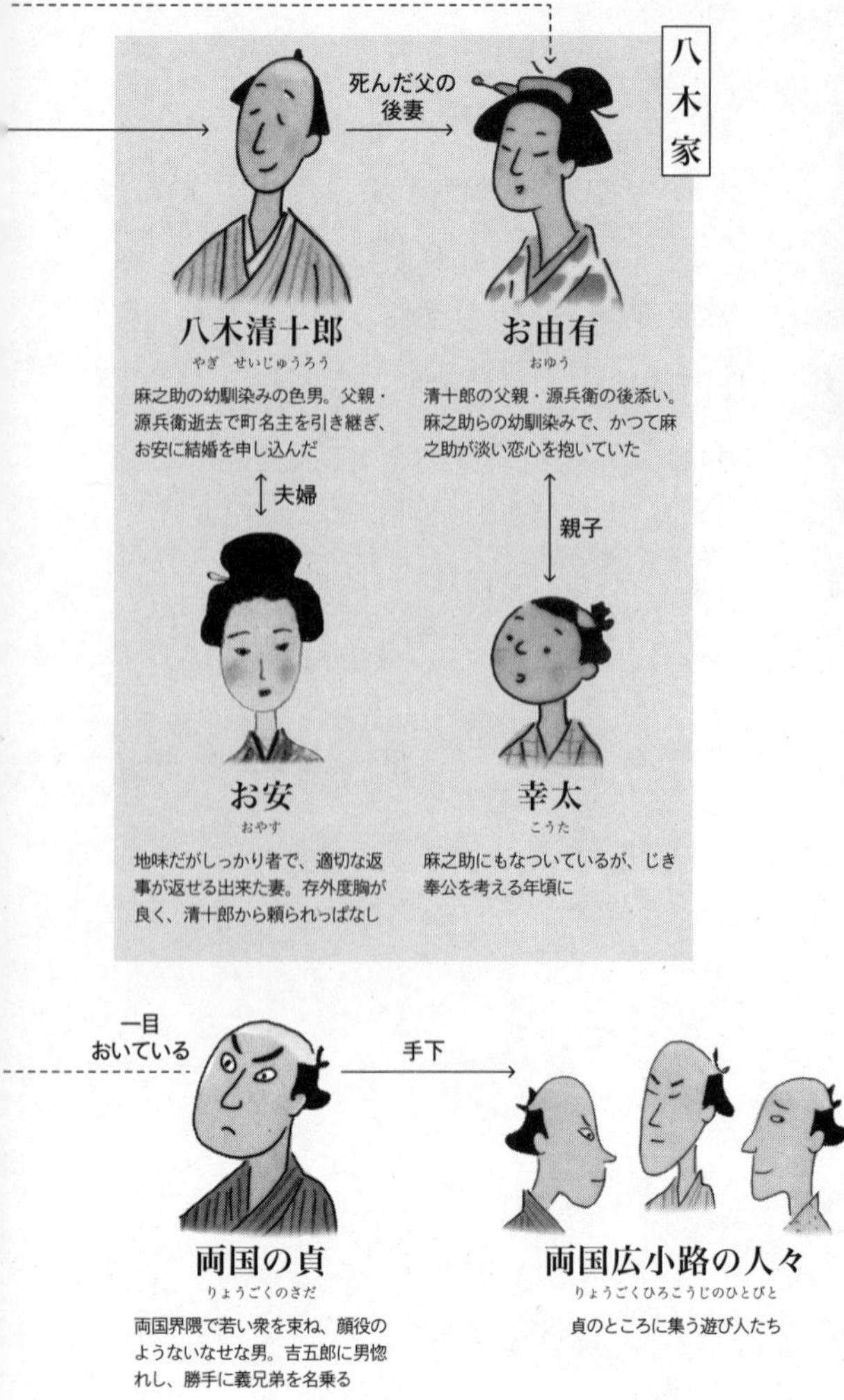

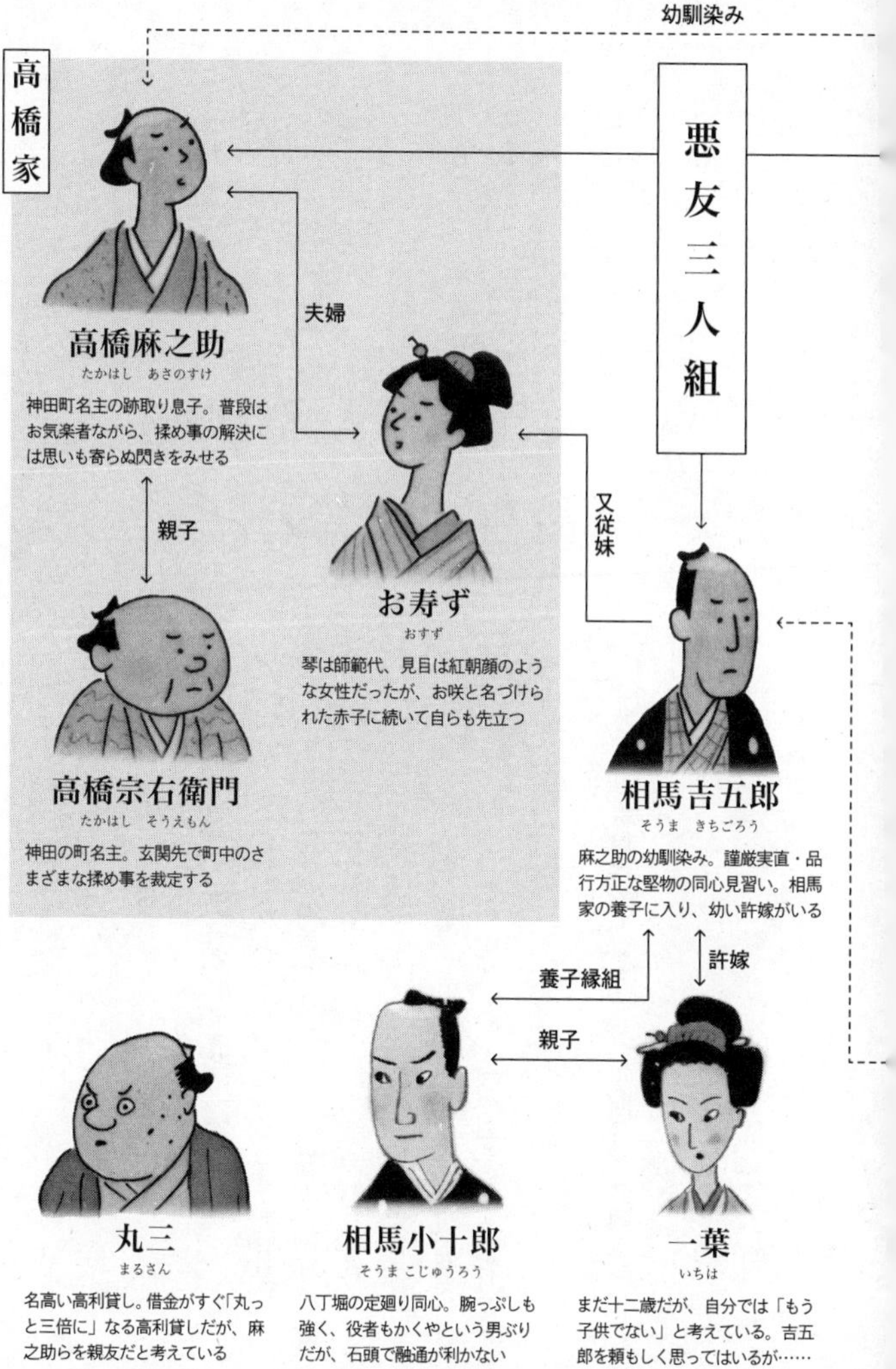

幼馴染み

悪友三人組

高橋家

高橋麻之助
たかはし あさのすけ
神田町名主の跡取り息子。普段は
お気楽者ながら、揉め事の解決に
は思いも寄らぬ閃きをみせる

夫婦

お寿ず
おすず
琴は師範代、見目は紅朝顔のよう
な女性だったが、お咲と名づけら
れた赤子に続いて自らも先立つ

親子

高橋宗右衛門
たかはし そうえもん
神田の町名主。玄関先で町中のさ
まざまな揉め事を裁定する

又従妹

相馬吉五郎
そうま きちごろう
麻之助の幼馴染み、謹厳実直・品
行方正な堅物の同心見習い。相馬
家の養子に入り、幼い許嫁がいる

許嫁

養子縁組

親子

丸三
まるさん
名高い高利貸し。借金がすぐ「丸っ
と三倍に」なる高利貸しだが、麻
之助らを親友だと考えている

相馬小十郎
そうま こじゅうろう
八丁堀の定廻り同心。腕っぷしも
強く、役者もかくやという男ぶり
だが、石頭で融通が利かない

一葉
いちは
まだ十二歳だが、自分では「もう
子供でない」と考えている。吉五
郎を頼もしく思ってはいるが……

初出誌『オール讀物』
「わかれみち」　二〇一五年九月号
「昔の約束あり」　二〇一五年一二月号
「言祝ぎ」　二〇一六年三月号
「黒煙」　二〇一六年六月号
「心の底」　二〇一六年九月号
「ひとめぼれ」　二〇一六年一二月号

単行本　二〇一七年四月／文藝春秋刊

ひとめぼれ

イラストレーション　南伸坊

わかれみち

1

煙管《きせる》が部屋を飛んで、頭に当たって跳ねたとき、麻之助《あさのすけ》には分かった事があった。

この世には、うっかり近寄ってはいけないものが、確かにあるのだ。

今日、眼前に集った客人方も、そういう御仁であった。ことに、この屋敷の主、札差《ふださし》の大倉屋《おおくらや》など、一に剣呑《けんのん》な御人に違いない。

(ああ、家で猫のふにを抱き、のんびり団子を食べていたかった)

だが……何故だかこの立派な部屋へ来て、うっかり溜息をつき、煙管を頭に喰らってしまっているのだ。

麻之助は、開け放った襖の向こうで話している、四人の大人達へ目を向ける。

(他の三人だって……どうやったらこんなに物騒な御仁ばかり、集められるんだろう)

両国橋の盛り場で名を知られる親分の、大貞《おおさだ》。高利貸しとして知る者の多い、丸三《まるさん》。そして、怖い同心として、知る人ぞ知る相馬《そうま》小十郎《こじゅうろう》。その三人が、麻之助の眼前に並んでいたのだ。

思わず、止められない溜息がまた漏れたら、大貞が聞き逃さず、もう一度煙管を投げて寄越した。


八木清十郎《やぎせいじゅうろう》の義母、お由有《ゆう》の父である大倉屋は、娘に甘く若造には厳しい、物騒な父親の一人であった。

そして大倉屋はかつて一度、娘が不幸な出来事にみまわれた時、周囲の面々に、雷を思い起こさせた事があった。

麻之助がまだ若かった頃の話で、あの頃麻之助は、大倉屋には敵《かな》わないと感じていた。何故ならこの父親は、一度癇癪《かんしゃく》を破裂させておきながら、娘の為、その怒りを押さえたのだ。

稲妻を四方へ飛び散らせるだけの者より、怒りを制する男の方が、大きく思えた。当時十六であった麻之助には、まだ出来ない技であったからだ。

そうして雷親父がひたすら娘を守った事で、若かりしお由有を苦しめた件は、何とか幕引きが出来た。いや、その筈だった。

ところが。

あれから何年も経った今、当時の厄介事が、急に蒸し返されたのだ。大倉屋から怒りを向けられ、お由有の前どころか、二度と江戸へも現れないと誓った筈の男、横平屋《よこひらや》の達三郎《たつさぶろう》が、舞い戻ってきたのだ。

(何年か過ぎれば、結末も変わると思ったのか。都合良く、色々忘れる事にしたのかね)

確かに、時と共に変わるものもあると、麻之助も思う。例えば麻之助は今、腕っ節に覚えのある大人になった。よって、上方から戻った阿呆の顔を見たら、拳《こぶし》を握りしめると思う訳だ。

そして、変わらぬものもあった。お由有の父、大倉屋は今でも怒っており、今回も勿論、真っ先に動いたのだ。

(いや今回の大倉屋さんは、前の時とは、ちょいと違うかな。今回は、遠慮する気などなさそうだ)

大倉屋は、夫を失った為、またしても達三郎に目を付けられた娘へ、まずは縁談を勧めた。お由有は息子幸太《こうた》を守ろうと、大倉屋の番頭四郎兵衛《しろべえ》と、疾《と》く縁組みを承知したのだ。

そして大倉屋は次に、達三郎の頭の上で、雷鳴を鳴り響かせる事にしたらしい。麻之助、清十郎、吉五郎《きちごろう》の三人はある日、大倉屋の店へと呼ばれた。そして店先で、同じく呼ばれたという、両国の貞《さだ》と行き会った。

「あの……何でおれが、わざわざ札差さんの店へ、呼ばれたんでやしょうね？」

貞は、両国で若い面々を束ねている顔役だが、確かに日頃、札差との付き合いがあるとも思えない。つまり麻之助達にもとんと、訳は分からなかった。

（大倉屋さんは、この後どう動く？　今日は一緒に、貞さんも呼ばれてる。まさかとは思うけど、喧嘩でもする気なんだろうか？）

だが。

大倉屋の雷鳴は、麻之助が思っていたやり方とは、少し……いや大分、違った。

手代に伴われ、広い店先から大倉屋が暮らす奥へ案内されると、麻之助達は直《す》ぐに気を引きしめた。八畳を二間、広く開け放った部屋の片方に、四人の男が集っていたからだ。皆は急ぎ、手前の部屋の隅に座る。

まずは大倉屋に目が行った。次はその右に、両国橋の大親分大貞がいるのが分かった。その横には、名の通った高利貸し、丸三がいる。そして上座には何と、融通が利かない事で知られる同心にして、吉五郎の義父、相馬小十郎が来ていたのだ。

（うわぁ、これは）

皆、何故だか厳しい顔つきをしており、総身からぱちぱちと、火花が散っているかのように思えて、麻之助は思わず、小声を漏らした。

すると、大貞がそれを聞き漏らさず、手にしていた煙管を、麻之助の頭へ投げつけたのだ。こんっと、小気味の良い音がした。

「うっ……」

小十郎は顔つきも変えずそれを見ており、側で吉五郎の顔が堅くなる。貞も、親の大貞がいるとは思ってもいなかったようで、思わず背筋を伸ばしていた。

そして清十郎は、年上の友、丸三の登場に、唇を引き結んだ。丸三は、友として過ごすには良い相手だが……名の通った高利貸しには、怖い顔もあると知っている。

(剣呑な御人達が集まっているね。大倉屋さん、一体何をする気なのかしらん)

お由有の為に。

すると。ここで大倉屋が、まずは若い四人へ言った。

「これから私達は、横平屋さんの件を片付ける為、話し合いをする。何をやるか、誰をどう動かすか、四人はよく見ておきなさい」

何で呼ばれたのか一瞬で分かり、集っていた若い面々は、歯を食いしばった。麻之助は思わずふにの姿を探したが、大倉屋にふにがいる訳もない。

麻之助、清十郎、吉五郎、それに貞という若手の面々は、今日ここで、大事が起きた時の、始末の仕方を覚えねばならないのだ。

（うわぁ、どうして急に、鍛えられる事になったのかしらん）

遊ぶ方が好きだようと思う端から、その事情は直ぐ、麻之助の頭に浮かんだ。簡単で単純で、逃げられない話であった。

（江戸の町で、お裁きをして町と町人を守ってくれるのは、勿論町奉行所だけど）

だが。

廻り方同心達の数は、三廻り合わせても、三十名にも満たないのだ。その人数で、広い広い江戸市中の揉め事を、全て引き受ける建前になっている。

（だけど、その数で、さばききれる筈もないんだ。例えば、さ。吉五郎一人が出来る事は、限られてるもの）

となれば、後は岡っ引き達が走り、町役人《ちょうやくにん》達も頭を悩ませ、皆で、町を保ってゆくしかない。

（でも私ら町役人は、十手を振りかざして、ご用だと言う訳にはいかないもの。それでも何とか、しなけりゃいけないんだよなぁ）

いや町役人達だけでなく、例えば大親分と呼ばれる大貞なら、縄張り内の事は、収めねばならないだろう。大倉屋や丸三のような分限者《ぶげんしゃ》は、例えば火事になったとき、大水が出たとき、その町で当てにされる。

そして武士である小十郎とて、町人の暮らしと、日々の仕事以外にも縁があった。八丁堀の者達は代々、大名家や大商人と繋がりを持ち、奉行所の仕事の他に、そういう家からの頼まれ事をこなしてきたのだ。

他の御家人達より、裕福な暮らしをもたらしてくれる縁は、しばしば厄介事を連れて来るものらしい。つまり。

表向き、やるべきと決まっている勤めだけでなく、大人達が、それとなく補わねばならない事が、江戸の世には満ちているのだ。麻之助はゆっくりと頷いた。

(成る程。そして、そういう仕事はいずれ、次の代へ受け継がれねばならないって事だ)

しかし今回のように、大倉屋などの大物四人が集まり、事に当たる機会は、多くはないのだろう。だから大倉屋は、娘のお由有が関わる件ではあるが、わざわざ若手を店へ呼び、その始末を見せる気なのだ。

いつか大倉屋達がいなくなったその時、事を託せる者を、ちゃんと用意する為に。そして、ここにいる者と大倉屋の縁を、作っておく為に。麻之助は肩へのしかかる重さを感じ、一瞬唇を結んだ。

そのやり方は、今回、事を思うように始末してみせるという、大倉屋の自信のようでもあった。

（うわぁ……こりゃ、お気楽な顔をしてたら、たちまち煙管が飛んでくる筈だ）

麻之助は、なるようになるさという毎日が、大好きであった。まだ、猫のふにと遊んでいたいよと、真剣に思っている。いくら大人になったとて、自分からそういう所が消えるとは、さっぱり思えなかった。

その上、今日一回、諸事を心得た大人達の話を聞いたところで、大倉屋達四人と、同じような采配が、すぐに出来る筈もないと思う。情けなくも、思う。

しかし。それでも受け継がねばならない事があると、分かってしまうのだ。

（参ったね、こりゃ）

だから尻っぱしょりをして、この場から逃げ出したい気持ちを、何とか抑えてみた。

（でも、何かを背負うのは……怖いよう。もう少しだけ、遊んでいたいし。もう少しだけ）

いや多分、すぐに若造達が変わらない事くらい、ここにいる面々も分かっているのだ。時がかかると知っているから、そろそろと次にやる事を見せ、心構えを促しているに違いない。

明日になれば麻之助達が、また盛り場の店を、冷やかしに行くと承知していても。それでも、今日は怖い顔を、若造達に見せておく気なのだ。

（おとっつぁん達は、いつ、こういう扱いをされたんだろう）

思わず腰が落ち着かなくなり、また煙管を喰らいそうで怖い。するとここで、大倉屋のきっぱりとした声が、麻之助の耳に聞こえてきた。

「皆様もご存じの通り、この大倉屋はかつて横平屋の達三郎と揉め、あの男は上方へ去りました。なのにあの男、懲《こ》りずに戻ってきたようでして」

よって達三郎を再び上方へ追い返し、今度こそ二度と、江戸へは戻れないようにしたい。そして今回は、また息子を江戸へ迎え入れた横平屋にも、事の責任を取らせたいと大倉屋は言った。

以前息子が何をしたか、重々承知しているのに、馬鹿息子へ力を貸したからだ。今回甘い顔をしたら、また、勝手を繰り返しそうだと思う故だ。

「あの横平屋は、上方の家の出でしてね」

横平屋は江戸店を分家してもらい、江戸で主となった者のようで、内福《ないふく》であった。近江にある本家筋は、一段と財持ちとの話だ。

「だが、ここは江戸だ。上方者の勝手にはさせん。皆さん、どうか力を貸して頂きたい」

大倉屋は、小十郎達三人へ頭を下げると、いつか必要があれば、今日の御返礼に喜んで力を貸すと言う。麻之助達は、素早く目を見交わした。

（それが助力への、札差の支払いか）

札差は大金持ちだが、こういう時、そんな札差へ力を貸せる面々への礼は、金ではない。いや、金なんぞでは無理なのだ。

（これもまた、覚えねばならないことの一つなのかしら）

麻之助は小さく頷く。

（怖いねえ。ああ、お寿《す》ず、ふにを早く抱きたいよ）

麻之助が顔を益々強《こわ》ばらせている間に、大倉屋達は、これから何をどう進めてゆくか、話しあいを始める。

若手四人は、急ぎ筆と紙を取り出し、僅かに身を前へ乗り出した。

大倉屋達のやり方は、かなり力業で、かつ、無駄がなかった。札差が目を向けたのは、意外にも上方にある、横平屋本家の商いだった。

2

気がつけば、疾く、日も月も移っていく。

そして今日、麻之助と清十郎は、相馬家を訪ねていた。

清十郎の義母であったお由有の件で、相馬小十郎にも大層世話になった。よって二人は時候の挨拶に、届け物を持って八丁堀へきたのだ。

「清十郎、町名主《まちなぬし》なら、こういうご挨拶の為、あちこちへ伺ってるんだろうねえ」

まだ跡取り息子である麻之助とは違い、もう両親の代がいない清十郎は、色々大変に違いない。藁苞《わらづと》入りの卵を抱えた麻之助が、友へ言葉を向けると、笑い顔が返ってきた。

「今はしっかり者の妻、お安《やす》がいるんで助かってるよ。今日のお届け物に、素麺《そうめん》を選んだのもお安だ」

八丁堀にある同心の組屋敷は、どこも似た作りで、通りから木戸門の内へ入れば、左手に、人に貸している長屋があったりする。相馬家にも貸家があり、屋敷の玄関はその先であった。

すると。あっさり玄関へ伺う筈が、二人は門の所で、立ちすくんでしまった。目の前を右から左に、人が飛んで行ったのだ。

「へっ？」

人影は玄関の方から長屋の陰へ、吸い込まれていった。麻之助と清十郎が、思わず顔を見合わせた時、誰かの足音が、脇の木戸の方へ遠ざかってゆく。

「清十郎、今、妙なものを見た気がするんだけど。飛んでったのは、誰なんだろうねえ」

お気楽者で、悪たれと言われている麻之助だが、空を飛んだ事はない。

「落ちたら、痛いと思うんだけど」

清十郎は素麺を抱え、青ざめていた。

「麻之助、つまりは誰かが今の御仁を、放り投げたんだよな？　あたしは、誰がそんな事をしたのかってぇ方が、気になるぞ」

八丁堀同心の屋敷内へ入り込み、勝手をする者がいるとは考えにくい。つまり。

（もしかして、御当主小十郎様が、投げ飛ばしたのかね）

その言葉を口にするのも憚《はばか》られ、清十郎と共に、長屋の陰を恐る恐る覗き込んだ。すると地面に転がっていたのは若い侍で、麻之助達より少し年下に見える。

「おんや、知らない顔だ」

誰だろうと首を傾《かし》げた所で、ふと首筋の毛が逆立つ。麻之助は腹に力を込め、そろりと振り向き……急ぎ笑みを浮かべた。

「これは小十郎様、お久しぶりでございます」

麻之助が小十郎へ、先だって大倉屋でお会いして以来だと、精一杯、礼に適《かな》った所作で挨拶をする。相馬家の当主は、四十程の歳にしては驚く程、涼しげな面であったが、怖い人柄で名を馳せているのだ。

麻之助はつい、要らぬ事まで考える。

（そのお人柄のせいで、吉五郎が相馬家へ養子に入ったとも、言えるよねぇ）

小十郎の妻女は早くに身罷《みまか》っており、子は娘の一葉《いちは》のみだ。その為か、相馬家の親戚らは始め、後妻をせっせと探した。しかし縁がまとまらぬので、今度は先々一葉の婿となり、相馬家を継ぐ養子候補を探したらしい。

八丁堀の与力同心は、諸方からの付け届けが多く、禄の割りには裕福な暮らしぶりだ。だから親戚筋の息子で、継ぐ家のない次男、三男にとって、相馬家は良き養子先である筈なのだ。

ところが、たった一人いればいい養子が、なかなか決まらなかった。相馬家で、仮に暮らし始めた若者はいたのだが、何度も話が流れてしまったのだ。麻之助は深く頷く。

(この小十郎様と、同心屋敷で暮らすんだもの。そりゃ、大変だろうさ)

やがて随分遠縁の吉五郎にまで、話が回った。友が相馬家へ入り、小十郎とぶつからず、無事同心見習いとなった時、周りは心よりほっとしたのだ。

そして。

「おや、吉五郎が、いたのか」

気がつけば小十郎の背後に、珍しくも顔を強ばらせた友の姿が現れたので、麻之助は片眉を引き上げる。

(吉五郎がいたのに、庭で人が飛んだのか。あいつでも、義父殿を止められなかったのかね。それとも投げたのは、他の者なのか)

どちらにしても大事《おおごと》だが、小十郎は長屋脇の庭で、目を回したままののんき者に、目もくれない。清十郎も挨拶にきた旨を述べ、とにかくきちんと頭を下げた。

するとと小十郎は、横たわる男を放ったまま、麻之助達を屋敷へといざなった。


小十郎は案の定、魂消《たまげ》る程不機嫌だった。

八畳の客間にて、麻之助達が挨拶の品を差し出すと、受け取ってはくれたものの、愛想など欠片《かけら》も無い。あげく小十郎は吉五郎へ、庭に転がっていた男を、何とかしろと言いつけたものだから、友三人は早々に席を立ったのだ。

吉五郎は麻之助達の手を借り、目を覚まさない男を、急ぎ屋敷から連れ出した。途中道で、何事かと、行き交う人々の目が向いてくる。八丁堀の西側を流れる細川を渡り、何とか一番近い木戸番小屋へ男を運び込むと、三人は、ほっと息をついた。番太郎に、ちょいと番屋脇の店へ行っていてもらい、小屋の板間へ座ると、肩から力が抜ける。

「おい吉五郎、このお武家は誰なんだ？」

麻之助が問うと、吉五郎は渋い顔で、板間に寝転がった男の名を告げた。

「この御仁は、山本又八郎《やまもとまたはちろう》殿と言ってな。定廻り同心、山本伊蔵《いぞう》殿の息子だ。いや違うな。これから山本家へ、養子に入るお人だ」

「これから、なのか？」

清十郎が目をしばたたかせる。跡取りがおらねば、養子を貰うのはよく聞く話で、吉五郎とて養子だ。なのに、何か引っかかる言い方をしたので訳を問うと、吉五郎は又八郎の少々変わった立場を告げた。

「おやま、そのお人、何と町人の生まれか。商家から、町方同心の家へ養子に入るとは、珍しいな」

又八郎の親御は、余程裕福な者なのだろうと、麻之助が口元を歪める。

「八丁堀の同心株は、並の御家人株より随分高かろう。幾らなのかは知らないが」

昨今、低い武家の身分が、売り買いされているのは本当の事だ。御家人株の値など、堂々と噂されており、麻之助達でも知っている。

ただ、野菜や魚ではあるまいし、店で売っている訳ではなかった。武家身分を買う者は、内々に持参金として大枚を払い、武家の養子になるのだ。そうやって跡取りとなり、家を継いでゆくという形を取った。

一方、八丁堀の与力同心は、禄の割りには裕福であったから、血筋を金で譲り渡す話を、麻之助はまだ聞いた事がない。養子を取る時も吉五郎のように、縁者から迎えているように思っていたのだ。

麻之助は、又八郎を見て首を傾げる。

「何で山本様とやらは、急に町家から、養子を迎える事にされたんだい？」

吉五郎は横で溜息をついた。

「実はな、山本殿には、遅くに生まれた跡取りがおられた。その人が、病になったのだ」

悪くなる一方だったので、山本は何とか助けたいと、医者を連日呼んだ。しかも必死の思いからか、駕籠に乗る、酷《ひど》く高い医者に頼ったのだ。よって三十俵二人扶持の家は、あっという間に、借金にまみれてしまった。

「おまけに、いくらその医者に診せても、一向に良くならなんだ。だから……じきに周りは、無理をするなと諫《いさ》めたんだ」

確か小十郎もあの頃、医者を変えてはどうかと言った筈だ。しかし山本は、上司や同役の忠告を聞かず、借金は重なっていった。

そして。気の毒にも息子が亡くなると……山本は、周囲の皆が嫌がる事をした。忠告を逆恨みし、わざとやったのではないかと、八丁堀では言われているらしい。

「つまり山本殿は、定廻り同心の家を売り渡す事にしたのだ。実際そうでもしなければ、返せない程の借金があるらしい」

それで持参金付きの養子を、勧める口入屋がいたのだ。

しかし同心は、軽くこなせる勤めではない。心得ねばならぬ事も多い役目故、親族らは顔を顰《しか》めた。だが、町人からの養子を止め切れなかったのは、山本家の借金を綺麗に出来る者が、いなかったからだ。

そして、大枚を出しても養子になりたい者は、直ぐに現れた。

「金を出したのが、高須屋治兵衛《たかすやじへえ》だ。又八郎殿の親御だよ」

高須屋は酒屋で、又八郎は五人兄弟の末っ子だ。そして、何とも甘ったれに育っていた。

「親は一度、末息子を、居酒屋の主として、分家させていた。ところが」

又八郎はあっという間に、その店を潰してしまったらしい。

「又八郎殿は、料理は結構出来るみたいだな。だがそれ以外は、親の店から来た奉公人任せにし、店が傾いてしまったのだ」

親が気づいた時は、遅かった。又八郎の店はなくなり、三人の奉公人らは暇を出された。

「それで商人は無理だ、今度は武家にしようという話になったのか？」

清十郎は、店一軒潰しておいて、よく養子に入る金があったものだと呆れている。麻之助は苦笑を浮かべ、首を傾げた。

「又八郎様だが、町方同心の家へ、いきなり養子に入って、やっていけるのかしらん」

まあ、養子に貰うのは同心の山本で、諸事は義理の親が教えるだろう。しかし、だ。

「一朝一夕には、身につかない事だってあるよな？」

例えば自分が又八郎の眼前で、団子を盗んだとしても、捕まらない気がすると麻之助が言う。吉五郎が頷き、眉間に皺を刻んだ。

「確かに無理だな。この又八郎殿、武芸の腕がさっぱりなのだ」

定廻り同心と言えば、いざとなれば小者《こもの》と共に、罪人を召し捕らねばならない立場であった。日々の見回りの途中、町中での喧嘩に、割って入る事も多い。腕っ節でごろつき相手に負けては、大いに拙《まず》かった。

麻之助達三人は、揃って眉間に皺を寄せる。

「やっとうの心得が無い同心かぁ。そいつは直ぐ、江戸中に知れ渡るだろうな」

町人は、確かに刀は持たないが、短刀などの刃物は手に出来る。このままでは刀を差した同心が、短刀を持つ町人に、あっさり斬られかねない。吉五郎は仏頂面で、声をぐっと低くした。

「そんな事になったら、不心得だとして、山本家は絶家になりかねぬ」

実は山本も、さすがに心配になったらしい。

「それでな、先般義父上《ちちうえ》に、又八郎殿を鍛えて欲しいと頼んで来たのだ」

小十郎は八丁堀同心の中でも、目立って腕が立つ一人なのだ。しかも厳しい人柄ゆえ、甘やかされてきた又八郎も、相手が小十郎であれば、馬鹿はやらぬに違いない。だから同心見習いになる前に、又八郎を預かり一人前にして欲しい。山本はそう言って小十郎へ、生きた困りごとを押しつけてきた。

「だが義父上は、一度は断った」

小十郎は、山本の勝手に眉を顰めていた。だから、町方から刀の使えぬ養子を取るのなら、己で最後まで面倒をみろと、突き放したという。

ところが。

小十郎に断られると、山本はまた無茶をした。何と上役の知り合いへ金品を渡し、又八郎の件へ、口利きを頼んだのだ。

「山本殿は、与力からの頼みという形にして、又八郎を義父上へ預けた」

「うへっ。それで、小十郎様が不機嫌なのか」

あの小十郎相手に無茶をしたものだと、麻之助と清十郎が顔を見合わせる。その為に使った金も、又八郎の実の父、高須屋がまた出したのだろうか。山本家に金はない。

「名を聞いた事がないけど、その酒屋、随分儲かってるんだねえ」

羨ましいと、麻之助が言いかけたその時！　吉五郎が素早く腰を上げ、入り口の方へ向いて構えを取った。一つ遅れて麻之助と清十郎も立ち、小屋へ入ってきた者へと目を向ける。

するとまず、番屋の番太郎が、用が出来たと言い小屋へ戻って来たのだ。思わずほっとした時、その番太郎にくっつき、するりと小屋へ入った者がいた。

そしてその手には、何故だか剣呑な木刀が握られていたのだ。

3

だが。

「こ、こりゃ、勝手に入って済みません」

どう見ても、ただの町人に見える男は、慌てた素振りで、麻之助達へ頭を下げた。吉五郎は一寸身から力を抜き、誰なのかと声を掛ける。四十路ほどの男は「へへへ」と笑いつつ、遠慮もなく番小屋の奥へと足を進め、又八郎を見てから言った。

「おれは忠太《ちゅうた》と言いまして。この又八郎さんの店で働いてた、奉公人なんですよ」

そして忠太は先程、一緒に奉公をしていた番頭、一助《いちすけ》に会った。聞けば一助は、又八郎を見つけ、ある屋敷までつけていった後、そこで投げ飛ばしたと言ったのだ。

「おや、相馬家で又八郎様をぶん投げたのは、元の番頭だったのか？　小十郎様ではなく」

清十郎が驚くと、忠太は深く頷いた。

「で、急いで八丁堀へ様子を見に行く途中、顔見知りの番太郎に会いまして。伸《の》された男が番屋へ来た事を、教えて貰った訳で」

又八郎は横になっているが、どうなったのかと忠太は問うてくる。吉五郎は、顔色も良いから大丈夫だろうと言い、苦笑を浮かべた。

「心配をかけたようだが、元の主は、じき気がつくだろう。そら、瞼《まぶた》が動いている」

忠太は頷くと板間へ上がり込み、又八郎を見て、一つ頷く。

そして……忠太は何と、持っていた木刀をいきなり振りかざし、迷う事無く又八郎へ振り下ろしたのだ。

がきりと、重い音がした。

麻之助が、ぴょんと番屋の板間へ向け、飛んだ。そして又八郎を思い切りよく、木刀の届かぬ方へ転がし、咄嗟《とっさ》に手にした木の盆で、木刀の一撃を受け止めたのだ。

「ひょーっ、間に合ったっ」

明るい声を聞いた忠太は顔を歪め、木刀を構え直す。

だが、麻之助達は三人いるのだ。吉五郎があっという間に忠太の腕を摑むと、清十郎が木刀を叩き落とし、その身を押さえ込む。

板間の端まで転がった又八郎は、盆に載っていた湯飲みの茶を被り、やっと目を覚ました。しかし奥からぼうっと、麻之助達を見ていたものだから、吉五郎に怒鳴られる。

「又八郎殿、早くしゃきりとしろっ。お主、同心になるのだろうが」

だが又八郎は、忠太達の騒動を呆然と見つつ、まずは己が濡《ぬ》れている事に驚いていた。それから、何故番屋に居るのかも分からぬ顔で、半端な武家言葉で吉五郎へ文句を言い出した。

「吉五郎殿、お前様は……そこもとは……いや、お主は、かな？　とにかくあたしの事を、山本様から頼まれなすった、相馬殿の息子であろう。ここはどこで、何で濡れちまったのか、教えて下さいな。ああ冷たい」

麻之助は又八郎の妙な喋りを聞いていると、首筋がむず痒《がゆ》くなった。又八郎はこの時やっと、吉五郎が押さえている男が誰だか分かったようで、息を呑む。

「えっ……忠太、何でここにいるんだ？」

そして暢気《のんき》にも、一杯やるため誘いに来たのかと問うたものだから、忠太が吠えた。

「このろくでなし！　何でお前と、呑まなきゃならんのだっ。お前の甘い言葉に乗って、一生が狂っちまったっていうのに」

忠太は又八郎の親が持つ大きな酒屋で、手代だったと語り出す。だが高須屋が、末息子を分家させると決めた時……しくじったのだ。

「分家へ出るんじゃなかった。新しい店なら直ぐ番頭になれると言われて。馬鹿をしちまった」

番頭になるどころか、又八郎の店はあっという間に潰れ、奉公人三人は働き口を失った。この歳では、余所《よそ》の店への奉公など叶わない。暖簾《のれん》分けをしてもらい、店主になるという忠太の夢は消えたのだ。今は棒手振《ぼてふ》りをして、何とか暮らしていた。

「次の仕事が見つかったのか？　なら忠太、良かったじゃないか」

「ふざけんなっ！　おれ達は、給金も満足に渡されず、店から放り出されたんだ。でもあの時は、主も金を失ったんだから、仕方ないと思ってた」

なのに店を潰した又八郎が、今度は株を買い、お武家へ養子に入ると聞いたのだ。どうやら元の奉公人らは、それで不満と恨みを、又八郎へ向けたらしい。

だが当の又八郎は、何ともあっさり言葉を返した。

「おれに、金がなかったのは本当だ。だがあの後、余所から急に、金を都合して貰えたんだ」

「うわっ、嘘くさい言いぐさだ」

元の奉公人達でなくとも、とても信じられなくて、麻之助は思わずこめかみを押さえ、清十郎も笑い出す。すると、忠太を止めていた手が離れた。途端、高須屋の元手代は、もの凄い勢いで又八郎へ飛びかかり、狭い番屋の中で、大の男が二人、取っ組み合いとなった。

「わあぁっ、助けてくれっ」

「又八郎様、悲鳴を上げるたぁ情けない。お前様はこれから、こういう怖いお兄さんを、懲らしめる立場になるんですよ」

麻之助が首を振る。忠太は大して強くはなかったし、素手《すで》なのだ。同心になるなら、これくらいは押さえられないと、本当にお勤めがこなせない。

「又八郎様は、あのおっかない小十郎様と、同役になられるんでしょ？」

だが、又八郎は顎に一発拳固《げんこ》を喰らい、床へひっくり返った。更に忠太がまた木刀へ手を伸ばしたので、清十郎が遠くへ蹴飛ばすと、忠太は床へ這いつくばる。

「畜生っ」

忠太は麻之助達を睨んだが、やはり三人を倒すのは無理だと分かったらしく、木刀を残したまま番屋を飛び出した。だが、吉五郎がその背を追わないので、又八郎が喚《わめ》いた。

「何で捕まえないんだ？　あいつ、おれを殴ったんだぞ！」

「又八郎殿、自分で捕まえてくれ」

相馬家は山本から、子守を頼まれたのではない。養子へ、武芸を教えるよう言われたのだと、吉五郎は言い切る。

「丁度良い機会ではないか。実際に町で悪者を捕らえれば、腕も上がろうというものだ」

ほらと言い、吉五郎が忠太の去った表を指さしたのだが、又八郎は腰が引けている。

そしてやがて、手当の為、屋敷へ帰ると言いだし、番屋から出て行ってしまったのだ。

吉五郎が疲れたようにうな垂れた横で、麻之助は首を傾げる。

「頼りないなぁ。おまけにさ、ちょいと引っかかった事があるんだけど……」

言いかけたその時。かたんと音がして、番屋の戸がまた開いた。見れば、又八郎が戻ってきており、真剣な顔を三人へ向けてくる。吉五郎の顔つきが、少し明るくなった。

「おや、やはり頑張って、忠太を追おうと決めたのか？　ならば一緒に行っても……」

又八郎は顔を顰めていた。

「吉五郎殿、ここは、どこにある番屋なのだ。帰り道を教えてくれませんか？」

「……又八郎殿、お主、この辺りの通りすら、まだ覚えておらんのか？」

定廻り同心は日々、もの凄い速さで歩き、自身番を回ってゆくものなのだ。その同心が八丁堀近くの町すら分からぬのでは、勤めに困る。

「そ、そんな事を言ったって。うちは神田川よりぐっと北、隅田川に近い辺りで商ってるんでね。両国の盛り場より南へ行く用なんて、無かったんだよ」

「又八郎殿、〝うち〟だと？　何を言う。お主の屋敷は今、八丁堀にあるのだろうがっ」

吉五郎から大声で言われ、又八郎は首をすくめ、恨みがましい顔になると、番屋の戸口から出て行く。麻之助が明るく言った。

「おい、又八郎様ったら北へ行くぞ。高須屋へ行くのかな。それとも道を間違えてるのかしらん」

明日からも又八郎に付き合わねばならない吉五郎が、疲れた顔で首を振る。清十郎が、気の毒そうに言った。

「やれやれ、吉五郎は当分大変だな。その内お屋敷へ、美味いものでも届けよう。お安は、料理も上手いのだ」

清十郎が妻の事を嬉しげに話すので、吉五郎が笑い、早く持って来てくれと口にする。そして清十郎はこの後確かに、立派なお重を用意してくれた。

だが。その重箱の料理は、相馬家の者達で食べる事には、ならなかったのだ。

4

翌日の事。

辰の刻、まだ朝餉《あさげ》が終わってから大して経たない頃、吉五郎が麻之助の屋敷、高橋《たかはし》家を訪れてきた。庭から麻之助の部屋に面した沓《くつ》脱《ぬ》ぎの前へ現れ、そして今日も、又八郎を連れていたのだ。

又八郎ときたら、何故だか泣きそうな顔で、うつむいていた。

「おや、どうなさいました。小十郎様にでも、お小言を喰らいましたか？」

麻之助はお小言なら、日頃、誰よりも喰らい慣れている。だから明るい調子で言い、二人を部屋へ招くと、吉五郎は酷く厳しい表情を見せてきた。

「麻之助、とんでもない事が起きた。それで急ぎ、相談にきたのだ」

「はて、何だろう。怖いねえ」

しかし、あの小十郎様から叱られるより、剣呑な話は、そうそう世の中に転がってはいまい。麻之助は笑ったが、吉五郎はきっぱり、あったと言い切った。

「昨日、この又八郎殿へ木刀を振り下ろした男。高須屋の元手代を覚えてるな？」

「そりゃ、昨日の今日だからね。忠太さんだっけ、また喧嘩をふっかけてきたのかな？」

首を横に振った吉五郎が、もっと厄介な事になったと告げてくる。

「あの忠太だが、昨日番屋から出た後、長屋へ戻らなかった。そして朝方、江戸川橋近くの堀川で浮いていたのだ」

忠太の頭に傷があったとかで、江戸川橋辺りが縄張りの岡っ引きが、今、聞き込みをしているらしい。麻之助は顔を顰めた。

「そいつは……もの凄く、拙いな」

「ああ。昨日忠太は、この又八郎殿と揉めた」

番屋で騒ぎ、忠太は又八郎をののしった。そしてその後、死んだわけだ。

「又八郎様がまた忠太と揉め、忠太を返り討ちにしたのではないかと、疑われかねん」

　吉五郎の顔つきが怖い。

「拙い事に又八郎殿はまだ、正式に山本家の者とはなっておらん。養子に迎え、同心見習いの立場を願うとなれば、直ぐに諸方へ挨拶などせねばならん。だが又八郎殿はまだ、武家としての心得が、間に合っておらんのだ」

　つまり又八郎は、今は町人で、八丁堀の面々の仲間ではなかった。だからこの後岡っ引きが、事情を聞きに来ると思われるが、半端に山本家と関係があるだけに、却《かえ》って庇《かば》いにくい。

「だが、又八郎殿がもし人殺しとして、町方に捕まってみろ。預かっている義父上も、拙い立場になりかねん」

　小十郎は怖く、厳しく、きちんとした男であった。よって時として人と揉める。いわゆる、敵の多い男なのだ。

「ああ、こりゃ大変だぁ」

　何しろ、人一人が死んでいる。

「この件で、小十郎様が責を問われたら、昨日又八郎様を預かってた吉五郎はきっと、酷く悩むな。そうだろ？」

　生真面目な友は下手をすれば、申し訳ないと、相馬の屋敷から出て行きかねない。それ位の事だから、お堅い友が、朝も早くから高橋家へ来たのだ。

（やれ、又八郎様を救い、小十郎様を安心させ、つまりは吉五郎を助けねばならないぞ）

己に出来るのかなと、麻之助は拳を握りしめた。そしてその後、又八郎の眼前三寸ほどへ、ぐぐっと顔を近づける。

「それで？ 又八郎様、真実、忠太を襲ったは、御身ではありませんね？」

「ち、違う！ それだけは信じてくれ。それがしが八丁堀へ戻ったのは遅かったが、道に迷ってただけですってば」

正直に言えば、忠太の跡を追おうと思っても無理だったと、又八郎は言った。それ位、まだ神田川の南が頭に入っていないのだ。

「なるほど、納得ですねえ。でも、岡っ引きがそいつを聞いて、はいそうですかって、引き下がるとも思えないか」

ならば又八郎が何もしていないと、証を立てねばならない。おまけに、岡っ引き達が来るまで、余り時が無いだろう。

「さて、どうすりゃいいんだ？」

ぐっと唇を結んだものの、直ぐには名案など浮かんでくれない。

「くそっ」

麻之助はここで、部屋に入ってきた猫のふにを見つけると、さっと抱き上げた。

「なあ、ふに。本当に困ってるんだ。助けておくれな」

情けなくも、本気で飼い猫に縋《すが》った途端、大事な猫に前足で、顔を思い切り叩かれた。

「い、痛ぁっ……」

「馬鹿をやって」

吉五郎に溜息をつかれたその時、麻之助は短く「あっ」と声を上げる。似た様な痛さを、ふと思い出したのだ。以前、煙管を頭に喰らった事が、あったではないか。

「そうだ、あれだ。煙管だ！　あの時のやり方があった」

麻之助は急ぎ隣の部屋へ飛んで行くと、書き付けを手に戻って来る。

「吉五郎、真似てやってみよう。先には上手くいったやり方だ。我らにだって、出来るかもしれん」

「麻之助、何を真似るというのだ？」

吉五郎が生真面目に問うてきたので、麻之助は先日、大倉屋の店奥で書き留めたものを、友へ見せた。

「あっ……」

吉五郎が目を見開く。あの日麻之助達は、大倉屋達、江戸で力のある面々が、人を動かし、事を思うように引っ張っていく様を、確かに見ていたのだ。

先日のこと。

今度こそ、達三郎との件に決着をつけるべく、大倉屋は己の店の奥に、三人の客を招いていた。そこへ更に四人の若造も呼び、少し離れた部屋の隅から、大人達が何を話し、どう動くのか見せたのだ。

大倉屋の周りにいたのは、地回り、高利貸し、そして同心であった。

（貞さんが呼ばれたのは、大貞の親分が来ていたからか）

大貞は、怖く危なっかしい面々を束ねる、両国でも名の通った地回りの親分だ。この親分が敵方に回ると、各地の親分方から睨まれる事になる。おまけに大貞の親分は、船頭達に大層顔が利いた。

（つまり大貞親分の目を逃れ、海路や街道筋をゆく事は難しいよねえ。貞さんもいつか、大貞親分のように、なるんだろうか）

その怖い親分の横に居るのは、馴染みの顔、高利貸しの丸三であった。

（丸三のじいさんが本気で動くと……大声で話したくない金の話が、筒抜けになるな）

麻之助は以前実際、借金の棒引きと引き替えに、高利貸しが他人の事情を摑んでゆく所を目にしている。そして。

（高利以外の金の流れは、多分、札差の大倉屋さんなら、拾えるだろうね）

札差にも株仲間がいるし、大倉屋は両替商とも親しい。つまり丸三と大倉屋が揃うと、江戸での大きな金の流れが、大方押さえられてしまうのだ。

麻之助は次に、大店の立派な奥の間に、ゆったりと座る、見目良い姿を見た。

（大倉屋さんは、お堅い小十郎様も呼んだか）

それで養子の吉五郎が、大倉屋の店奥へ来る事になったのかと得心する。

大名や大店は、いざという時頼れるよう、日頃から与力同心へ、付け届けを欠かさずにいるものであった。その金が与力同心を、他の御家人達が抱えている借金から遠ざけ、金と引き替えに、善悪が動く事を防いでいる。

よってあの怖い小十郎も、大商人の一人、大倉屋に困りごとが起きると、八丁堀の者として力を貸しに来る訳だ。

（以前大倉屋さんは、達三郎に思い知らせるより、娘を守る事を選んだ）

だが今回は、小十郎を呼んでいる。

（大倉屋さんは、小十郎様が目を瞑《つむ》るぎりぎりの所まで、達三郎へ怒りを向ける気か）

横平屋の息子は、余りにあっさり江戸へ戻ってきた。自分が変えてしまった一生があると考えるより、己の気持ちを一に思っているとしか、思えない。

（私は……あいつを許せていない）

麻之助は寸の間、目を瞑った。

その時、丸三の嗄《か》れた声が聞こえてくる。皆、達三郎と大倉屋の事情は、とうに承知の上で、話をしていた。

「大倉屋さん、あたしは今回、達三郎と横平屋の、懐具合が気になりましてね」

今更昔の事をぶり返したら、大倉屋が怒るだろうと、二人は知っていた筈だ。それでも達三郎は、江戸へ来た。丸三は西の事を調べたのだ。

（へっ？　江戸にいながら、こんなに早く調べられたのかな？）

麻之助が驚いていると、高利貸しはにやりとして、金を融通している、ある藩の江戸留守居役の名を口にした。なお、その藩は同役を、上方にも置いていると付け加える。

そして留守居役という方々は、お役目上、恐ろしく事情通だと、丸三は付け足した。

（上方の留守居役とは！　それを江戸のお武家を通じ、動かしたのか）

そういう事が出来るのだと、麻之助は初めて知った。

「横平屋の本家は、近江にあるようで。大層裕福で、大名貸までしているらしいですな」

達三郎は今、そこにいる祖父に世話になっていると、丸三は大倉屋へ告げる。

「暮らす金には、困っていないようだ」

「なるほど」

「だがね、大倉屋さん。達三郎は世話になっているだけだから、継ぐ店はない。それで、やはり江戸へ戻り、札差の娘を嫁にしたいと思ったのかもしれん」

懲りないねと、丸三は話を結んだ。

すると、今度は大貞が口を開く。

「おれは江戸の横平屋を、ちょいと調べた。高い料理屋だが、八百善《やおぜん》ほどじゃない」

しかし横平屋には売りが有り、どうやらそれで繁盛しているらしい。

「横平屋の各部屋は、話を聞かれないよう、襖じゃなく壁で、仕切られてるんだそうだ」

聞かれたくない話があるが、襖一枚では心配だという者が、贔屓《ひいき》にしていると聞いた。

ただ。実際に大貞の手下《てか》達が、隣り合った部屋へ入り、試してみると。

「大して厚い壁じゃねえようだ。実は壁に耳をつけると、隣の声は聞こえるとよ」

つまりそこが、江戸の横平屋の弱い所だと言い切る。

次に小十郎は、さっぱりと話した。

「大倉屋、揉めた相手を、殺すなよ。大怪我も駄目だ。奉行所を巻き込んではならん。商いでの勝ち負けは、与り知《あずか》らぬ。江戸から出た先の話も、江戸町奉行所の関わる事ではないな」

それから大倉屋を見ると、一言問う。

「それで、どう動く気なのだ？」

するると頷いた大倉屋は、次々と皆へ頼み事を始めた。

「まず小十郎様には、しばし余所を向いていて頂きましょう。言われた事は守りますゆえ」

「承知だ。ならば後は、明後日の方でも見ていよう」

次に丸三へ、上方にある横平屋本家筋の商いについて、詳しく分かるか問う。丸三が頷き、幾つかあるが、主は酒だとすぐに返した。すると大倉屋は、剣呑な笑いを浮かべる。

「それは良い。ならば、江戸へ来るその酒を、追い込んでしまおう」

つまり本家が商う酒の、江戸での売り上げを落とすと言ったのだ。そしてその訳について、〝達三郎〟のしでかした事故だと、上方の本家へ知らせる。

「あの達三郎が江戸にいる間は、酒の値は戻らない。そう伝えれば、真偽を確かめるより先に、身内があの男を呼び戻すだろうよ」

大倉屋は、あっさり続けた。

「大枚を使える札差仲間の出入り先、吉原や料理屋から、本家の酒を外す」

大貞も頷く。

「盛り場の居酒屋や酒屋も、その酒を扱わぬ事にしましょうかね」

するると丸三も、金を貸している店や客の武家へ、言っておこうと言う。これで多分、上方が気にする程、売り上げを一気に下げられる筈であった。

「ついでに、馬鹿な息子を持った横平屋にも、商いで苦労してもらおうさ。大枚を払うような料理屋は、噂に弱い」

あの店で話した事は、知られてしまうと噂が立てば、まず留守居役はすぐ、他へ移る筈であった。すると、他にも足が遠のく客が必ず出る。江戸に、著名な料理屋は多い。わざわざ怪しい店へ、行く者はいないのだ。

（事を成す為には、大事な事があるんだな。誰と話し、いつ、どこへ事を伝え、何を頼むか……）

麻之助達の前で、話は速やかに決まって行った。そのやり方を若い者四人は、必死に頭へ叩き込み、書き取っていく。

そして。

季節が過ぎる前に、達三郎は江戸から再び去った。大倉屋達と正面からぶつかる事はなく、表向きは何事もなかったかのような、静かな幕切れとなった。

ただ、大倉屋の打った手が、緩かった訳ではない事を、麻之助達は知っている。

それまで結構もてはやされていた、下りもののある酒を、急に目にしなくなったからだ。そして横平屋の名は、何でも順位をつけるのが大好きな江戸っ子の料理屋番付上位から、見事に消えてしまった。

5

八木清十郎の妻、お安が作った手料理は、又八郎の件で集った四人、麻之助、吉五郎、清十郎と、当の又八郎が食べる事になった。

急ぎ呼び出された清十郎は、昼前には、弁当と剣呑な話を持って、高橋家へやってきた。岡っ引きが、吉五郎が連れている又八郎の事を、わざわざ八木家の手代へ聞きにきたらしい。清十郎と吉五郎が仲の良い事を、承知している者は多いようであった。

清十郎は、顰め面を又八郎へ向ける。

「正式に武家となっていないんじゃ、じき、岡っ引きが八丁堀へ来ますよ。返事を用意しといた方が、いいでしょう」

「あ、あたしは、番屋から忠太が出て行った後、本当に会ってはいませんっ」

もはや武家言葉など、さっぱり無くなってしまった又八郎は、半泣きになっている。

「やれ、こういう性分で、どうして同心になろうと思いついたのだ？」

吉五郎が眉間《みけん》に皺を寄せる横で、麻之助は今回の忠太殺しについて、先に大倉屋がやったように、分けて書きだした。真似て事が分かるのなら、そっくりにやる気であった。

「一、死んだのは、忠太だ。二、いつか、は……昨日だね。三、場所は、江戸川橋近くの堀川だ」

忠太は、殺されたのではと、思われている。多分死体に、傷があった為だろう。

「四、殺したと疑われているのは……又八郎様だな」

またもや違うと言いだしたのを止め、麻之助は又八郎へ、他にも忠太と揉めている者はいなかったか問う。

「元の主へ、木刀を振り回した男ですよ。忠太は、乱暴者だったんでは？」

すると又八郎は、首を傾げたのだ。

「確かに忠太は、いつか店主になるんだと言って、店の仲間とは張り合ってました。ですが昨日自分が襲われた事には、驚いてます」

仕事は真面目にしていたし、算盤や読み書きなど、よく学ぶ奉公人だったというのだ。

「あたしがちゃんと店を続けられて、小さくても、分家してやる事が出来れば良かった。忠太なら、店を潰さなかったと思います」

麻之助達は意外な言葉に、ちょいと戸惑った。吉五郎が顔を顰める。

「どういう事だ？　又八郎殿は、料理が上手かったと聞く。そういうしっかりした奉公人がいて、何故店が傾いたのだ？」

又八郎は一寸困ったような顔つきになり、奉公人の三人が皆しっかり者で、早く分家を望んでいたからだろうと言いだした。

「主のあたしが、頼りなかったんです。店が続けていけるようになる前に、奉公人同士、誰が上か競ってしまって」

それが売り上げに繋がれば良かったが、足の引っ張り合いに化けた。親が無理して、分家させてくれた又八郎の店には、余裕がなかった、よって早々に潰れてしまったのだ。

「最後は忠太から言われた通り、奉公人達へ、ろくに金を渡せませんでした。親にも奉公人達にも、済まなかったです」

意外な程素直な言葉を聞き、清十郎が問う。

「店を閉めた時、奉公人達は怒っていましたか？」

「いいえ。あの時は、自分達こそ主の役に立てず、申し訳なかったと言われました」

だから又八郎は、忠太が酒の誘いに来たかと思ったのだ。ここで麻之助が、右に二度、左に一度、首を傾げる。

「そういえば……又八郎様は、五人兄弟の末っ子でしたよね？　高須屋さんは跡取り以外を、皆さん、分家させたんですか？」

酒屋と言っても色々あろうが、随分羽振りのいい話だ。すると又八郎は、とんでもないと言い出した。

「いいえ、その、次兄は亡くなってまして。三男と四男は、近くの店へ婿に行ってます」

後は又八郎一人だったから、金をかき集め、分家させてくれたのだ。それを潰した息子に、親は武家としてやり直す機会をくれた。

「今度こそ、失敗は出来ないんですよ」

吉五郎が、戸惑った顔で問う。

「そんな時に何で、わざわざ同心の株を買ったのだ？　同じ御家人株でも、高かっただろうに」

「えっ？　高いんですか？」

又八郎が驚いた顔をし、それを見た三人が、一寸言葉を失う。それから麻之助が、己の書き付けに目を落とした。

「何か……奇妙だね。そういやぁ、前に清十郎が言ってたっけ。店一軒潰して、よく養子にゆく金があったものだって」

特に今回、養子に入る先の山本家は、借金が重なっていた。持参金を少なくしてもらった筈は無い。いや実際は、かなり高かったに違いないのだ。

麻之助達は、揃って小さく頷いた。

「何かがおかしい。大倉屋さんや小十郎様達ならば、その訳を突き止めておくだろうよ」

ならば急いだ方が良かろうと、皆で又八郎の親、高須屋へ事情を聞く為、表へ出る。

神田の通りには、振り売りも武家もおなごも、それこそ多くの人が行き交い、賑やかであった。その中を歩みつつ、麻之助が口をへの字にする。

「何だろうねぇ、他にも忘れてる事がある気がする。なのに、大倉屋さんや大貞親分達みたいに、ぽんと出てこないんだよ」

大倉屋の座敷でした話には、武家から地回りまで、多くの者が関わっていた。江戸と上方をまたいだ話であり、丸三が顔を出したのだから、帳面の上であっても、金も大分、動いた筈だ。なのに。

「とても、簡単そうに見えたんだ。おまけに、達三郎はあっという間に、上方へ消えた」

その名を聞き慣れなかったのだろう、又八郎が小さく首を傾げている。麻之助は、道端で愚痴をこぼした。

「猫の、ふににでも出来そうに思えたのに。何で自分でやってみたら、こんなに困っちまうんだろう」

多分又八郎は、本当に殺していない。

「分かってるのに。何で私は……大倉屋さん達のように、出来ないんだ？」

小声を漏らすと、横で清十郎も唇を噛んでいる。友は既に町名主で、己がしくじりをすると、支配町の者達の暮らしに、まともに響く立場だ。だから余計、自分が歯がゆいのかも知れない。

(私達は、頼りないなぁ)

拳を握りしめる。するとここで、又八郎が細めの道の先にある賑わいを指した。

「あ、あそこです。あの賑わってる店が、親の酒屋、高須屋です」

「へっ？」

麻之助が思わず足を止めたら、吉五郎と清十郎も、黙って高須屋を見つめている。店先で一杯飲ませているようで、客で賑わう店は、確かに繁盛していた。ただ、同心株を買ったというから、まるで八百善のように大きく、払いも高い店を、勝手に思い描いていたのだ。当然その筈だと、疑いもしなかった。

しかし。店は広めだが、表長屋にもありそうな、気楽な感じの酒屋であった。

この店が先に一軒、分家したのだ。

「今回の持参金、どうやって作ったんだ？」

四人は高須屋へ、急ぎ顔を出した。

高須屋は最初、同心株を買う金は、貯めて作ったと言うばかりであった。

だが酒屋奥の一間で、又八郎が忠太の死を告げ、己が疑われていると言うと、親の態度は変わった。大急ぎで話を始めたのだ。

「実は、山本家へ払った持参金は……自分が作ったものじゃありませんで。その、養子先の、山本様の為の金だったんです」

「どういう事だ？」

聞いている四人が首を傾げると、高須屋は何とも変わった話を始めた。又八郎が店を潰したので、息子の先々を案じてつい、己の酒屋で愚痴を口にした。その時、店先で一杯飲んでいたある客が、声を掛けてきたのだという。商人で、名を伊勢屋《いせや》と言った。

「伊勢屋？　そりゃ、よくある名だな」

「何でも同心の山本様という方が、病で跡取りを失った上、大層な借金を抱えたとか」

実は伊勢屋は昔、山本に大層な恩義を被《こうむ》ったのだという。そして最近、その、山本家が大変な事になっていると、伊勢屋は知ったのだ。

「しかし礼を返そうにも、お堅い同心山本様は、金など受け取らないそうなんです。跡取りを亡くされたので、先の事を考えられないのかもと、伊勢屋さんは言いました」

だがこの高須屋で、伊勢屋は僥倖《ぎょうこう》に巡り会ったと言ったのだ。

「つまり、この高須屋が、又八郎の先々を案じているのなら、今話の出た山本家へ、養子に出さないかと言われました」

山本家へ恩を返したいので、勿論持参金は、伊勢屋が出すという。高須屋がこの話に乗ってくれれば、山本家と又八郎、それに伊勢屋の三者が、幸せになれるというのだ。

「は？　何と、胡散《うさん》臭い話で……」

麻之助達三人は、思わず顔を顰めてしまう。聞けば高須屋も最初は、大いに疑ったというのだ。

ところが、馴染み客の口入れ屋で、試しに調べて見ると。

「山本様という同心は、本当においでで。しかも、持参金付きの御養子、つまり同心株の買い手を、探しておいでだというんです」

ただ、山本家の借金を返す必要があるため、株は高くなっている。よって話が決まらないと、高須屋は聞いた。ならば。

「本当に伊勢屋さんが、持参金を払う気があるのか、試しに聞いてみたんです」

すると、話は驚く速さで決まっていった。伊勢屋は口入屋を間に立て、山本家へ早々に同心株代の半額を払ったのだ。又八郎は山本同心の家に迎えられた。そして残りは、又八郎が取りあえず必要な事を身につけ、きちんと養子に迎えられた後、支払われる事に決まった。

「もう、伊勢屋さんを疑っちまって、悪かったと思いました」

だが何しろ、又八郎は町人の生まれ育ちで、やっとうを使うどころか、武家言葉も話せない。養子になるまで暫《しばら》く時が必要だろうと、伊勢屋は一旦、上方の店へ戻っていった。

「……上方？」

「山本家との間に入った口入屋さんに、又八郎は大層な運を摑《つか》んだと言われました。本当に、富くじを突き当てたようなものだと、思ってましたのに」

なのに、どうして忠太が殺され、又八郎が疑われる事になったのだろうか。又八郎そっくりな顔で、親の高須屋が半べそをかいている。

ここで麻之助達は、立ち上がった。

「その口入屋へ行きましょう。伊勢屋は上方へ帰ったかもしれないが、口入屋は、江戸にあるのでしょう？」

「ええ、勿論。近くに住んでます」

跡取りに酒屋を任せ、高須屋は皆を引き連れると、両国橋の盛り場近くにある、口入屋へ向かった。ところが。

「はて、口入屋さんの家が、空です」

長屋には誰もおらず、近所に聞けば、引っ越したというが、家移りした先を誰も知らない。高須屋は心底、呆然としていた。

「うちに黙って家を移るなんて。残りの持参金をいつ払うのか、聞いてませんのに」

すると吉五郎と清十郎が、近くの長屋を回り、あれこれ聞いている。先に戻った吉五郎が、まず語り始めた。

「口入屋は、何と昨日、長屋を出たそうだ。上方へ行ったとか」

「昨日？　また、上方が関わってるのか」

麻之助が顔を顰めた横で、高須屋は、ただ狼狽《うろた》えている。そこへ清十郎も戻ってきて、もう一つ、分かった事を皆へ伝えた。

「ここの口入屋だが、一緒に上方へ向かった連れが、いたそうだ。近所でその男の名を、聞いてる人がいて、教えてくれたよ」

その名は、〝一助〟といったそうだ。番頭さんと呼ばれ江戸川橋から、わざわざ来たのかと、話していたらしい。

「は？」

ここで見事に、高須屋と息子、又八郎の声が揃う。

「又八郎の店で、番頭をしていた一助が、口入屋と一緒に、上方へ行った？」

何で……という声が再び揃い、その後、又八郎の声だけが続く。

「一助は、昨日相馬家で、あたしのことを投げ飛ばした人です。それで、すぐに上方へ逃げたんでしょうか」

すると、麻之助はぐっと首を傾げ、紙へ起きた事を順に、書き出し始めた。

「まずは相馬家で、一助が又八郎様を投げ飛ばした」

清十郎が続ける。

「次に、一助は忠太と出会い、己が又八郎様を懲らしめた話を、自慢した」

それから。

「又八郎様のいる番屋へ忠太が来て、木刀を振るった」

そして。後は吉五郎が話していった。

「まず忠太が番屋を去り、その後、又八郎殿が帰った」

翌日、忠太の死体が見つかり、一助と口入屋が、江戸から消えていた訳だ。

麻之助達は書き付けを見つめ、肝心な点を口にする。

「一助と口入屋が、何時、長屋から消えたのか。知らねばならんな」

一助が又八郎を投げたからといって、高須屋と関わっていた口入屋が、何故一緒に消えたのか。それも引っかかる。

麻之助は己の書き付けを見て、大きく頷いた。友二人も頷くと、すぐに、長屋の近所へ散らばっていった。

6

麻之助達は、江戸川橋近くの堀川で、一助を見た御仁がいないか、探し回った。すると木戸番が、余りに急な引っ越しであったので、刻限を覚えていてくれた。

「一助が長屋を引き払ったのは、忠太が又八郎様を襲い、番屋から逃げた、大分後の事だ」

　又八郎を投げ飛ばした後、長屋へ戻るまでに、かなり間があった訳だ。

　そして清十郎は、堀端で諍《いさか》いの声がした刻限を、引っ越しの前のようだと摑んで来た。

「一助には忠太を殺《あや》める時間があったな」

　麻之助達は次に、山本同心に会った。恩を施した伊勢屋を知るかと問うと、否との答えを貰った。ならば、そんな話を作り上げたのは、誰か。

「一助と口入屋が怪しい。二人に、会わなきゃならないね」

「……でも麻之助、二人は江戸から逃げちまった。どうする気だ？」

「うーん、そうだねえ」

　麻之助達は、街道を逃げている一助を、江戸へ連れ戻せぬかと考えた。

「随分と強引な手だね。そんな事して、大丈夫かい」

「二人が上方へ消えると分からない事が残っちまう。清十郎、無茶は承知だ」

　そして、そういう事を成すならこの人に頼みたいと、貞へ声を掛けたのだ。お前さんなら出来ると言われ、貞は顔を赤くした。

「や、やってみる」

後で大貞から、手際が悪いと叱られたものの、貞は東海道の親分へ急ぎの飛脚を送り、街道を逃げる一助らを捕まえる事が出来た。二人は舟で江戸へ送られ、吉五郎がもらい受ける。

それから、調べが始まった。すると、忠太殺しの件や、又八郎の養子話の先に、思わぬ企みが現れてきたのだ。

事が終わり時が過ぎ、やっと落ち着いた頃、四郎兵衛とお由有、それに清十郎とお安の祝いの席が、料理屋で設けられた。

娘の都合で祝いの日が延びた故、せめてもの礼にと、大倉屋が全ての掛かりを持つ事になった。さすがに八木家は一度、辞退をしたものの、先日の件の礼もある、だから甘えておけと小十郎に言われ、頷く事になった。

世話になったからと、大貞や貞、丸三も席に呼ばれた。全員今日はめかし込み、怖い所はちらとも見せず、二組の夫婦に、祝いの言葉など口にしている。

麻之助も今日は、いつになくきちんとした出で立ちで来て、滅多に来られない料理屋の、立派な庭へ足を踏み出していた。

池や柴垣、灯籠のある庭は、祝いの日に相応《ふさわ》しい風情《ふぜい》だ。

「ああ、ようよう全部、片が付いたんだね」

口に出してみると、お由有が今日、祝いの日を迎えるまでに、随分時が流れていると思い至る。

まず、若く真面目であった麻之助が、お気楽者と言われる様になった日があった。

お由有が源兵衛《げんべえ》と添い、幸太が生まれた。

麻之助が、お寿ずと添った。

そのお寿ずを失ってしまった。

そして今日、新しい縁を得たお由有を見送るべく、麻之助はこの場所へ来ている。

長い長い、時のように思えた。

「とにかく、何とかなって良かった」

独り言をつぶやいたつもりだったが、後ろから足音が聞こえた。振り返ると大倉屋の姿がそこにあった。

大倉屋は何と、麻之助へ一つ頭を下げてきた。

「今回は、本当に助かった。まさか揉めた山本様の件の裏に、横平屋と達三郎がいたとは。あの二人が、まだ事を終わりと思っていなかったとは、考えの外だった」

横平屋は、お由有との件を承知していても、その内息子を、江戸へ呼び戻せると思っていたらしい。所詮は妾腹の娘の事と、お由有を見下していたのだ。だから先に大倉屋が、二度と達三郎が江戸に戻らぬよう手を打つと、腹に据えかねたようだ。

よって今回は、お由有との縁を求める為でなく、ただ大倉屋達への意趣返しの為だけに、事を起こしていた。

「しかも狙った相手が、私ではなく、あの相馬様とは」

大倉屋達は、まさか横平屋が、強面《こわもて》で知られる同心を的にして来るなど、思いもよらなかったらしい。

麻之助が頷く。ただ。妙な事が重なった時、麻之助は、誰が今回の事で一番困るのか、考えてみたのだ。

「又八郎が、忠太を殺したと決ったら。山本家だけでなく、相馬家の小十郎様も、責を問われるかもしれません」

小十郎が又八郎を預かっていたのだ。そして又八郎を相馬家へ押しつけるため、上役へ渡した金は、伊勢屋が出したという。

「そして、です。又八郎さんを養子に迎える筈だった山本様ですが、伊勢屋という商人に、覚えはないと言われました」

ならば伊勢屋が金を出したのは、何故か。

「小十郎様の立場を危うくするのが目的であれば、話が通ると気がつきました」

もし、大倉屋が仕切った件ゆえに、小十郎が同心を辞める様な事になったら、金を出しても償えない事であった。いくら札差でも、思うに任せない事がある。そして横平屋は、そうと思い知らせる為に、小十郎を狙ってきたと思われた。

（そんな事をするから……今度こそ店を畳む羽目に、追いやられた訳だ）

多分、自分に都合の悪い結末は、考えなかったのだろう。そういう所が達三郎と、親子で似ていると口にして、大倉屋が麻之助へ頷く。

そして。

「麻之助さん、忠太を殺したのは、結局一助だったのか」

「はい。横平屋は、小さな店が開ける程の金で釣り、腹の立つ話であおって、昔の奉公人達を又八郎さんへ、けしかけていたんです。あの又八郎さんじゃ、上手く揉め事に当たれません」

又八郎が、武家勤めが嫌になって逃げ出し、御家人株代、半金の返済を求めれば、金の無い山本家が追い詰められる。又八郎を上手く預かれなかった小十郎の立場は、酷く危うくなるだろう。

「そう持って行くつもりで、人を操った気だったんでしょうが……元の奉公人同士、一助と忠太は、仲が良くなかったんですよ」

横平屋が釣り餌として、二人へ示していた金と立場を巡り、また争ったのだ。その時、忠太は堀へ落ちて死に、一助は逃げ出す事になった。大倉屋が息を吐く。

「一助が、口入屋と一緒に逃げたのは、路銀の為かな」

「多分。一助には金がなかった。一方口入屋は、一助が忠太を堀へ落としたと聞き、慌てたんです。事に関わった己も、江戸にいると拙いと思ったようです」

そして二人が逃げた事で、忠太の身に何が起きたのか、麻之助達にも察しがつくようになった。麻之助らは、両国の盛り場へ走った訳だ。

「貞さんに、大貞親分の代わりをお願いしました。私にゃ、出来ない事ですんで」

麻之助はそう言い切ると、堂々と大事な用を人へ押しつけ、取り調べという、一番大事な手柄も吉五郎に渡した。自分で結末をつけたいという思いより、確かな道を選ぶべき時だった。

そして貞は、東海道の親分方へ声を掛け、きっちりと事を終わらせたわけだ。

「それで、大倉屋さんへもご報告出来ました」

すると江戸では、借金の棒引きと安い利息の噂が飛び交った後、ある料理屋が急に寂れたと、よみうりに書かれた。要するに横平屋は、札差との勝負に負け、じき、店を畳んだのだ。大倉屋が頷く。

「ほっとしたよ。これで、お由有はもう大丈夫だ。相馬様へも顔向けできる」

他方、八丁堀での養子縁組が一つ、取り止めになった。町人から断ったので、既に払っていた持参金の半金は詫びとして渡され、山本家は改めて、縁者より養子を迎えるという話になった。

札差は、麻之助の顔を覗き込む。

「高橋家の跡取り息子は、かなり無茶だが、面白い奴だ。うちの跡取りは、親から見ても、そりゃ優れた男なんだ。しかし……面白みのない男でねえ」

先々札差となれば、商いで間抜けはしないだろう。だが札差の子でなければ、大倉屋程の大店を率いはしなかった筈だと、江戸で名を馳せる男は言い、庭の向こうへ目を向けた。麻之助は首を傾げる。

(そういえば先日、皆が大倉屋さんに集まった日。貞さんと吉五郎は来たのに、大倉屋さんの息子さんは、あの部屋にいなかったね)

この札差の目は、一体何を見ているのだろうか。麻之助は思わず、大物と言われる男の眼差しを追った。

すると。

料理屋の、渡り廊下の先、今日の祝いが行われる離れへ、向かう姿があった。お由有は今日、白無垢は着ておらず、着物は地味な色味であったが、多分上等な絹地に違いない。

(お由有さんは……良いおっかさんになったな)

お由有は今回幸太の母として、一番良い道を選んでいた。幸太の先々にとって、この婚礼は幸運な事なのだ。これで四郎兵衛の息子となる幸太は、いずれ店を継ぐ。

それに、今までは一人きり、長屋住まいで、煮売り屋の豆でも買っていたに違いない四郎兵衛にも、家族が出来る訳だ。妻と子を得て、いずれは孫達にも囲まれていく。四郎兵衛の店は立派なものになるだろう。大倉屋は今回の分家に、大枚を出してくれるに違いなかった。

皆、幸せになる。麻之助は小さく頷いた。

(ああ、ほっと出来る事だ)

だから……不思議な寂しさを覚える事は、決して言わない。今日は、お祝いの日なのだ。この場から道が分かれてゆくわけで、過ぎて行く時が、肌身に重く感じられている事も、言わない。

この時お由有が、離れた廊下から、不意に庭へ目を向けてきた。父親と、麻之助の姿が目に入ったのだろう、静かに頭を下げてくる。遠くにいるお由有へ、麻之助も頭を下げ、挨拶を返す。

そして。

お由有はそのまま、部屋内へ消えていった。もう少ししたら、麻之助も祝いの席の端に並ぶ。清十郎とお由有、麻之助の幼なじみである八木家の二人は、婚礼を境に、また別の道へ踏み出してゆくのだ。

大倉屋が、自分を見ているのが分かった。

（幼い頃は、男の子も女の子も混じって、毎日遊んでいたね）

お寿ずとの結納の日、麻之助とお由有は、同じ庭先にいたと思う。

今日はこうして離れた場所におり、すぐにその姿は、消えていなくなる。

「重ならない縁というのは、あるもんだ」

ふと、大倉屋が独り言のように漏らした。

麻之助は、人の居なくなった明るい景色を、しばし眺めていた。

昔の約束あり

1

相馬《そうま》小十郎《こじゆうろう》は、江戸市中でも強面《こわもて》で知られる、定廻り同心だ。その娘一葉《いちは》は今、屋敷の客間で茶を出しつつ、ちょっと驚いていた。

先刻、江戸町名主《まちなぬし》の跡取り息子麻之助《あさのすけ》と、町名主の清十郎《せいじゆうろう》が揃って、相馬家を訪ねてきた。いつものように、友である吉五郎《きちごろう》に会いに来たのかと思ったら、驚いた事に二人は、父、小十郎に会いたいと言ったのだ。

小十郎は麻之助達を、客間へ呼びはしたものの、理由の分からぬ来訪に顔を顰《しか》めている。一方麻之助は、いつもと変わらぬ明るい調子で、話を始めた。

「小十郎様、お邪魔をして申し訳ありません。本当に、同心の旦那方はお忙しいのに」

江戸の南北町奉行所には、それぞれ定廻りが六名、臨時廻りが六名しかいないのだ。

その人数で日々、定められた町を巡り、自身番へ外から声を掛け、何か起きていないかを確かめてゆく。

「吉五郎など勤勉で、昨日その見回りの間に、殴り合いを止めてます。お店から、二つも相談事を受けたし、奇妙な病が流行《はや》っているとの噂話を聞けば、岡っ引きや手下《てか》に探らせているとか。盗賊が江戸に入ったとの話は、早くに内与力《うちよりき》へ話を伝えておいたそうです」

その賊は、品川で二軒の商家へ押し込んだとかで、剣呑《けんのん》な話は、町名主の所にまで伝わっているのだ。

「最近は何故だか、剣呑な話が多いですね」

「麻之助、早く用を言いなさい」

ふらふら話していると、途中で小十郎が低い声を出した。すると麻之助は慌てて、何故相馬家へ来たのか、口にする。今日吉五郎は、そんな忙しい見回りの途中で、妙な件に巻き込まれたのだ。

「両国の盛り場での事で、話はちょいと長くなります。よって、怒らないで下さいましね」

「麻之助、本当に義父上《ちちうえ》へ、あの件をお伝えする必要があるのか？」

吉五郎は、不機嫌な小十郎の前で、少々腰が引けている。すると小十郎が、怖い顔つきで言った。

「そこまで話したのだ。麻之助、さっさと話して終わらせろ」

麻之助は、深く頭を下げてから語りだした。


「旦那、吉五郎の旦那」

今日も早足で見回る中、同心見習いの吉五郎は、両国橋の近くで声を掛けられた。相馬吉五郎というのだから、相馬の旦那と呼ばれそうなものであったが、義父の小十郎が既にその名で呼ばれている。よって馴染みの者達は、専《もっぱ》ら名前で吉五郎を呼ぶのだ。

「旦那、ちょいと来ておくんなさいよう。通りかかるのを、待ってたんでさ」

賑やかな盛り場の道で、吉五郎にそう声を掛けてきたのは、鯔背《いなせ》でいける男達の頭、貞《さだ》であった。見目が良く、おなご達から差し入れを山と貰うという、見事な特技を持つ貞達は、今日も綺麗なおなごと一緒であった。

「おや、その娘さんが、俺に話があるというのか」

嫌な顔はしなかったものの、吉五郎は娘へ、相談事ならまずは大家、それで足りなければ、町名主にでも聞いてもらうよう口にした。定廻りの同心が、娘の悩みまで聞いていたら、木戸が閉まる刻限になっても、八丁堀へ帰り着けない。

「なんなら貞、お前さんが話を聞いても、いいんじゃないか」

綺麗な娘と関わるのは、得意の筈であった。だが吉五郎がそう言った途端、娘は吉五郎の側へ寄った。

「相馬様。町名主さんで、事が足りるお話ではないのです。それでわざわざ、この辺りで顔の利く貞さんにお願いして、相馬様へ声を掛けて頂いたのですから」

「はて？　同心に何用かな」

どうやら愚痴ではないとみて、貞の顔を立て、吉五郎は話を聞く構えを取った。貞達には、今までに何度も手を借りているからだ。

すると娘の話は、何とも不思議なものであった。

「あたし、蝶《ちょう》と申します。日本橋と両国橋の間にあります仏具屋、東国屋《とうごくや》の娘です」

祖父が若い頃、東国屋はもう少し南にあったとお蝶は語った。そこでお蝶の祖父は八丁堀のお武家と、大好きな釣りを通して知り合い、親しくなったらしい。そもそも東国屋は、昔からお武家と縁の深い店であった。

「祖父は気の良い男で、商売柄か、日頃熱心に信心しておりました」

だが好きな事といえば、釣りだ。仏具屋という商いをしているのに、殺生《せっしょう》を好むとは、罰当たりな事ではないのか。気に病んでいた時、たまたま麻疹《はしか》が流行ったのだそうだ。

「おやま」

両国橋西詰めの橋近くで、貞達が、お蝶と吉五郎を取り巻くようにしている。すると、通りかかりの者達まで足を止め、お蝶の語りを聞き始めた。

「流行病《はやりやまい》は怖いものでございます。孫が一人命を落とし、知り合いも何人か亡くなって、祖父は釣りをするのが怖くなったとか」

するとそれを知った釣り仲間が、両国橋の東、回向院《えこういん》近くにいる千里眼《せんりがん》を、訪ねてみたらどうかと言ってきた。その千里眼は、大枚を取る事はないらしい。だからお武家と二人で、釣りをしてもいいか、その男に問うたらいいと言われたのだ。

ところが。

「祖父達と会った途端、珍しくもその千里眼は、変わった事を言ったとか」

「変わった事？」

「千里眼は祖父達を見て首を傾げ、大いに不思議がりました。そして祖父と友のお武家、二人の結び付きは特別なものだ。物事を鎮《しず》めると言ったそうです」

今回の流行病は、今日、二人が揃って千里眼の所へ来たので、終わるとも言った。そして本当に、その日を境にして、流行病は嘘のように治まっていったらしい。

「……何と言うか、妙な話だねえ」

周りにいた行きずりの者達が、盛り場の道で首を傾げている。千里眼本人であればまだしも、男二人の関係が、この世の理《ことわり》を動かすと言われても、奇妙にしか思えないのだ。

だがお蝶は、話をさっさと進めた。

「千里眼はその日、思わぬ話もしました。もしこの先、二人が歳の合う息子と娘を得たら、添わせたらいいと言ったらしいんです」

二人は身なりからして、お武家と町人のようだが、仮親を立て、身分を整えるという手がある故、何とかなるだろう。それで世は今よりも鎮まると、笑ったらしい。

つまりは仲の良い友の子同士、いつか夫婦にしようというだけの話であった。双方に異存は無く、話はあっさりまとまった。お蝶の祖父達は、その場で千里眼に、きっと子供達を添わせると約束したのだ。

「帰り道、男二人は、釣りの悩みを聞きそびれたと、笑い合っていたと聞いております」

ところが。お武家、東国屋共に、産まれたのは男の子だけだった。よって、縁談がまとまる事は無かったのだ。

「ですが祖父は、縁談が成らなかった事を、気にしていました。その後も病がお江戸に流行るのを、何度も目にしたからでしょう」

勿論、歳を重ねた祖父は、世間を知っていた。町の片隅に住むじじいの約束が、天の運を握っているなどと言い、世を騒がす事はなかったのだ。ただ、誰かが流行病に罹《かか》るたび、祖父は苦しそうな顔つきになった。

すると、東国屋へ嫁いだお蝶の母親が、段々その話を信じ始めたのだ。そして最近、祖父よりぐっと早くに亡くなったお武家の家に、息子がいるかどうか調べ始めた。元々千里眼が、勧めた縁なのだ。少々時が経ったが、これから縁談がまとまれば、きっと目出度い事になる。そう言い出したのだ。

「母は相手の方に、妻はいないと言いました」

東国屋の子は、婿を貰った姉と、お蝶だけだ。つまり、お蝶がその御家人に嫁げば、祖父達の約束を守る事になると思われた。

よって。お蝶は吉五郎を、真っ直ぐに見てきた。

「母は相馬様の所へ、仲人に行ってもらうと言っております」

だが、相馬家の都合というものもあるだろう。いきなり昔の話をされても、相馬家では覚えていない事もあり得た。東国屋と縁のあった相馬の御隠居は、もうとうに亡くなっている。だからお蝶がこうしてあらかじめ、相馬家の吉五郎へ話を伝えに来たのだ。

「……は？　今の話、我が家の……相馬家の事を、申していたのか」

吉五郎は魂消《たまげ》、それきり呆然として、言葉が続かないでいる。それを見た貞は溜息をつき、ちょいと腕を組んだ後、仲間を二人、急ぎ神田の町名主の屋敷へ向かわせた。

「いやぁ、参った。この娘さんから、相馬様に是非、話したい事があると言われたんですがね。おれたちも、こんな話が飛び出して来るたぁ、思いませんでした」

この話がどう化けるか、貞達にはとんと分からない。だが。

「とにかくお堅い相馬の旦那一人で、この奇妙な話を聞かない方が、よろしいでしょう」

　だから貞は今、吉五郎の友二人へ使いをやり、大急ぎで来てくれるよう頼んだという。

「まあ、麻之助さん達でしたら、大丈夫。何十年か前の約束が転がり出て来たって、河童が現れたって、狼狽《うろた》えたりしませんから」

「貞、それはそうだが、な」

　吉五郎は、未だに呆然としながら、しかし鋭い事を口にする。

「あいつらが、ここへきたら……妙な縁談を、面白がってしまうやもしれんぞ」

　何しろ、麻之助なのだから。

「ああ、そりゃ、ありそうな事ですねえ」

　貞は笑い出したが、吉五郎はとても、笑みを浮かべる気にはなれない。辺りにいた野次馬達は、一斉に噂話を始めている。お蝶はじっと、吉五郎を見たままだ。

　麻之助は、直《す》ぐには来なかった。

2

　一旦話を括《くく》ると、麻之助は一葉が出した茶を、美味しそうに飲んだ。

そしてそっと目を向けると、小十郎は上座で扇子をぱしりと音を立てて閉じ、低い声を麻之助へ向ける。

「それで？　麻之助、その妙な話を、何故、御身が当家へわざわざ伝えに来たのだ？」

清十郎が顔を強ばらせている横で、麻之助は頷くと、言葉を続けた。

「小十郎様、そんなお顔をなさると怖いですよ。私は先刻、両国へ呼び出されたんで、猫のふにと取り合ってた団子を諦めて、屋敷を出てきたんです。ふには今頃、私のお八つの団子を、食べちまってるに違いありません」

つまり麻之助は今日、お八つ抜きなのだ。かくも犠牲を払ったというのに、睨まれたのでは悲しいではないか。麻之助は真剣な調子で言った。

「それでですね、小十郎様。東国屋が頼んだ仲人が、その内本当に縁談を携え、こちらのお屋敷へ来るかもしれません」

その事を、早めに伝えにきたと言うと、小十郎の目が光る。

「ほう……」

その顔が吉五郎へ向けられた。

「吉五郎、お前はそのお蝶というおなごと、直に話したのだろうが。その時、はっきり

だが。その軽い言葉を聞いた途端、吉五郎が止めろと小突いてくる。麻之助は口を塞《ふさ》がれる前にと、急ぎ大事な一言を付け加えた。

言わなかったのか。相馬家は、妙な昔話に付き合う気はないと」

義父に睨まれ、吉五郎が身を縮める。すると麻之助の横で、清十郎がこほんと、わざとらしい咳払いをした。小十郎が清十郎を睨み、二度目の咳払いを止めたが、友はとにかく、言うべき事は口にした。

「その、小十郎様、吉五郎はきちんと事を止めたんです。はい、お役目の途中ですし、両国橋の盛り場には、人も集まってました。馬鹿はやっちゃおりません」

ただ。

「貞さんが、麻之助を呼んだんで、ねえ」

麻之助が絡んだら、事が真っ当にあっさり、終わる筈もない。清十郎ときたら、長年の友麻之助を、そんな風に言ったのだ。

「おい清十郎、その言い方はなかろうに。私は真面目なんだよぅ」

今日だとて、珍しくも立派に働いたのだ。そのあげく、友には散々に言われ、団子を食べ損ねたのでは敵わないと、麻之助はぼやく。そしてにこりと笑って小十郎を見ると、今回の話、吉五郎や麻之助が頑張っても、早々に収まる事ではなかったと言った。

「小十郎様にも、その訳くらい、もう察しがついておいでと思ったのですが」

「何の事だ？　ちゃんと言いなさい」

「おや」

きらりと目を光らせてから、麻之助は先を語った。

「東国屋さんが、相馬家との縁組みを思い立たれたのは、お蝶さんの祖父と、小十郎様の亡くなられたお父上との縁が、元なんです。とにかく、お蝶さんはそう言われました」

どこかの千里眼が、男二人の関係が、この世の理を動かすと言ったのだ。よって二人の血筋を添わせたらと、勧めた訳だ。

つまり……ここで小十郎は口元を歪める。

「吉五郎は、関係ないという訳か」

「ご明察です。吉五郎は養子ですから」

つまり、先代相馬家当主の血は引いていない。跡取り故に、お蝶が間違えたのだと聞き、一葉は側で目をしばたたかせる。

「ですから吉五郎は、両国橋でお蝶さんと、話を付ける事など出来ませんでした。お蝶さんは、相馬家のお血筋との縁を望んでいたので」

つまり。珍しくも小十郎の顔が強ばった。麻之助が、大きく頷く。

「先代相馬様の血を引かれる方は、お二方のみです。小十郎様と、一葉お嬢様です」

そして東国屋の血筋で独り者は、お蝶だけらしい。既に縁づいているのも、姉だ。となると、おなごの一葉では相手にならない。

　ここで麻之助は、にっと笑った。

「そして何と、小十郎様は奥様を亡くされ、今はお一人でおられます」

　その上以前から、後添いを貰えばどうかという話が、多々あったのだ。小十郎は歳を重ねた今も、涼しい面の男であった。

「となれば小十郎様、吉五郎が勝手に、お蝶さんを邪険にすることは出来ませんよ」

　そんな事をしたら、己の立場を守る為かと、周りから厳しい目を向けられかねない。吉五郎は養子で、難しい立場なのだ。

　すると小十郎の眼差しが、更に剣呑なものに変わる。

「当家の跡取りは、吉五郎と決まっておる。それ故に、同心見習いとなっておるのだ」

　一葉とて、既に大分大きくなっている。あと何年かの内に、吉五郎と婚礼をあげる話になる筈だと言ったのだ。一葉は目を見開く。

「あら……そうなんだ」

「我が父の代の時が、何十年も後の今、蘇るべきではなかろう」

　小十郎はぴしりと付け加える。いや、そうなってはおかしいのだ。

「なのに」

　若い娘が両国の盛り場で、昔の話を蒸し返したという。そこで小十郎は、一寸言葉を切ると、ふっと肩の力を抜いた。

「馬鹿馬鹿しいというより、妙だな」

そして麻之助達を見ると、一段落ち着いた声で問うてくる。

「それで御身達三人は、今回の事をどう考えているのだ？　この後、どうする気だ？」

問われて、麻之助はにやっと笑った。だが吉五郎は眉を顰め、義父と友を交互に見る。

「あの、義父上。東国屋の件に、何か引っかかる事があるのですか」

横で吉五郎が戸惑っているので、麻之助が肘で突いた。

「吉五郎、気付けよ。妙な点があるじゃないか」

だが、そう言われても、友は困ったような顔つきのままであった。麻之助は仕方なく、もう少し事をかみ砕いて伝える。

「もし、だよ。お蝶さんや東国屋のおかみが、真実、先代の話を信じたとする」

つまり今更ではあるが、本当に相馬家との縁談を望んでいるとしよう。だがそう考えると、ちょいと妙な点が出てくるのだ。

「相馬家が、同心の家柄だということは、とうに分かっている筈だな。先代も、そうだったんだから」

ここで麻之助は、吉五郎の顔を覗き込んだ。

「お前さんなら縁を結びたい同心へ、両国橋橋詰めの盛り場でいきなり、縁談の話をするか？」

しかも事の始まりは、何十年も前に千里眼が言った言葉だと、わざわざ周りに言うだろうか。今日も両国橋の近辺は、数多《あまた》の人で溢れかえっていたのだ。

「そんな胡散《うさん》臭げな話を、あの盛り場で広めちゃ、まとまる話も、流れちまいそうじゃないか」

大いに、奇妙な話であった。側で聞いていた一葉は頷いて……そして、困ってしまった。

「お蝶さんは、わざわざ貞さんに声を掛けて、両国橋で、吉五郎さんを呼び止めたのよね？　たまたま、あそこで話したんじゃないんだわ」

麻之助は更に続ける。

「何で、吉五郎へ話したんだろう」

もし昔の千里眼のお告げに従うなら、今話したように、小十郎との縁談を望むしかない。なのに吉五郎へ声を掛けるとは、妙にそこだけがいい加減であった。

「東国屋は……いや、お蝶さんは、本当に相馬家との婚礼を、望んでいるのかね？」

清十郎も、頷いて言う。

「吉五郎が養子とは、知らなかったのかねえ。でも同心の事なんだ。そんな事は、ちょいと自身番で聞けば、分かることなんだがね」

自分の縁談相手を、半端にしか調べていない。

「つまり今回の話、どうも奇妙だと思ってます。一体どんな話が、千里眼のお告げの向こうに、隠れているんでしょうかね？」

清十郎が首を傾げ、吉五郎は呆然としたままでいる。ここで小十郎は、養子へひとこと言った。

「惚けているではない。吉五郎、事の訳を摑んできなさい」

「えっ……義父上、この件に、この後も関わるのですか」

今回の話は、胡散臭い。だが相手の東国屋が町人である上、縁談に否と言えば、じき、忘れ去られる話なのではないか。吉五郎はそう思っていたのだ。

一葉が眉尻を下げていると、小十郎は麻之助と清十郎を見て、同じ考えかと問う。町名主と、町名主の跡取り息子は、一寸顔を見合わせると、揃って首を横に振った。

「お蝶さんはわざわざ盛り場で、皆に聞こえるよう話をしたんです。このまま黙るとは思えません」

それに放っておくのも、拙《まず》かろう。

「お蝶さんは若いし、小十郎様は、役者もかくやという男ぶりだ。もし東国屋が騒いだら、昔の千里眼の話まで加えて、よみうりに書かれそうですね」

勿論、同心である相馬家の名前は出せないだろう。だがなに、それと分かるように書いた上で名を伏せる腕くらい、よみうりの書き手達は持っている。麻之助は保証した。

「吉五郎、義父上がそんな騒ぎに巻き込まれては、拙かろうに」

小十郎は顔を顰め、要らぬ事が起きるのはご免だと口にした。

「何故こういう話になったのか、事情を調べておけ。妙な話が出てきたら、止めなさい。そして、知らせてくるように」

小十郎がそう決め、吉五郎は黙ったまま頷いている。

「これは、友一人に任せてはおけないねえ」

麻之助が明るく言った。一葉は、お蝶という名をつぶやき、小十郎へ目を向けた。

3

「あの、何でこの皆さんが、うちにきたんでしょう？」

翌日の事。麻之助は己の屋敷、町名主高橋《たかはし》家で、猫のふにと一緒に首を傾げた。今日、麻之助は万事を繰り合わせ、仕事を心ならずも手代に押しつけて、吉五郎、清十郎と、集まる事になった。小十郎の言いつけで、吉五郎はお蝶の事を調べねばならないからだ。

ただ部屋に現れたのが、清十郎と吉五郎の他に三人いたので、驚いていた。猫のふにだけは喜び、一葉の膝へ上がり込んで撫でてもらっている。

麻之助が、困ったように問うてきた。

「あの……お安《やす》さん、清十郎がうちへ、付いてこいと言ったんでしょうか？」

するというと、返事は亭主がした。

「麻之助、あたしは言ってない」

「その、お虎《とら》さん。丸三《まるさん》さんがお虎さんに、力を貸せと言ったんですか？」

「いやね、また丸三が騒ぎそうなんで、今回はあたしが、手を貸すって決めたのさ」

お虎は高利貸しの友、丸三の妾にして、唯一の連れ合いであった。そして今回、麻之助達が上手く事を解決出来るか、大いに危ぶんでいるらしい。

「そいつはその……済みません」

顔を顰めた吉五郎を見てから、麻之助は一葉へも、ゆっくり声を掛けてきた。

「一葉さん、昨日はお邪魔をいたしました。しかし今日はまた、どうして当家へお見えになったのかな」

一葉は麻之助を見つめ、はっきりと言った。

「それは、心配だったからです」

「はて、何が」

「吉五郎さんは、こういう、おなごや縁談が絡んだお話は、見当を付けるのが不得手でおられますから」

十二の子供にそう言われたからか、麻之助は一瞬、言葉が出ないでいる。一葉は、すかさず付け足した。

「わたしはもう、子供ではございません。十三にもなれば、嫁に行く娘もいるんですもの」

「あの……そうでした」

「麻之助さん、わたしは不安なんです」

おなごであれば、直《す》ぐ思い浮かぶような事を、吉五郎達は口にしていない。昨日、屋敷で話を漏れ聞き、一葉は吉五郎達三人を、放っておけなくなったのだ。

清十郎が、麻之助の部屋で首を傾げた。

「その、例えばどういう事ですか？」

すると一葉とお安とお虎が、清十郎へ厳しい眼差しを向ける。そして、清十郎も分かっていなかったのか、心許ないと、お虎が言い始めた。

「清十郎さん、東国屋のお蝶さんは、相馬家の事を調べたって、両国橋の道端で言ったんでしょう？　相馬家の跡取りには妻はいないって話したんだから、本当でしょうね」

なのに。

「一葉さんの名は出てないし、吉五郎様の許嫁《いいなずけ》だということも、言っちゃいない。そこだけ、きれいに抜けてるのは、変じゃありませんか」

つまりお蝶は、吉五郎が養子であることも、許嫁がいることも分かっていて、わざと言わなかったのではないかと、お虎は考えているのだ。いや、女三人は皆、そう考えていた。

「そうでないなら、よほど、いい加減に調べたんだね」

「女、三人は……」

その言葉が何とも重いようで、麻之助はそろりと、並んだおなご達へ目を向けてくる。すると今度は、お安が話し始めた。

「何故お蝶さんは、吉五郎さんに許嫁がいるという話を、大勢の前で言わなかったんでしょう?」

今回のお蝶の話は、あちこちが少しずつ奇妙であった。それで一葉は不安になり、吉五郎が頼りになると話していた清十郎の妻、お安の所へ行って相談したのだ。そこへ丸三の使いで、お虎が届け物を持って現れたので、三人はあっという間に話を弾ませた。

「するとですね、調べたい事が、幾つか出てきたんですよ」

一葉はきちんと、それを並べてみせる。

東国屋はどういう店で、商いの方は、ちゃんと儲かっているのかどうか。

昔、千里眼は本当にいたのか。そして、東国屋の祖父と本当に関わっていたのか。

相馬家の先代と東国屋は、本当に子供達の縁組みを、望んでいたのか。

お蝶の母親は祖父の話を信じ、娘と相馬家の縁談を、望んでいるのか。

ここでお虎が頷いた。

「東国屋の事は、うちの丸三に調べて貰えば、かなり内々の事まで、分かると思うよ」

丸三は名の通った金貸しだから、江戸にある店の、事情を摑むのは上手いのだ。

「だけどねえ、あたし達三人じゃ調べきれない事も多い筈なんだ。それくらい分かってる」

ここで一葉が、だからと吉五郎を見た。

「吉五郎さんは、同心見習いなのですもの。色々知っておいでですよね？」

そしてお安の亭主は、支配町の事を裁定する町名主だ。裁定の時のように、双方の事を調べる事くらい、やれるに違いない。

「麻之助さんだって、吉五郎さんの為に、これから色々調べると思います」

だから分かった事があれば、一葉達にも教えて欲しい。自分達の考えが役に立つなら、勿論、麻之助達へ伝える。おなご三人は今日、その考えを伝える為、高橋家へ集まったのだ。

すると、麻之助は亡き妻の大事な猫、ふにを抱き上げた。そして、一葉の顔を覗き込む。

「一葉様、今回の騒ぎに、首を突っ込んじゃいけませんてば」

詳しい事情を知りたいなら、全部事が終わってから、ちゃんと次第を知らせる。だからそれまで、黙っていて欲しい。麻之助は笑みを浮かべながら、しかしきっぱり一言、

「怖いんで」と言い切った。

「でも……殿方だけでは、おなごの事を、思い間違いしそうです。だから、力をお貸ししたいんです」

「では、その助言だけを下さいな。一葉様、その方が助かります」

ふにの前足を握りつつ、麻之助は引かない。一葉は頬をふくらませた。

「おなご達が、お調べごっこをするのは、いただけないと思っているのかしら」

お安が下を向き、お虎は怖い顔でお盆を手にした。

「わたし達の事、役に立たないと見ておいでなんですか？」

するとと、お気楽な町名主の跡取りは、ふにに引っかかれながら、首を横に振ったのだ。

「いやいや。その……痛い。役立たずではなかろうと思うので、怖いんですよ」

「えっ？　あの……」

「例えばお安さんが、大変きちんとあれこれ考えられるお人だという事は、分かってます」

あの丸三が頼りにしているお虎とて、しっかりしたおなごだろう。その二人と話が出来るのだから、一葉も若いながら、ちゃんと考えられる者なのだ。

だから。

「この三人で突っ走ってしまうと、その先が怖いんです。うーん、つまり」

三人は、どれ程危ういか分からないまま、剣呑な件に首を突っ込みそうなのだ。あげく、深く関わり、事を見抜いてしまいそうな所が、一層怖い。

「例えば、清十郎が不思議な相談事を受けたあげく、ある日ふっと姿を消したとします」

麻之助はそう言って、横に座った友を見た。

「周りは騒ぐでしょう」

麻之助も心配するだろう。だが狼狽《うろた》えたりせず、清十郎の行方を捜せる気はする。友は見た目も良いが、結構腕っ節も立つ男であった。いざとなったら己の身一つくらい、守れるに違いないからだ。

「当然だな」

清十郎が頷く。しかし。

「一葉さん達お三方に、男との喧嘩は無理だ。万一って事があります。私は小十郎様や清十郎達が、頭を抱える所を見るのは、ご免なんですよ」

身内のおなごが危ういのに、なすすべもないと、男は情けない程、狼狽える。麻之助はそう言ってから、何かを思い出したかのように、言葉を切った。するとお虎がそっとお盆を置き、一葉は眉尻を下げる。麻之助は柔らかな口調で続けた。

「今回の東国屋さんの件は、今の所、まだ危うい様子は見せちゃいません。だけどね、奇妙な感じはしてます」

だから心配させないでおくれなさいと、麻之助が困った顔で言う。その上、お願いだからと、付け足されてしまった。

「あの……済みません」

一葉は謝るしかなかった。

しかし、そっと溜息をつきもした。

4

数日後の昼過ぎ、主の小十郎や吉五郎が勤めに出かけた相馬家へ、客が来た。先日も、東国屋の件で顔を合わせた、お安とお虎だ。

おなご三人が奥の一間へ集うと、ついでにお八つも集まった。お虎が金つばを、お安が団子を持ってきたので、一葉はあられと茶を出し、皆で話しながらつまむ事になった。

お虎は既に三十路を越えているし、お安は二十歳を越えたところ、そして一葉はまだ十二だ。歳の違う三人は、しかしこうして縁を持ち、楽しく話しだした。

一葉は山ほど話したい事を抱えていたが、まずは嬉しげに、金つばを見つめる。

「お虎さん、この金つば、美味しいですね。どこで買われたんですか？」

「一葉さんも気に入ったかい？　笹兎屋《ささどや》って店のものなんだよ」

丸三の所には、皆、金を借りに来る。その時、利を甘くしてもらおうと思うのか、美味しい甘味を持ってくる人がいるのだ。

「この金つばも、そうさ。まだ新しい店だけど、老舗で働いていた職人が始めた所でね。値の割りには、味が良いんだ」

お虎は一度、貰い物を食べた後、贔屓《ひいき》にしているという。

「だけど笹兎屋は今、気の毒にちょいと、苦労しているみたいだ。店を開いて早々に、妙な事になっちまってね」

菓子屋は神田でも、やや西より、武家地に近い方にあった。手頃な値で美味な為か、挨拶の品として、武家が買い求める事も増えていたらしい。

「ところが、さ。ある時、笹兎屋の生菓子を食べた若いご新造《しんぞ》様が、急に具合が悪くなって亡くなっちまったとか」

一緒に菓子を食べた家人らは、何ともなかったのだから、その時菓子屋に、何か言った者はいなかった。ただ、そういう件があった為か、まだ贔屓の少なかった笹兎屋から、客足が遠のいたらしい。

「不運なこったと思うよ」

「わたしもその話、聞きました。最近新しい病が、流行ってるんじゃないかって噂ですね」

病も噂も怖いですねと、お安が眉を顰める。ことに今回の噂は、亡くなった者が直前に食べたというだけで、売った店が悪く噂されたから、困った事であった。

するとその〝怖い〟という言葉を耳にしたお虎が一つ頷いた。そして何気ない顔で、丸三から聞いた事を、他の二人へ話し出す。

「ほら、例の東国屋の事だよ」

勿論、怖いから、東国屋の事には首を突っ込まないでおくれと、麻之助達から念を押されてはいる。だが……こうしておなご三人が、甘いものを食べつつ話をするくらいは、かまわないではないか。

「あたしは知らなかったけど、東国屋という仏具屋は、随分と続いてる店みたいだね」

江戸は火事が多いし、そもそも商売というのは、受け継いでいくのが難しい。一代保たずに閉まる店が多い中、東国屋は、もう四代続いているという話であった。

「丸三によると、東国屋は大金持ちじゃないって話だ。でも、店が何代も続いているだろ。金持ちだろうと勝手に羨んで、金櫃《かねびつ》代わりに頼る身内は、いるようだね」

自分の足で必死に立っていると、しがみついてくる者が出るのだ。

「あたしを捨てた親も、そうだった」

お虎はふと、思い出したように言うと、一瞬、唇を嚙む。

「まあ、東国屋の姉夫婦は親同様、真面目に商いをしているようだけど。とにかく……ええと、何の話をしてたんだっけ。そうそう、東国屋には、借金はないって事だった」

どうも、女の話はあちこちへ飛んでいけないと、お虎が自分に溜息をつく。ここでお安が、話を引き継いだ。

「うちの清十郎も、吉五郎さんの為に、聞き込みをしてました」

それによると、東国屋の祖父と相馬家の先代は、確かに縁があったようだ。釣り友達というのも、真実らしい。

「釣り道具の店、山川屋《やまかわや》。八丁堀近くにあるんですけど、そこのご主人が、二人を覚えてらしたとか」

当時、今の山川屋主はまだ子供であったが、先代の相馬家当主達が店へ来て、釣り道具を求めていったのを承知していた。身分が違っても好きなものが同じだと、付き合いがあるのを知って、覚えていたのだ。

「ですけど山川屋の主は、千里眼の話は知らないと言ったとか。今の所、他に知っているという お人も、いないみたいです」

釣り仲間ですら知っていた千里眼であった。そんな者なら、もっと覚えている人がいても良さそうなものだと、お安は言う。

「何故その千里眼を、誰も知らないんでしょう。少し不思議です」

お安が息を吐くと、次に一葉が、屋敷で耳にした事を話し出した。一葉へその話を教えてくれたのは、何と麻之助だ。

「まめに、わたしへ話を伝えておかないと、自分で調べに行っちゃいそうだからって。麻之助さん、笑ってました」

一葉が無茶をすると、吉五郎が慌てる。慌てると、お調べで間抜けをする。間抜けをすると、小十郎様が怒る。怒ると、何故だか麻之助が叱られる。麻之助はそう言ったのだ。

「怖い事に、なるからねえ」

という訳で、麻之助は一葉へ、興味深い話を教えてくれた。少し前、東国屋のお蝶に、縁談が来ていたというのだ。麻之助は東国屋のある町の、町名主からそれを教えて貰ったという。

「相手は、お武家様ですって。御家人の多村《たむら》様だそうです。東国屋さんは、確か上のお嬢さんの婿殿も、元、お武家様でしたよね」

ちなみにお蝶の縁談は、婿取りではなく嫁入りだ。縁談相手の多村は、ご新造様を亡くされており、後妻は町人の出でもかまわないと言ってきたらしい。

「でもその縁談は、駄目でしょうね。お蝶さんは、相馬家との縁談を望んでますから」

麻之助の話は、そこまでだった。だが一人になった後、一葉の頭に、ぽかりと考えが浮かんできたのだ。

「ねえお虎さん、お安さん。もしかしたらお蝶さんは、そのお武家との縁談が嫌で、相馬家と縁があるって話を、勝手に作り上げたんじゃないかしら」

「おや、あり得るかも」

お虎は一瞬、目をきらめかせる。だがお安は、首を傾げた。

「あの、でも何故？」

お蝶は町人であった。縁談相手がお武家ならば、断るのは難しくない筈だという。

「そういう身分を越えた縁談は、まとめる方が結構大変ですから」

お蝶を一旦武家の養女にしたり、手間をかける諸方へ、御礼の金を払ったりしなければならないのだ。東国屋は今の婿を迎え、既に武家と縁がある。無理をしてまで、また武家と縁を得たい訳では、なかろうと思われた。

「お金が追いつかぬからと素直に言えば、縁談相手の方が引くと思うのですが」

わざわざ町人と縁組みする武家は、嫁の家の金に、頼りたい者が多いという噂であった。

「うーん、思い違いかしら」

一葉が首を傾げる。

「ああ、また聞きの話ばっかりだからか、事がはっきりしないわ」

困ったように言うと、一葉は小さなあられを五つもつまんで、ぽりぽり一遍に食べた。

すると向かいで、お虎が頷く。

「やっぱり東国屋の事くらい、自分で確かめてみたいねえ」

お蝶自身に問えば、はっきりする事も、多い筈であった。相手が同心であれば、お蝶も余計な事は言わないだろうが、おなご同士なら、耳打ちしてくれる事もあるに違いない。お虎は二人を見た。

「千里眼の話だってさ、いなかった、で終わりにしちゃ駄目だと思うんだよ」

千里眼だという人はいたけど、先代との関係が分からなかったのか。いや、そもそも千里眼は、回向院の周辺に見当たらなかったのか。

「そこが知りたいのに」

お虎の言葉に、一葉が深く頷く。こういう細かな事が分からないと、一葉も自分で調べたくなる。そう話したところ、お虎の目がきらめいた。

「でも、あの麻之助さんに、止められちまっているからねえ。ああ、じれったい」

麻之助はお気楽者だし、一見頼りないし、皆に山ほど心配を掛けるし、ふににも引っかかれているし……。

「あら、頼りない所ばかり、言っちまいましたね。でもあの人が、ちゃんとした男だって事は、分かってますよ。ええ、妹がいて、麻之助さんと縁談があったら、賛成しますね」

だけど、そうした男だから、しっかりおなご達を守ってくるので、まどろっこしい事になる。お虎はきっぱりした性分のようで、ただ守られているのは嫌いなのだ。つまり。

「お虎さんは、麻之助さんの言葉も、丸三さんの事も、ちょいと脇に置いて、突っ走ってしまいそうですね」

するとお虎が問う。

「おや、一葉さんは違うのかい？」

寸の間、一葉のお喋りが止まってしまった。するとお安が不安げな顔を、一葉へ向けてくる。

「一葉さん、吉五郎さんは、一葉さんの事を心配しておいでです。まだ十二なんです。無茶をしては駄目ですよ」

心を見透かされた気がして、一葉は口を尖らせた。するとお虎が、首をひょいと傾げ、お安を見る。

「あれ、お安さん。ちょいと気になる止め方ですね。十二だから、駄目なんですか？」

ということは。

「三人の中じゃ一番落ち着いてて、あたし達を止めに回りそうなお安さんだけど」

もしかしたら、もしかして。一番に無茶をやるのはお安かもと、お虎は口にした。

「あたしと一葉さんを止めておいて、ご自分は突っ走ろうと、思っていないかい？」

問われてお安は、ゆっくりと首を振った。

「お虎さん、それは誤解というもんですよ」

なぜなら。

「わたしはお虎さんを止められると、思ってませんので」

お安は、お虎がきっとこの後、東国屋へ行くと考えていたのだ。お蝶に会い、相馬家へ縁談を持ち込んだ理由を、直に問う訳だ。

すると一葉は目を丸くし、お虎は一寸声を失った後、笑い出す。

「あらら、これは失礼したね。お安さんは、存外度胸が良いみたいだ」

「えっ、二人だけ、無茶をする気だったんですか？」

一葉がふくれる。

「わたしだけ蚊帳《かや》の外なんて、絶対に嫌です」

おなご三人は目を合わせると、他には誰もいないのに、そっと辺りを窺《うかが》った。そしてぐっと話す声を小さくすると、東国屋の場所やお蝶の事を、あれこれ話し始めた。

5

「お安が屋敷に帰ってこない」

「伯母上の所へ行ったはずの一葉さんが、屋敷に戻ってこない。どうしてだ？」

「今、丸三さんが小僧をよこしてきた。お虎さんが、うちに来ていないかって問うてきた」

翌日町名主高橋家へ、まず清十郎が、そして次に吉五郎が、慌てた顔で駆け込んで来た。おなご達が、揃って姿を消してしまった。

麻之助は縁側で、顔色を変えている友二人を見て、溜息を漏らした。

「あんりゃあ。お安さんと一葉さん、お虎さんが消えたって事は……お蝶さんの件に、絡んでの事としか思えないな」

麻之助の言葉を聞き、友たちも頷く。数日前、きちんと止めておいたというのに、おなご三人は、勝手に動いてしまったのだ。

「というか、止められたんで、こっそり動いたんだな。お安がいるのに、なんてこった」

清十郎が頭から湯気を出しそうな様子なので、麻之助は長火鉢にあった薬缶《やかん》から白湯《さゆ》を注ぎ、友二人へ出した。それから眉尻を下げると、清十郎へ言葉を向ける。

「あのさ、実はね、一番事を調べに行きそうなのは、お安さんだと思ってたんだ。何しろ、頭がいいお人だからねえ」

多分、お安は一人でも動く筈と、麻之助は思った。しかし一葉とは違い、正面から止めはしなかった。

「その、止めても無駄だって気がしたんで」

止せと言ったら、お安は素直に頷いただろう。しかし必要だと思ったら、やっぱり事を調べてしまうと思うのだ。

「へっ？」

清十郎が、しゃっくりのような声を出し、吉五郎は呆然としている。そこへふにが歩いて来て、撫でて欲しいのか、吉五郎にすり寄った。だが、吉五郎が動かないものだから、がぶがぶと足の指に嚙みつき始める。

麻之助が眉を顰めた。

「きっと三人は揃って、お蝶さんの件を調べに出かけたんだろうね。しかし、ならば一葉さんが屋敷にいないって事は、剣吞だ」

一葉の姿が長く見えなければ、屋敷の者が心配するに決まっている。お虎やお安も、そこは気にして、早めに一葉を帰す筈であった。

「なのに、帰ってないときた」

町名主の妻として忙しいお安とて、不在で亭主を驚かせたいとも思えない。子守はちゃんと付けているだろうが、お虎は、幼い子を育てている。

「つまりおなご達三人は、長く留守にする気は無かった筈だよ。今、帰りたくても帰る事が、出来ないでいるんだろう」

さて、どうしてなのか。ここで吉五郎の顔が、ぐっと怖いものになる。

「相馬小十郎の娘へ、誰かが手を出したというのか。それ程の事が、このお江戸のどこかで、起きていたのか」

しかし。

「事の発端は、いささか妙な縁談だった筈だ。だがあんな話、大事だとは思えない」

小十郎の名が絡んでいたから、麻之助達は調べただけだ。おなご達三人だとて、駄目と言われても関わったのは、大した事だと思ってはいなかったからに違いない。

なのにちょいとお蝶の昔話に関わった途端、強面で知られる同心、相馬小十郎の一人娘に、手を出す者が現れたのだ。

「一体どういう訳なんだ？」

吉五郎が唸《うな》る。同心が名を知るような、江戸の破落戸《ごろつき》どものやる事ではなかった。

「しかし他に今、江戸にいる剣呑な奴と言うと。まさか……品川から江戸へ入った、賊が絡んでいるのか？」

そういう者ならば事情を心得ていないと、清十郎が顔を強ばらせる。しかし麻之助はふにを抱くと、首を横に振った。

「おなご三人が、賊へ近づくとは思えないよ」

今回三人に関わっているのは、お蝶や東国屋である筈なのだ。友二人は頷いたものの、しかしと言って顔を顰めた。

「ならば一葉さん達三人は、今、どこにいるんだ？」

真面目な仏具屋が、いきなり三人を攫《さら》う訳など思いつかない。攫えたとも思えない。

さりとて他には、怪しいと言われている者すらいなかった。麻之助が、この件はそういう所が、何か妙なのだと漏らした。

大した事のない話が、突然剣呑な事に化けてしまった。昔話をしていたら、同心の娘や町名主の妻、それに丸三のような大物の妾に、誰かが手を出した。

「この落差は何だ？　この先とんでもない事が出てきても、驚かない気がする」

麻之助、清十郎、吉五郎の目が合う。麻之助が、まずはと言った。

「はっきりしている事から、調べていこう。関わっているのは、東国屋と、そのお蝶。それに……武家の縁談相手か」

祖父達は既に亡くなっている。千里眼は、本当に居るのかどうかも分からなかった。

吉五郎が立ち上がった。

「お蝶は、相馬家と縁組みしたいと言っていたのだ。つまり縁談相手と、素直に婚礼を挙げなかった訳だ」

ならば相手の武家も、怪しげに思えてきた。お蝶に来たのは後妻の口だと言っていたが、今回の縁談にこだわる訳でもあるのかもしれない。

「武家の事は、武家の俺が調べよう」

「相手は御家人の、多村様だと聞いてるよ。なら私達は、お蝶さんから話を聞こう」

三人が動いた。


「あのぉ、何で、こんなことになったんでしょう？」

一葉の声に、お虎が答える。

「分からないよ。はっきりしてるのは、ここが道で会った、多村ってお武家の屋敷だってことだけだね」

一葉とお安とお虎は、同じ場所にいた。倉の中のように、あれこれ物が積み重なった場所で、顔を見合わせていたのだ。

古い部屋には、物が積み重なっているから、多分相馬家にもある、納戸部屋のような所に違いない。そして三人はこの部屋に入った途端、外から戸を閉められてしまい、屋敷へ帰る事も出来なくなってしまったのだ。大声を出したが、誰も来なかった。薄暗かった部屋が、その内まっ暗になり、周りが静かになったのは、夜が来たからだと思われた。そして今は、また周囲が見える程、明るくなっている。

「あのお武家、何でこんな事をしたのかね」

お虎が眉間に、皺を寄せる。三人はお蝶に会おうと、仏具屋東国屋へ行っただけなのだ。

「ひょっとしたらひょっとして。何かとんでもない秘密が、東国屋にあったんでしょうか」

だが一葉達三人は、そんなもの、全く承知していなかった。

「昨日《きのう》、東国屋の店表へ行って、相馬家の者だと名のっただけですよね。しかもお蝶さんは居ないと言われて。店の奥へも通してもらえませんでした」

何の話も、摑んではいなかったと、お安が情けない顔になる。

「あの時、直ぐに帰るべきでした」

だが東国屋を離れて少し行った所で、一葉達は、声を掛けられたのだ。相手はお武家で、何とお蝶の縁談相手、多村だと名のった。店近くにいたが、お蝶を訪ねて来たとの声が聞こえたので、声を掛けてきたとの事だった。

若く、もの柔らかな男であった。

「実は、当方は東国屋のお蝶殿と、そろそろ縁談が調《ととの》うと思っていた」

だがその相手お蝶が、往来で急に他の縁を求めたと、多村は噂に聞いたのだ。相手は定廻りの同心だという。

「驚いて店へ来てみたが、東国屋ときたら、お蝶はいないと繰り返すのみだ」

新たな相手は、同心の相馬様だと聞いていた。

「そんな時そちらが、相馬と名のられた。もし差し支えがなければ、お蝶さんの件で知っている事を、聞かせて貰えぬだろうか」

三人は武家から、丁寧に頼まれたのだ。一葉は多村に、お蝶との縁談について聞かせてもらえるなら、こちらも話をすると言った。多村は強そうではなかったし、怪しげな所もなかった。

「ならば、内々の話をする事になるゆえ、当家へ来て頂けるとありがたい。屋敷は遠からぬ所にある」

その言葉は納得出来たので、三人はお蝶の縁談相手、多村に付いていった。正直な話、多村がどういう者なのか、屋敷を見れば色々分かると思ったのだ。

すると、ごく並に思える御家人屋敷へ入った後……いきなり閉じ込められてしまった。

「本当は、多村様というお武家に付いて来ちゃ、いけなかったんだろうね。初めて会った男だったし」

きっと後で丸三から叱られると、納戸部屋でお虎がぼやく。

「でもあのお武家、どうしてわたし達に、こんな事をしたんでしょう」

一葉には、それが分からない。多村は一葉の父が、同心だと知っていた。それなのに、皆へ手を出した訳だ。

「余程の事があるんでしょうか。でもわたし達を閉じ込めたら、それだけで、大騒ぎになりますよね？」

多村はこの後、困らないのだろうかと、一葉は首を傾げる。するとお安が、三人がここにいると誰にも分からなければ、多村は困らないと答えた。

例えば全員を、この屋敷の床下へ埋めてしまえば。

「それは……怖い話ですね。お安さん、でもわたし、殺される程の事は何も存じませんが」

「あたしもだよ。ああ、万吉《まんきち》が待ってるのに」

お虎がうめく。

「あの男、どうして、こんな無茶をしたのかね。お互い、一見《いちげん》の相手じゃないか」

女に興味を持って、連れ込んだとも思えない。屋敷内は結構立派で、岡場所へ行くくらいの金に、困っているとも思えなかった。

すると。ここでお安が、「あっ」と声を上げたのだ。そして、少し妙だけどと言いつつ、頭に浮かんだ事を話した。

「よく知らないから、余計に疑って、閉じ込めたのかも知れません」

「えっ？　どういうことなの？」

お虎も一葉も、首を傾げる。

「わたし達が余程の事を知っていると、多村様は勝手に考えたんじゃないでしょうか」

定廻り同心を父に持つ相馬家の娘が、お蝶を訪ねていったからだ。同心では、武家である御家人に手は出せない。それ故娘に、こっそり何かを確かめに行かせたのだと、そう思ったのではないか。

「それで多村様は怯えた。だから、こちらが本当に、何かを知っているかどうか確かめもせず、閉じ込めたのかも」

余程、余所へ言われては困る隠し事を、あの男は抱えているのではないか。

「何を知っていると、思ったんでしょう。何と言うか……怖いですね」

とにかく、一葉達三人が、のこのこ東国屋へ現れたので、多村は勝手に困り切った。そして、相馬家の者相手に半端は出来ないと、無茶をやった訳だ。

一葉、お虎、お安の目が合う。三人の溜息が揃った。

「その考え、当たっていると思います」

一葉が言い、お虎がぐっと眉尻を下げる。

「となると、拙いねえ」

ならば多村は一葉達を、もう帰しはしない。

「昨夜のうちに始末されなかったのは、三人もいたからかね」

早く逃げなければ、床下の土が待っている。三人は立ち上がった。何とか逃げ道を、探さなくてはならない。

「こんな事をしてまで、隠したい事とは。一体多村様は何をしたんだろう」

今にも殺されそうなのに、未だにその訳が、さっぱり分からなかった。三人は部屋中を探りつつ、溜息を重ねた。

6

お安は部屋の隅へ、落ち着いた目を向けた。

「こうして部屋へ籠《こ》められました。けど、多村様と出会ったのは、たまたまの事です」

だから多村がこの部屋を、あらかじめ用意しておいた筈はない。

「ですから、きっと抜け出られる所があります。探しましょう」

しかし板の間には二つの戸があるきりで、どちらもびくともしなかった。板壁側には山と道具類が積まれていて、背後の板壁すら見えない。お虎が眉を顰めた。

「ここに置いてあるのは、前の奥さんの婚礼道具かね。まだ新しそうなのに、勿体ない。使わないんなら、売っちまえばいいのに」

立派な道具は重い。だが調べる所は、道具の裏手しかなかった。三人は顔を顰めつつ、とにかくせっせと道具を動かした。お虎は、ああ馬鹿をしちまった、腹立たしいと、文句を言って気を紛らわせている。

「あっさり捕まっちまうとは、自分が情けないよ。こんな間抜けをするなんて、まるで麻之助さんみたいだ」

「あのぉ、お虎さん。麻之助さんはいつも、こんな間抜けをなさってるんでしょうか」

行李を持ったお安が困った顔で問うと、お虎は笑った。

「いやその、麻之助さんは軽く馬鹿をやって、そいつを楽しんでる気がするんだよね。何しろ、お気楽な人だから」

そう言いつつ、今度は簞笥を三人で動かしたが、本当に重い。中を見てみると、明るい色の着物が沢山、入れたままになっていた。

「まあっ、こんな所へ放っておいたら、その内、着物に染みが出ます」

お安が顔を顰めている間に、一葉が空いた隙間にかがみ込むと、直ぐに声を上げる。

「あの、ありました。板壁の隅の方に、潜り戸があります」

簞笥の後ろに、隠れていたのだ。「ただ」一葉は顔を顰める。

「もし戸が開いたとしても、その板戸の向こうは、多分この屋敷内の、別の部屋だと思います。つまり戸の向こうへ行っても、直ぐに家人に、見つかる気がするんですが」

おそらく、それ故にこの板戸は、忘れられていたのだ。お安も頷く。

「そうかもしれませんね。でも、大丈夫かもしれないし。この部屋にずっといるより、ましだと思いませんか」

　ここでただ多村を待つ事は、出来ない。

「ですね」

　急ぎ簞笥をずらし、板戸へ手を掛ける。すると直ぐ開いたが、その向こうには行李のようなものがあって、目の前を塞いでいた。

「まあっ。でも、負けませんわ」

　三人で強引に、それを押して動かすと、大きな音がして、思わず首をすくめる。だが、何とか道が開けて、かまわず戸をくぐった。

　すると。板戸の先は三畳ほどの板間で、什器《じゅうき》などが置いてあった。だが三人がやっとそこへ抜けると、音が気になったのか、誰かが向かいの戸を開いた。一葉達は、木さじを手にした五十がらみの男と、向かい合う事になったのだ。

「えっ、あんた達、誰なんだ？」

　問われて、一葉達三人は顔を見合わせた。


「おや、ではこの東国屋さんへ、昨日三人が来たのは間違いないんですね？」

　一葉達は、お蝶の件を追っているに違いないと、麻之助と清十郎は東国屋へ行ってみた。するとお蝶が顔を見せ、確かに一葉達三人は訪ねてきたと、店奥の六畳間で言った。ただ。

「あたし、お会いしなかったんです」

　すると。慌てた顔の東国屋が、麻之助達へ急ぎ頭を下げてくる。

「申し訳ございません。先日娘が往来で、同心の相馬様へ、妙な昔話を言ってしまったとか。本当に馬鹿をしまして」

　どうやら相馬の名を出した故に、あの時の事で来たと思われたらしい。お蝶が泣きそうな顔をしたまま、何も言わないので、清十郎が重ねて問うた。

「お蝶さん、店に居たのに、何で三人と会わなかったんだ？」

　するとお蝶は、うな垂れる。

「その、相馬様が、怒っておいでかと思ったんで。千里眼とか、祖父の縁とか、勝手な作り話を口にしてしまったから……」

「は？　千里眼の話は、お蝶さんの作り話だったのか？」

　何でまたと、突然飛び出してきた話に、麻之助は目を丸くして言葉を失う。するとお蝶は、小声で言葉を重ねていった。

「あたし……何だか多村様との縁談が、怖かったのです。でも多村様は、小普請組《こぶしんぐみ》世話役であられます」

御家人がなる役目であったが、小普請組支配組頭へ、小普請達の行いを報告したりする立場であった。つまりお役を得たい小普請の方々に、力を持っているらしい。故にお蝶の腰が引けても、武家との商売が多い東国屋の方からは、縁談を断りづらかったというのだ。

「でも、どうしても気が進まなくて」

それでお蝶は、強面だと噂の、相馬という同心の名を借りる事にしたのだ。間にそんな同心が挟まれば、多村は話を引っ込めてくれるに違いないと、一人で考えた。

余程馬鹿なやり方だと思ったし、後で叱られたり、縁遠くなるかもとも考えた。それでもお蝶は両国橋へ行く己を、止められなかったのだ。

「ところが、です。多村様は、ああいう事をしても、縁談を引っ込めて下さらなくて」

逆に日を置かず、東国屋へ来るようになった。昨日も来たので、お蝶は留守という事にして、部屋に籠もっていたのだ。

「おや、昨日多村様がこの店へ、来ておられたんですか。いつ頃の話だろう」

「あの、相馬家のお嬢様が来られた、少し前の事だと思います」

返事をしたのは親の方で、麻之助と清十郎は目を見合わせる。麻之助はここで、お蝶へ問いを重ねた。

「あのね、お蝶さんは多村様の、どこが怖かったんですか？　怒鳴られたのかな？　威張っていたのかな？」

お蝶は、同心の名を出してまで、縁談から逃げようとした。何かあった筈なのだ。しかしお蝶は、首を横に振った。そしてその話し声は、段々早口になって、止まらなくなっていった。

「その、多村様の事は、父とご挨拶に伺ったあちらのお屋敷で、お姿を少し拝見しただけです。何を言われた訳でもございません」

ただ。多村家では丁度、片付けものをしていたらしく、部屋の障子戸が開け放たれていた。お蝶がつい目を奥へ向けると、納戸の戸まで開いていて、中に、多くの婚礼道具があるのが見えた。

「少し……凄く不思議に思いまして」

特に、まだ新しい鏡が三つ、並べて置いてあったのが目立った。皆、新しい品で、周りに鏡と同じ吉祥紋柄《きつしようもん》の道具が沢山あった。

「今回の縁談は、後妻の口だと聞いてました」

つまり多村家では、妻女が亡くなったか、子が出来ぬとかで、離縁になっているのだ。ただ。

聞かない話ではなかったし、その時までは気にしていなかった。

「婚礼道具が三通りも、納戸に残っていたのが、とても引っかかって」

もし離縁となった場合。御家人の家では、嫁の道具類は大概全て、相手方に返されるはずだ。

「道具が嫁ぎ先に残るのは、嫁御が、亡くなった時くらいです。すると、どんどん妙な考えが浮かんでしまって」

お蝶の身が震えだす。

「多村様は、小普請組世話役なんですよ。強く押して頂けたら、小普請から、お役に就くことだって出来るという噂でした」

ならば。

「何であたしに縁談が来たんでしょう。同じお武家様から、どうして新たなご新造様を迎えられなかったんでしょう」

後妻という事でも、多村の強い立場を考えれば、仲人が放っておかない筈ではないか。なのに、わざわざ縁組みに金がかかる町人から、妻を迎えるのは何故なのか。

「東国屋は、持参金目当てで声を掛けられる程、裕福な店じゃありません」

そして東国屋には元武家の、義兄がいる。だから多村がそちらの実家へ聞いてみれば、それとなく懐具合を教えて貰えた筈なのだ。

「なのに多村様は、同じお武家から、妻を娶《めと》ろうとしていません」

前の三人の妻は、いつ嫁に来て、いつ亡くなったのだろうか。多村家の庭に立ち尽くしたまま、お蝶はあれこれ、必死に考えた。そして……一つ、ぽかりと思いついたのだ。

「もう、似た立場のお武家には、縁談相手がいないんじゃないかって」

多村は、お蝶と釣り合う歳だから、まだ若い。なのに三人分の婚礼道具が、納戸に放り込んである。だから武家達は、娘を多村の、四人目の妻にはしないのだ。きっとそうだ。

お蝶は不意に、多村家の納戸へ更に、自分が持参する道具が並ぶのではと、そう思えてしまった。

「逃げなきゃと、思いました」

もう、自分の考えが本当であるかどうかなど、関係なかった。こんなに怖くなってしまった相手へ、嫁ぐ事など出来ない。

「多村様の後妻になることは無理だと、親に泣きつきました。でも」

ここで東国屋が、大きく息を吐いてうな垂れる。話を断った途端、多村は急に頑固になったのだ。そして足繁く東国屋に現れ、お蝶との縁談を強く求めてきたという。

「お蝶は一層、怖がりまして」

それで、お蝶は東国屋の客達から聞いた、耳にしたことのある相馬家の話を頼りに、大急ぎで話をこしらえ、盛り場の道端で話してしまったのだ。正直に言えば、相馬家の同心であれば、出す名は小十郎でも吉五郎でも良かった。縁談から逃げるための、作り話であった。

「ご迷惑をお掛けしました」

東国屋とお蝶が、揃って深く頭を垂れる。

二人とも多村との難儀に捕らわれて、一葉達の事をすっかり忘れているようであった。

麻之助がここで急ぎ、東国屋へ問う。

「多村様は、相馬様の娘御が来た少し前に、昨日もこの店に来ていたのですよね？」

ならば一葉達と、この店の近くで会ったかもしれない。相馬家の娘と名のっているのを、多村に聞かれたかもしれない。

「まさかお安は、妙な事を多村様に、聞いたりしてないよな？」

清十郎がここで、酷く不安げに言った。

「多村様のお屋敷がどこにあるのか、教えて下さい」

麻之助達は、急ぎ東国屋を出た。

7

一葉達は多村の屋敷内を、逃げ回っていた。

先刻、やっと捕らわれていた部屋から抜け出たものの、その板間で、下男と出くわしてしまったのだ。

しかしあの時は、お安が必死に、自分達は客だと言い抜けてくれた。ただ。

「どう考えても、あんな所にいるお客なんて、いないものね」

お虎がぼやく。下男が大声で誰かに確かめたので、その足をお虎が引っかけて倒すと、三人は板間から逃げだした。しかし人のいる土間へは出られず、廊下へ駆け出ると、部屋の先に多村の姿を見る事になった。

「きゃあっ」

それで後先考えず、とにかく逃げられる方の襖を開け、部屋へ飛び込む。六畳間の反対側には更に襖があったので、それを開けると、ありがたい事に、その部屋の向こうには、庭が見えていた。

「あ、うちと似たくらいの広さだ」

一葉は思わず顔を上げ、ならば庭も、そこそこの広さしかないはずと言うと、お虎が頷き、突っ切って行こうとする。

だが、やはり男の足の方が早く、いきなり横の廊下から多村が現れたので、三人は悲鳴と共に、また裏手へとって返した。しかしそちらには下男や女中がいて、その者達からも、逃げる事になる。

「な、何でこんな事に」

一葉が一番分からないのは、ここに至ってもなお、剣呑な騒ぎの大元が、分からない事であった。

「一体、何を隠したくて、こんな事をするんでしょう」

つぶやいたお安が、土間の先、庭の裏手に見えた木戸を指さした。御家人の屋敷にある簡素な門に、門番などいない。よってあの門にたどり着けば、そのまま外へ走り出られる筈であった。

「ぎゃっ」

ここで追いついてきた下男の手を、お虎が頭から抜いた簪《かんざし》で払う。大きな引っ掻き傷を付けられた男は、土間に尻餅をついた。

だが、そこへ多村が走ってきて、一葉へ手を伸ばす。お安が咄嗟《とっさ》に一葉を引っ張り、危うい所で助けてくれた。しかし多村の屋敷には、人が多かった。そして目の前の木戸は、多村に塞がれてしまった。

「どうしよう」

思わず情けない言葉が、一葉の口からこぼれ出る。今まで相馬家の名前に、守られてきたのだと分かった。それが通じなくなると、こんなにも恐ろしい事になると身に染みる。

「怖いっ」

大きな声で言ってみたが、多村が嫌な笑い方をしただけであった。でも本心、怖い。

すると。

「あっ」と一葉が声を上げたその時、いきなり木戸が、外から開いたのだ。多村が急ぎ振り返った先に、何故だか吉五郎があらわれていた。

まるで、夢、幻のようであった。

「えっ。何で？」

驚き立ち尽くしている間に、多村の手が、腰の物に掛かる。だが、それを目にした吉五郎は、鯉口《こいぐち》を切る間を与えなかった。飛ぶように間を詰めると、拳を腹に繰り出し、多村を一撃で倒してしまったのだ。

一葉は吉五郎の立ち回りを見たのは、初めてであった。

「まあ……吉五郎さんて、強い」

ただ驚いて目を見張っていると、今度は屋敷の方から足音がする。三人が慌ててそちらへ目を向けたところ、廊下へ姿を現したのは、何と清十郎と麻之助であった。

それぞれ、何故だか男を引きずっていた。廊下の先の方には、倒れている別の男達も見える。一葉達が庭にいるのを見つけると、男らを、いささか乱暴に廊下へ放り出した。

「お安、大丈夫だったか」

清十郎が急ぎ駆け寄ってくる。その後ろで、お虎に目を向けた麻之助が、無事でほっとしたと言った。

「あれ、丸三が言っていた通り、麻之助さん達は相当、喧嘩慣れしているみたいだね」

お虎がそう言うと、麻之助は苦笑を浮かべ、勝手を言う。

「多村家の人は、歯ごたえがなかったよ」

ただ。

「この後、今回の事を終わらせるのは、ちょいと大事かな。多分喧嘩より、大変だ」

未だに、色々分からないからだ。

事が終わろうとしている今になっても、騒ぎの大元ははっきりしない。そんな騒ぎに振り回されるなど初めてだと、麻之助がぼやく。

「おかげでまた、ふにに団子を取られちまったよ」

麻之助がそう話すと、馬鹿を言うといって吉五郎が笑う。すると、いつもの毎日が戻って来た気がして、一葉はほっと息を吐いた。

助かったのだと感じられた。また吉五郎を見ると、何故だか不意に泣きそうになった。


一葉を助けたのに、吉五郎は何故だか、小十郎から叱られた。

お安は初めて、清十郎から叱られた。

麻之助は今回もまた、親から叱られた。

「みんな頑張ったのに、何でこんな事に」

十日ほどの後。麻之助は、高橋家の自分の部屋で、客達を前にぼやいていた。しかし今日は、丸三が団子を沢山届けてくれたので、ふにに取られても大丈夫と、せっせと食べている。

今、高橋家には、一葉とお安、お虎、それに清十郎も来ていた。その側には吉五郎が座り、そもそも今回、何故騒ぎが起きたのかを、皆へ話す事になっていた。

一葉達を閉じ込めた多村は御家人だから、町奉行の裁きは受けない。今、若年寄配下の、目付の調べを受けている筈であった。それ故、傍からは分からないだろう事を、関わった者達へ、吉五郎がこの場で内々に知らせてくれるのだ。

吉五郎は既に、東国屋へも次第を伝えたらしいが、お蝶は呆然としていたようだ。

「一葉さん達へ手を出した多村殿は、小普請組世話役で、金回りが良いと言われていたらしい。まあ、そういう小普請組世話役もいるんだろう。だが実の所、多村殿は、そこまでの金は集められないでいたようだ」

何しろ多村はまだ、随分と若かった。小普請をお役付きの立場へ押し込むには、それなりに年季も人付き合いも、必要であった。

「だが多村殿は、早く金と力が欲しかったのだな。無茶をした」

お虎も、菓子屋の件を通して知っていたらしいが、最近、急に亡くなる者が多いと、武家地では噂があったようだ。例えば、持参金を多く持って嫁入りした者が、早々に亡くなるといった話だ。

「あら、菓子屋笹兎屋の話ね。若いご新造様が亡くなった」

「多村殿は、そういう死に関わっていた。頼んで来た相手から、金を得ていたようだ。使っていたのは石見銀山鼠取薬で、珍しいものじゃなかった。ただ用心深く、時々、一服盛っていたのだ」

何人が亡くなったのかは、まだ確とはしていない。しかし、なりたいと願う者の多い小普請組世話役が、そんなものを使って金を得ようとは、誰も思っていなかった。それで事はなかなか、表には出ないでいたのだ。

「奇妙な人死が続くので、新しい流行病だなどと言われていた。人が死んだのは事実だから、噂が囁《ささや》かれたのだ」

「あ……吉五郎が岡っ引きに探らせてた、奇妙な流行病の正体は、多村の一服か」

麻之助が片眉を引き上げると、吉五郎が頷く。

「いつ頃からやっていたのか。時が経ち過ぎて、分からなくなった件もあろうな」

「多村様のご新造も、三人亡くなっている。そいつも、そうか?」

清十郎が問うと、その三人の件は、持参金目当ての事だろうと吉五郎が言う。ただその三件故に、多村のやったことは表に出た。多村家の屋敷に残った嫁入り道具が、お蝶を怖がらせ、両国橋で妙な昔話を語らせたのだ。

そして、相馬家やその周りが動いた。

「多村殿はその時、お蝶さんの事は早々に諦めるべきだった。一葉さんやお安さん達には、手を出しちゃあ、いけなかった」

大人しくして、何も知らぬ顔で放っておけば、確証の無い大騒ぎを起こしてまで、悪事を表に出す者はいなかった筈だ。だが。

「強面の同心、相馬の名を耳にして、多村殿は焦ったのだろう。縁談相手のお蝶さんは町人だ。同心が出張って、色々周りを調べる事が出来るからな」

いっそお蝶も始末する気だったのか、多村は東国屋へ通っている。お蝶さえいなければ、同心と縁が切れると、そう思ったのかもしれない。なのに。

「相馬同心の娘、一葉さんが、突然東国屋へ現れたのだ。多村様は、切りたい縁が、向こうから押しかけて来たと思ったのだろうか」

それで、いきなり三人とも、己の屋敷内へ籠めてしまうのだから、多村はある意味、酷く恐ろしい者であった。立ち止まらず、間を置かず、とんでもない事を深く思い煩《わずら》いもせず、やってしまう。

そしてその後、今更のように怯え、更にとんでもない事をやらかすのだ。

「あの男は、やることも考え方も、並とは違う。おかげで、ひどく危うかった」

お蝶が両国橋で騒いでくれて、助かったのだ。相馬家が関わらず、今も武家地のみで事が続いていたら。多村はこの後も多く、人を殺《あや》めていったかもしれない。

「どうしてそんな事が、出来るんだろう」

麻之助が、やはりお武家様は怖いと、今日ばかりは本気で言った。

「支配町の悩み事など、かわいいものだと思えてきた。これじゃおとっつぁんに、仕事が好きになるだろうと言われそうだ」

余程懲りたようにしおらしく言うので、多村家にいた男どもに、がつんと拳固《げんこ》を喰らわせていたのは誰かと、お虎が問う。麻之助が清十郎を指さしたので、自分の倍、拳固を振るっていたのは誰かと、清十郎が呆れていた。

すると麻之助は、とんちんかんな答えを、笑って口にする。

「とにかく、皆、無事に帰ってきて良かったよ。ほっとした」

その笑みを見た一葉は自分も笑みを浮かべた。そして、麻之助達にきちんと頭を下げ、助けて貰った礼を言ったのだ。

だが、でもと一言、付け加える。

「吉五郎さんが一番強かったので、嬉しかった」

皆が、意味ありげな笑みを浮かべる。そして麻之助は清十郎と共に、長年の友を小突いた。

言祝ぎ

1

「麻之助《あさのすけ》っ、まったく、お前ってやつは」

江戸の古町名主《まちなぬし》、高橋《たかはし》家の当主宗右衛門《そうえもん》は、怖い顔で、跡取り息子を睨んでいた。長火鉢の横に、麻之助は神妙な顔をして座っている。いつも反省し、きちんと謝り、深く深く頭を下げるのだが……麻之助は直《す》ぐに、次の揉め事で叱られてしまうのだ。

「どうしてこうも器用に、親に心配ばかりさせるのかね」

宗右衛門の愚痴を聞き、器用と言われた麻之助は、ちょいと首を傾げた。そして、叱られている時でも、嬉しい言葉を見つける事があるんですねと、明るく言ったのだ。

「馬鹿者っ、何を暢気《のんき》な事を言っている！」

宗右衛門が、長火鉢から抜いた火箸を、麻之助の頭へ、ごんと一発振り下ろした。

「痛ぁ、おとっつぁん。そりゃ、頑丈で立派な火箸ですね」

「……お前は叱られている時でも、とにかく褒め言葉を探すんだね」

「あ、やっぱり叱られてたんですか。で、おとっつぁん、何でです？」

宗右衛門は青筋を浮かべたが、聞かれたら答えないといけないし、第一、このままでは話が進まない。よって溜息をつくと、怒られている当人へ、その訳を語り出した。

「麻之助、お前、同心の小十郎《こじゅうろう》様から呼び出されているんだよ。お武家の事で急ぎの用がある故、屋敷へ寄越せと使いが来てるんだ」

小者《こもの》が、名主屋敷の玄関脇で待っている。何をやらかしたんだと言われて、麻之助は顔を玄関の方へ向けた。

「あれま、人を待たせているんなら、急いで相馬《そうま》家へ行かなきゃ。おとっつぁん、何でゆっくり、話など始めたんですか？」

「何を言うんだ。お前が何をしでかしたのか、分からないまま出せはしないよ」

もし馬鹿をしたのなら、宗右衛門も同道して、小十郎に謝らねばならない。大事をしでかしていたら、他の町名主や町年寄に、縋《すが》らねばならなかった。

「だから麻之助は、白状しなさい。あのご立派で融通が利かず、怖い相馬小十郎様に呼ばれた訳は、何なんだい？」

すると。必死に問う父の前で、麻之助はゆっくり首を傾げたのだ。

「さぁて。叱られる訳は……沢山あるような、無いような」

「訳が無いのにお前を呼ぶような、暇なお方ではない。分かっている筈だよ」

顔を赤くした宗右衛門が、もう一度火箸を握ったので、麻之助は真剣に答えた。

「私は最近屋敷で、悲しくなるほど真面目に、仕事をしてたんですけどねえ。そりゃ小半時ほど蕎麦を食いには出たし、ちょいと芋を買いにも行ったけど。けれどそんな事と、お武家様は関わりありません」

「麻之助、真面目に答えなさい！」

火箸がまた握られたのを見て、麻之助は直ぐに逃げた。火箸に当たると、とても痛いのだ。そして麻之助はここで、ぽんと手を叩く。

「ああ、思い出した。最近お武家が絡んだ揉め事に、関わった事がありました」

「おっ、やっぱり馬鹿をやっていたか」

宗右衛門が身を乗り出すと、麻之助は、支配町にある酒屋小梅屋《こうめや》の主から、嫁取りについて相談を受けたと言ったのだ。小梅屋は小店だが、武家地の侍長屋へ、酒を売りに行く商いもしていた。

「つまり、お武家が絡んでました」

「おや、小梅屋さんは、若いお前に縁談の相談をしたのかい？」

「おとっつぁん、小梅屋さんは、嫁の世話をして欲しいと、頼んで来たんじゃありません。もう好いたおなごがいまして」

小梅屋は、麻之助も馴染みの居酒屋、福屋《ふくや》の娘お実代《みよ》を見初めたのだ。だが。

「その居酒屋には、あるお武家も通ってて、いつもお実代さんと話してます。あ、またお武家が出て来ましたね。小梅屋さんは、お実代さんの本心を見極めて欲しいと、私に頼んできたんですよ」

「自分でそれくらい、確かめられないのかい？　小梅屋さんときたら、情けない男だね」

「うふふ、おとっつぁんに相談したら、怒られちまいますからね。だから私の方へきたんですよ」

居酒屋福屋は高橋家の支配町にあったし、酒が安かったので、麻之助もお実代を知っていた。よってちょいと気になり、相談事を引き受けたのだ。そして調べはついたと言い、膝に乗った猫のふにを撫でつつ、宗右衛門へ指を三本立てて見せた。

「何だい、その三本は」

「おとっつぁん、お実代さんには、全部で三人のお相手がいたんですよ」

麻之助は福屋の馴染みだったので、看板娘の相手が二人では、少ない気がしたのだ。

お実代は年頃で、良縁を得たいと頑張っていた。

「いっぺんに三人と縁を作っていたのか」

「でもお実代さんは幼なじみに、ぱっとしない人ばかりだと、こぼしてたみたいです」

縁組みの時、良い暮らしや上の身分、持参金、つてを得ようとする者は多い。なのにお実代はまだ、玉の輿《こし》を得ていなかった。

「それで小梅屋さんへは、私なりの答えを伝えました」

お実代には小梅屋の他に、二人の男の影があったが、どちらもお実代は好いていない。多分一番の競争相手は、これから現れる、裕福な四人目の男に違いないと言ったのだ。

「そうしたら小梅屋さん、私に相談したのが間違いだったと、怒っちまったんですよ」

一杯飲ませてくれるという約束は、消えてしまったのだ。

「ですが小梅屋さんが余所《よそ》で、お実代さんの愚痴を言って、そいつが伝わったらしくて。もう一人のお相手、お武家の深海《ふかみ》様が、たまたま出会った近所の居酒屋で、事情が分かって助かったと、一杯飲ませて下さいました」

宗右衛門が溜息をついた。

「小十郎様に呼び出されたのは、その深海様の件ではなさそうだね」

宗右衛門は、もういいから一人で相馬家へ行ってこいと、麻之助を追い出した。

「まあ相馬家には、お前の幼なじみ、吉五郎《きちごろう》様がいるからね。麻之助、叱られた時は庇《かば》って頂きなさい」

「おとっつぁん、私が悪いと決めてかかってますね。本当に、何もしてませんてば」

とにかく麻之助は、小者と八丁堀へ向かったのだ。すると。

屋敷には、確かに吉五郎が居た。だが驚いた事に、悪友は何時になく顔を強ばらせていたのだ。そして麻之助と挨拶を交わすと、何も話さずに義父、小十郎の所へ連れて行く。

「えっ、あの、吉五郎、何があったんだ？」

問うても返事がなかったので、麻之助はやっと、大事が待ち受けているのだと分かった。しかし、本当に心当たりがない。

（どんな話が待ってるんだ？　やれ怖い）

緊張してきたところで襖が開き、小十郎が部屋の上座に座っているのが目に入った。

2

「麻之助、久方ぶりだな。家人は皆、息災にしておるか」

まずはまともな挨拶が来たので、麻之助もきちんと礼を返した。小十郎の機嫌は良く、よって何だか一段と怖かった。

すると小十郎は、更に当たり障りのない話を始めたので、のし掛かってくる声にならない重さを感じ、麻之助は早々に音を上げてしまった。この義父と、一つ屋根の下で暮らしている吉五郎は凄いと、本心思った。

「小十郎様。何時になく、叱られないのは嬉しゅうございますが、しかし緊張いたしております。ご用の向き、早めに教えていただけないでしょうか」

そう言葉を向けると、小十郎が寸の間、麻之助を見つめてきた。そしてやっと、口を開いた。

「実はな、本日は吉五郎の姪、おこ乃《の》殿のことで話がある」

「はて」

突然、小十郎からおこ乃の名が出た事に、麻之助は驚いた。おこ乃は相馬家の養子、吉五郎の実の姉の子だ。相馬家とは遠縁の筈だが、今まで小十郎が、おこ乃の話を麻之助へしたことは、無かったように思う。

「その……」

「おこ乃殿に今、縁談が来ておる。婚礼を挙げるのを急ぐ歳ではないが、よい話ならば、考えてもよいものだからな」

「縁談」

麻之助が目を見開き、それ以上言えないでいると、小十郎はさっさと話を進めていった。

「おこ乃殿の母御、つまり吉五郎の姉上が嫁いだ頼町《よりまち》家は、さるお大名の、二百石取りの陪臣だ」

江戸定府の家臣との事で、大名家江戸上屋敷内、侍屋敷の一角でずっと暮らしているという。二百石といえば旗本並の禄だが、おこ乃の家が、相馬家とかけ離れた暮らしをしている訳ではなかろうと、小十郎は言った。

二百石ならば、屋敷は相馬家より広いだろうが、一方同心の相馬家は、諸方より付け届けが多く内福だ。今までおこ乃は、両家の差を大きいとは、思ってこなかった筈であった。

「だが縁組みとなると、話は違う」

二百石の家の娘であるおこ乃には、身分のある武家からも縁組みがもたらされる。不浄役人と言われる同心とは立場が違った。

ここで小十郎の眼差しが、麻之助を捕らえてくる。

「お寿《す》ず殿の時は、先方にも事情があったゆえ、町役人《ちょうやくにん》との縁談と相成った。お寿ず殿の家、野崎《のざき》家も陪臣だが、禄は御家人並だ。しかしおこ乃殿の場合は、まず今、町人との縁を考える事にはならぬ」

「はい、私もそう思います」

麻之助は自分の声が、大層落ち着いているように思えた。町役人であれば、支配町に住む町人と武家の縁組みについて、相談を受ける事もあるのだ。先日のお実代と、小普請の深海のような話だ。

（でもあの話だって、もし縁談がまとまるんなら、お実代さんは一旦お武家へ、養女に行った筈だ）

つまり麻之助は立場上、嫌でもそれなりに心得ていた。たとえおこ乃が、亡きお寿ずに大層似ていても、自分との縁組みを考える仲人はいない。宗右衛門が、そんな話をする事はないのだ。

すると、麻之助の内をのぞき見たかのように、小十郎が言葉を続ける。

「おこ乃殿は今の所、亡きお寿ず殿に似すぎているからな。お主と縁薄き所へ嫁がれる事は、良いやもしれぬ」

どんな者も、誰かの代わりではないのだ。そして、当人らがそうは思わないと言い切っても、似ていては、思い出す人がいるのは仕方がない。小十郎の声は、いつになく静かなものであった。

「はい……」

麻之助はそれ以外の言葉を探せず、ゆっくり頷いた。それから、今日はおこ乃の件を知らせて頂き、ありがとうございましたと、丁寧に頭を下げる。

小十郎が黙って頷いたので、麻之助はこれにて用件は終わったものと、吉五郎へも頭を下げてから立ち上がった。

　すると。

「これ、なぜ立つ。まだ話は終わってはおらぬぞ」

　小十郎が突然、そう言ったのだ。

「はい？　そうなのですか？」

　これには麻之助も驚き、すとんとまた座る。だが、この後小十郎が何を言い出すのか、とんと分からなかった。吉五郎へ目をやると、友は口を引き結び、真っ直ぐ襖を見据えていて、麻之助を見てこない。

「あの、何かご用がおありなのですか？」

「あるから呼んだのだ。用が無いなら、当方にはおこ乃殿の事を、わざわざお主に告げねばならぬ、謂われはないからな」

「はあ」

　つまり用件は、そのおこ乃の縁談なのだと、小十郎は言い出した。

「おこ乃殿には今、三つ縁談が来ておる」

「おや、また三つだ」

　仲人によると、どの相手も、しっかりした者のように思える。禄高などの条件は、どれも悪くなかった。

　しかし全員、親御の頼町が知る相手ではなく、他家の陪臣と直参《じきさん》だったのだ。そもそも頼町家は陪臣ゆえ、家中以外の者との付き合いは少ない。娘の縁談を前にして、考えあぐねる事になった。

「それでだ、頼町殿は、町同心であれば顔が広かろうと、親戚であるこの吉五郎へ、三人の事を問うてきたのだ」

勿論、歳や身分や禄高など表向きの事は、仲人が伝えている。頼町が知りたいのは、もっと大事な点、嫁いだおこ乃が、幸せになれるかどうかという事なのだ。

吉五郎は、心底困った顔をしている。

「同心にそんなことを問われましても……」

お堅い吉五郎でなくとも、日々、町人を相手にしている同心に、武家のことを問うても、分かる訳もなかった。多分、小十郎とて分かるまい。

ここで小十郎が不吉にも、何とも優しく笑いかけてきた。

「だが麻之助は、縁談相手の事を摑むのが、上手いそうだな」

先だっても、町人と武家の相手を持つ娘の事を、調べたようだと小十郎は言った。

「へっ？　何でその事をご存じで」

「深海殿はお実代の事で礼を言い、居酒屋で一杯、お主に酒を飲ませたであろう。あの店に奉行所の小者がいて、話が伝わった」

世の中はどこかで繫がっているらしく、麻之助は黙って目を見はった。小十郎は、さっさと話を進める。

「だから麻之助、お主が、おこ乃殿の縁談相手三人について、調べなさい」

「は、はぁっ？」

これには心底仰天して、麻之助は小十郎を見た。つまり麻之助に、おこ乃の嫁ぎ先を決めろとでも言うのだろうか。

すると何かを言う前に、小十郎が首を横に振った。勿論小十郎も頼町も、頼んだからには、麻之助の調べた事を聞く事になる。

「だがな、最後に決めるのは、あくまで親御の頼町殿だ。お主ではない。おこ乃殿ですらないな」

そして小十郎は麻之助へ、断るなとも言ってきた。

「このまま吉五郎に任せる事になると、大して分からぬ内に、返事をする日が来てしまう筈だ。おこ乃殿はきっと、口のうまい仲人がいる男へ嫁ぐ事になる」

麻之助は言い返そうとして……言葉が出て来なかった。そして小十郎が怖い男だと噂されているのは、腕が立ったり、性分が恐ろしいだけではないと知った。

（丸三《まるさん》のじいさんに、似ている怖さだな）

多分、もう麻之助は逃げられないのだ。吉五郎やおこ乃を見捨てる事は出来ない。小十郎は、そういう風に話を作っていた。

（お寿ず、何でこんな事になったのかな）

亡き妻、お寿ずによく似たおこ乃の嫁ぎ先を、麻之助が調べ、嫁ぐ助けをするのだ。きっとこの後吉五郎は、そんな頼みをして済まないと、何度も自分に頭を下げてくるに違いなかった。三人分調べるとなると、清十郎《せいじゅうろう》の力を借りる事になるだろうが、あちらには、呆れられてしまうだろう。

それでも、やらねばならないらしい。

どうあっても、それしかないようだ。

（やれ、こんなとんでもない目にあったのは、初めてだ）

麻之助は、溜息をついて、ふらりと立ち上がった。それから小十郎へ近づくと、大胆にも座っている小十郎を見下ろしたまま、承知しましたと告げた。

そして。

正直、自分が本当にやれるとは思っていなかったが、やった。麻之助は渾身の力を込め、小十郎へ一発、拳《こぶし》を打ち込んだのだ。吉五郎の顔が一瞬、引きつったのが目の端に見えた。

ところが！

魂消《たまげ》た事に小十郎は、座ったままそれを躱《かわ》した。見事に身を避けると、ふわりと浮き上がるように動いて麻之助の腕を摑み、畳へ引き倒した。そして麻之助が繰り出したのと同じような拳を、こちらの顎へ、一発喰らわしてきたのだ。

もの凄く痛かった。

3

小半時の後。麻之助と吉五郎は相馬家を出て、八丁堀の道を神田へ向け歩いていた。

「魂消たぞ、麻之助。お主、よく今、生きているな。本当に……本当に無茶をしてっ」

吉五郎は、滅多に見せない程狼狽《うろた》えつつ、麻之助の横にいる。麻之助は少しばかり笑ったが、殴られた顔が疼《うず》き、「痛たぁ」と、泣きそうな声を出した。

「やられちゃったよ。小十郎様ときたら、とうに身構えておいでだったんだ。吉五郎、お前さんの義父上《ちちうえ》は、怒っちゃいないよ。あの後、ちゃんと井戸の水で、冷やしてもいいと言って下さったし」

いや、事を思い通りに運べて、上機嫌であったと言ったのだが、吉五郎は地から足が浮いているかの様子だ。

「正直、義父上に誰かが殴りかかったのを、生まれて初めて見た」

麻之助が町人であったから、殴り返すだけで済ませて下さったのに違いない。相手が刀を持った武家であったら、あれしきで終わった筈はないと友は言う。武家の面子《めんつ》が関わるからだ。

「そうかぁ、お侍なら死んでたか」

軽く言ったら、今度は友が、拳を握って見せてきた。

「わあっ、怖いよう。怪我が疼くよう」

麻之助が大げさに言うと、吉五郎は顔を歪め腕を下ろす。そして今度はその頭が、大げさな程下げられた。

「おこ乃の縁談を、麻之助に相談するべきではなかったのだ。なのに……正直なところ、自分一人では、調べられるか心許なかった」

そして麻之助の他に、こんな件へ、力を貸してもらえる当てもなかった。友の清十郎は既に、跡取りではなく町名主になっている。武家である相馬家の用を、急ぎだと言って、頼む訳にはいかなかった。

「だが、おこ乃は十六だ。無理に妙な縁談を、押っつけたくはないのだ。だから……頼む」

吉五郎はまた、頭を下げる。

「ああ、やっぱり謝られちまったか」

友に詫びられ続けるのが嫌だったので、麻之助はここで急ぎ、話の向きを変えた。おこ乃の縁談相手について、吉五郎に問うたのだ。

「とにかくお武家三人の事を調べて、小十郎様へ知らせる事になった。さあ、子細《しさい》を話せ」

「……済まぬ」

「吉五郎、縁談を申し込んできた三人は、どこのどなたなんだ？」

個々の事を尋ねると、吉五郎はやっと、詫びではない事を話し始めた。

一人目は、さる大名家の家臣であった。桐原正幸《きりはらまさゆき》殿という御用人の跡取り息子で、已は側仕《そばづか》えをしている。年は二十代の半ばだ。

「桐原家は三百石だそうだ。親の職は御用人だから、藩内でも重く用いられているのだろうと、おこ乃の親、頼町殿は話していた」

だがおこ乃は、まだ縁組みには気が向かないらしい。最初は親の頼町も、ならば急ぐ事はないと話していたのだ。

「だが向こうは話が整えば、実際の輿入れは少し待っても良いと、言ってきたらしい」

「おや、熱心だね」

二人目も、同じく大名家の陪臣だという。

「種田忠光《たねだただみつ》殿、二百石取りだ。こちらは三十歳、藩内で留守居役《るすいやく》をやっておいでだ」

江戸留守居役といえば、目から鼻へ抜けるような賢さと、立ち回りの巧さが必要なお役目だ。

「三十というのが気になり聞いてみたところ、先妻がいた。ただ子をなさず三年も前に、病で亡くなっている」

頼町殿は、ならば後妻という点は、気にしなくとも良かろうと考えているそうだ。桐原家の話を、仲人から聞いているようで、こちらも輿入れは急がないと言っている。

「三人目は、直参旗本の跡取りだ」

清水又兵衛《しみずまたべえ》殿。こちらは若くて、二十二だという。おこ乃と一番歳が近く、そして禄高も一番であった。

「四百石の家柄だそうだ。もっとも今の御当主は、小普請だそうだが」

「おやま。お役が無いとなると、表向きの禄高の割りには、お家は大変かな」

「ああ、多分」

麻之助達はやがて、海賊橋を渡って八丁堀を出ると、江戸橋をも渡って神田を目指す。だが橋を渡ったところで、麻之助はぴたりと歩を止めてしまった。

「きっとその縁談三つ、妙な所があるんだよねえ」

「妙？　どういう事がだ？」

「小十郎様が、気にしておいでだから。私に調べろと、わざわざ言いつけられたのが妙だ」

小十郎は忙しい同心だから、吉五郎の姪が気にかかっても、そうそう時を割くわけにはいかなかったのだ。吉五郎も同じだ。しかし相手が武家で、しかも大名家の陪臣となると、小者や岡っ引きに任せては手に余りそうであった。

「それは……そうかもな」

吉五郎も足を止めると、麻之助は堀川に浮かぶ舟へ目を向け、顰《しか》め面を作った。

「縁談の返事、そう長くは待たせられないだろう。やっぱり私達だけで調べる訳には、いかないよな」

吉五郎は同心見習いだし、麻之助とて、日頃の仕事を全て放り出していたら、坊主になれとでも、親から言われかねなかった。

「まずは丸三さんと清十郎へ、急ぎ文を届けよう。それから両国橋の盛り場へ行って、貞《さだ》さん達の手を借りる事にする」

そもそも友二人には、早めに子細を伝えておかないと、後で、何で知らせなかったのかと、文句を聞く羽目になりそうだ。麻之助は筆の入った矢立《やたて》を取り出した。

「書けたら、堀川の船頭に使いを頼もうか。でも二カ所に届けて貰うと、きっと高いよねえ」

麻之助と吉五郎はまず、互いの紙入れの銭を覗き込んだ。

文を託した舟が、堀川を滑るように海の方へ行くと、自分達が舟を使う金まで出せなかった二人は、せっせと歩いて両国橋の盛り場へ向かった。そこは貞達がいるし、丸三の店も近くにあった。

麻之助は神田の町を足早に歩きつつ、おこ乃の縁談について、吉五郎へゆるゆる話し出す。

「しかしおこ乃ちゃんは、まだお見合い、した事はないよね？　なのに急に、三つも縁談が集まったとは、驚くねえ」

「確かにな。だが」

吉五郎の許嫁《いいなずけ》、一葉《いちは》も若いが、とうに縁組みは決まっている。吉五郎は集まった縁談を不思議にも思わずにいたのだ。

だが麻之助は、首を横に振った。

「あのな、吉五郎。確かに早くから、相手が決まっているお人はいるよ」

だが、しかし。最初の話が来た途端、あと二つ、次々と話がもたらされたというのは少々解《げ》せない。

「特に、縁組みを望んだお二人目、種田様は、もう三十路なのだろう？」

三十で当主、そして子がいないのであれば、誰ぞが急ぎ、次の縁談を勧めている筈であった。大名家江戸留守居役は忙しいお役目ゆえ、なかなか縁談の方へ、目が向いていなかったのだろうか。

「しかし、だ。おこ乃ちゃんを、仲人が種田様へ勧めたとは思えない」

おこ乃は若いから、輿入れは一、二年待とうという話になっても、おかしくはなかった。早く跡取りが欲しいだろう男には、どうも、似つかわしくない縁組みなのだ。

「そいつは、そうだな」

吉五郎が戸惑う。

「そして三番目。旗本の跡取り息子、清水様だけど」

四百石の旗本となれば、立派なお家なのだろう。

「うむ、三河以来のお家柄と伺っている」

「やっぱりか。ならばお屋敷は、きっと番町辺りに拝領しているだろうな。ああ、四谷なのか」

江戸城の北西から北にかけては、旗本屋敷や組屋敷が集まっている。武家の町であった。

「となるとさ、清水様は、どこでおこ乃ちゃんを見初めたんだ?」

「は?」

「直参旗本と、大名家の陪臣の娘。縁は見つけづらいよな」

頼町の仕える大名家の上屋敷は、八丁堀から南へ行った辺り、千代田の城の東南にあった。城の北西側に住んでいる清水家とは、どう考えても住まいが遠い。その上、陪臣と直参はそもそも、よく縁組みを行う相手ではなかった。

「おこ乃ちゃんは相馬家へ行ってたから、八丁堀で見初められたんなら、分かるけど」

そうして、二つの縁組みが奇妙に思えてくると、最初の話からして引っかかってくると、麻之助は言った。

「大名家御用人の跡取りで、側仕えの桐原正幸様は、どういう御縁でおこ乃ちゃんを嫁にと思われたんだろう？」

吉五郎は少し考えてから、言葉を続ける。

「確か桐原殿は最近、所用で八丁堀を訪ねられる事が多かったとか。その時、町でおこ乃を見かけたという話だった」

「おや、八丁堀に大名家の御家臣が用とは。吉五郎、何用だったのかね」

しかし友は、はっきりしないと首を振った。側仕えという立場上、主家の用向きについて余所へ話す訳もないのだ。

「吉五郎、相手がお武家だと調べにくいね」

麻之助がぼやき、二人はそれから、神田の町を両国橋へ向け突っ切っていった。吉五郎は早歩きで知られる同心だから、二人の歩は早い。それでも隅田川へ出て、川沿いに北へ進んでいった頃には、時が経っていた。

　すると。

「ああ、兄《あに》ぃ達、遅いじゃねえですか」

　突然、川沿いの茶屋の前で声を掛けられ、麻之助達は魂消た。店から出てきたのは、貞の仲間の友吉《ともきち》で、驚いている間に二人を、川岸の桟橋で待つ舟へ連れていった。

4

　両国橋の船着き場を上がると、友吉は横手にあった居酒屋へ、麻之助達を案内する。中へ入ると、麻之助達と相手方、双方が驚く事になった。

「麻之助さん、その顔の痣《あざ》、どうなすったんだい？」

　目を丸くしたのは、何と、先程文を送った丸三であった。横を見れば、清十郎まで既にいる。麻之助達から文を受け取った丸三は、清十郎へ舟の迎えをやったらしい。麻之助達が歩いている間に、二人はとうに貞の所へ集まり、あれこれ話していたのだ。

「吉五郎、麻之助の奴、何をやったんだ？」

　麻之助は顔の痣に手を当てると、己で返事をした。

「こいつは……小十郎様に殴られた」

「ひえっ、それは大事だ。今回の件は、そこまで剣呑なものなのかい」

丸三は顔色を変えると、ざわつく貞達を前に、小さな居酒屋の中で足を踏ん張った。そして、吉五郎の娃御の一大事ゆえ、店から飛んできて良かったと言ったのだ。

「ええ、麻之助さんや清十郎さん、それに吉五郎さんは、あたしの大事な友達だ。そしてお三方は、うちに引き取った万吉《まんきち》の、大切な後ろ盾でもあるんですからね。そりゃ、放っちゃおきませんよ」

丸三は先に同じ質屋から、万吉という子を引き取っており、この子を、目に入れても痛くないほど可愛がっている。そして先々、自分の店を継がせたいと言い出していた。

すると、己の歳が気になってきたようで、万一の場合、万吉の後ろ盾を、麻之助達や大貞《おおさだ》に頼みたいと言っている。丸三には相方のお虎《とら》以外、頼れる身内がいないのだ。

その心細さは分かるから、麻之助達は皆、大丈夫だと伝えてある。なに、若いお虎がいるし、丸三の子になった万吉が、暮らしに困る事は無い。身内代わりにずっと、万吉坊を気に掛けるだけの話であった。

すると丸三は四人を、親戚同様と言い始めていた。

「丸三さんは親になって、随分義理堅い人に化けちまったねえ。いや仕事では、未だに筋金入りの高利貸しだけどさ」

麻之助が笑い、吉五郎や清十郎が頷き、大貞の息子や手下《てか》達は、苦笑している。とにかく幼子を抱えた丸三の、四人への義理立ては凄いものであった。麻之助が笑う。

「こりゃ、うちと八木《やぎ》家が町役人、相馬家はお堅い同心で良かったね。大貞さんは、金持ちの地回りだし」

大金を動かせる丸三が、甘い顔を見せてきているのだ。結構簡単に大金を借りられそうだから、それは大いに心を惑わされる事に違いなかった。

だが清十郎などは、丸三が悪友達と付き合いが良いのは、他にも訳があると言う。

「そもそも丸三さんは、無茶をするのが好きなんだと思うよ。高利貸しとして、無謀な暮らしを続けてきたお人だからね」

しかし万吉を抱えた今、子を育てているお虎は、親である丸三の無謀に良い顔をしない筈だ。よって丸三は時々、麻之助のやらかす馬鹿に首を突っ込み、楽しんでいるに違いない。口の悪い清十郎はそう言うのだ。

「今回も丸三さんは、張り切ってるよ」

ここで吉五郎がまず、おこ乃の縁談について、文では書ききれなかった事を皆へ告げる。すると丸三は頷き、では集まる場所が必要だと、金を使って、居酒屋を今回の件の根城にしてしまった。そして貞へ何やら耳打ちしてから、麻之助達を見てきた。

「しかし、このたびの調べが、小十郎様のご命令とは思わなかったよ。麻之助さん、頑張らないと痣が二つに増えて、間の抜けた柄の、猫みたいになっちまいそうだね」

「そいつは勘弁だ」

麻之助が苦笑を浮かべていると、そこへ表から足音が近寄ってきた。そして、いきなり居酒屋の戸が開く。

「あの、今日は貸し切りで……」

麻之助が慌てて言いかけたが、貞達は横で落ち着いていた。

（おや？）

見れば現れたのは、やはり顔の良い若い男で、貞の仲間のようであった。そして岡っ引きから頼まれたので、急ぎ同心の旦那を呼びに来たと、吉五郎へ言ったのだ。

両国は盛り場ゆえ、喧嘩も多い。岡っ引きだけでは、止めかねる事が多く起きた。

「旦那、お願いしますよ」

「何と、こんな時に」

しかし放っておく事も出来ず、吉五郎が腰を浮かすと、丸三が、その背へ声を掛けた。吉五郎は同心見習いで忙しいゆえ、そもそも多くは時を割けない。だから報告は入れるが、まず自分達が動くと、丸三は言ったのだ。

吉五郎は一寸躊躇《ためら》ってから、それでも頷いた。それから若い男に案内を頼むと、もう振り返らずに居酒屋から出て行く。すると。

手下が入り口の戸を閉めたところで、痣をこしらえ、ぶち猫のようになった麻之助が、小さく笑い出した。そして丸三と貞達を見て、吉五郎を上手いこと、出て行かせたねと言ったのだ。

「えっ、今の使いは、この二人が仕組んだことなのか？」

清十郎が驚いて皆の顔を見ると、貞は苦笑を浮かべつつ、そっぽを向いている。唯一、丸三だけがやんわりと頭を下げ、済みませんと言い事情を語った。

「やっぱり麻之助さんは、気がついちまいましたか。でもねえ、これから関わる相手はお武家だ。相馬家と、どういう繋がりを持つ方々か、分からないしねえ」

吉五郎の為に、これ以上関わらせてはならなかった。おこ乃は実の姪だが、吉五郎は相馬家へ養子に出ている。今回の縁組みが妙な話に化けても、今引けばお役目には響かない。

だが正面から外れていろと言ったら、石頭の吉五郎は承知しなかっただろう。自分の姪の事で皆が大変な時に、高みの見物を決め込む男ではなかった。

つまり時として、真面目過ぎるのだ。清十郎が眉尻を下げ、表へ目を向けた。

「それで外したのか。うん、ありがたい事だ」

「ええ、兄ぃの為です。仕方ないですよ」

吉五郎に男惚れしている貞達は、大いに頷いている。横で丸三が、ではこれからどう動こうかと、皆を見回した。

すると麻之助が、まずこう切り出した。

「縁談相手は、お三方。それぞれの調べに、どれくらい時が掛かるか分からないよね。ならこちらも三手に分かれて、調べないか？」

縁談三つを一遍に調べ、早く終わった者は、他へ力を貸してはどうかと言ったのだ。この考えに丸三が頷き、ならば、旗本御家人へ金を貸すことが多い自分は、つてを辿れそうな旗本、清水又兵衛を受け持とうと言った。

麻之助は頷くと貞の方を向き、清十郎と組んで、江戸留守居役である、種田忠光をお願い出来ないかと口にした。

「清十郎は町名主だし、きっと私より時が取れないだろうから、相棒が必要だ。そして江戸留守居役は、結構遊んでいるとの噂だ。盛り場に詳しい貞さん達なら、話を摑みやすいんじゃないかと思うんだ」

貞と清十郎が頷く。そして残りの一人、最初におこ乃へ申し込んできた大名家御用人の跡取り、桐原正幸は自分が引き受けると、麻之助が言う。貞が、手が足りない時は一声掛けてくれと言ったので、ありがたいと頭を下げた。

「でも、まずは自分で調べなきゃね。先日相談に乗った小梅屋さんとか、力を貸してくれないかなぁ」

小梅屋は確か商いで、武家屋敷の辺りへ酒を売りに行ってると言っていた。

「何しろ江戸詰めのお侍は、大勢いるから」

　その暮らしを支える為に、多くの振り売り達が、大名屋敷の周りにある塀代わりの長屋、侍長屋に住む武士達へ、色々な品を売り歩いている。大名家には、思いの外多くの商人や職人、お百姓までが、日々出入りしているのだ。一見、縁遠く思える大名家の屋敷は、実は町人と深く繫がっていた。

「なら、相手が大名家のお武家だからと、堅苦しく考える必要はねえか。何とか調べられるかな。しかしお武家も町人も、一見違うようで、何だか暮らしは似てるねえ」

　貞がそう言い、清十郎も頷く。分かった事や、それぞれがやっている事は、この居酒屋で貞の手下がまとめておく事になった。知らせたい事も、この居酒屋へ使いを出せば、手下達が伝えてくれる。

　麻之助は立ち上がると、痣が目立つ顔を皆へ向けた。

「一日に一度は文でいいから、事がどう動いたか、この場所へ伝えて下さい。私はなるだけ時を作って、ここへ顔を出します」

　また小十郎に一発喰らうのは嫌だから、当分真面目にやると、麻之助は笑って言った。丸三は頷き、懐が寂しければ舟にも乗れず、時が掛かるからと、ここで紙入れから金子を出してくれる。

「生真面目な吉五郎さんだと、あたしが金を出すのを、嫌がったかもしれない。ですが、こういう金は必要なものなんだ」

だから貰っておきなさいと言われ、居酒屋にいた面々は、一寸目を見合わせてから頷いた。実際今日、舟に乗れず、神田を歩いて来た麻之助達は、清十郎に先を越されている。

「ありがたい。やはり丸三さんは頼りになります」

そう言うと麻之助は深く頭を下げ、金子を大事に懐へ収める。そして一寸、厳しい表情を浮かべた後、いつものようにひょいひょいと軽く、表へ駆け出て行った。

5

三つの縁談を、三手に分かれて調べる。この、至って真っ当な考えは、しかし早々に、あちこちでけつまずいた。

貞達と清十郎はまず、大貞に頭を下げた。そしてそこで、江戸留守居役種田を承知しているかを問い、よく顔を出すという、隅田川沿いの料亭を教えて貰ったのだ。地回りの大親分は、何でお前は、名の知れた留守居役を知らないのかと、息子へ一つ嫌みを言った。

「最近は接待なのか、種田様は毎日、昼過ぎには行っておいでとの事だよ、息子」

しかし二人は、その料亭へ出かけ損ねた。大貞の家から出てしばしの所で、清十郎を、仕事が追いかけてきたのだ。

しかも使いの文ではなく、妻のお安《やす》自身が来ていたので、船着き場の桟橋を目の前にして、清十郎は逃げられなかった。

「お前様、麻之助さんのご用とかで、お屋敷を出られたきり、帰って来られないんですもの。お仕事が溜まってますよ」

勿論お安は屋敷で、出来る限りの事をやっていたのだ。しかし町名主自身がいなくては、裁定一つ出来はしない。約束の刻限に来た支配町の者が、玄関で喧嘩をして障子を破いたとかで、八木家の手代平三《へいぞう》は眉間に、くっきり皺を寄せているらしい。お安は急ぎ、亭主を探しに来たのだ。

「高橋家にはいらっしゃらなかったので、貞さんの所か、丸三さんのお店に聞けば、行方が分かるかと思いましたの」

それで、お安は、両国橋へ来てみたのだ。

「ああ、大あたりだったね」

清十郎はしっかり者のお安に、日々随分と頼っているものだから、既に頭が上がらない。困った顔で貞へ目を向けると、相棒は、おなごに好かれる甘い顔をお安へ向け、優しく言った。

「おかみさん、こりゃ、済みませんねえ。しかし今日清十郎さんは、遊びで動いている訳じゃ、ないんですよ」

お安ならば構わないだろうと、ここで清十郎が、おこ乃の縁談について、かいつまんで話した。麻之助が小十郎に呼び出され、縁談相手について調べた上、返答をする必要が出来たと言うと、お安は驚いた顔で頷く。

「つまりお前様方が受け持ったお役目は、その種田様というお留守居役様を、調べる事なんですね？」

お安は頷くと、まず川へ目を向け、それから貞を見た。

「お父上の大貞さんは、この辺りの顔役であると、麻之助さんから聞いた事がございます」

貞は船頭達に顔が利くだろうかと、お安が問う。貞が頷くと、お安は地回りの名を使って、船着き場にいる船頭達へ声を掛けた。そして他の船頭にも、伝えて欲しいと言ったのだ。

「あの、隅田川沿いの料理屋へ、お留守居役は多分、舟で行かれるものと思います。種田様という江戸留守居役を乗せた方は、店へ行く前に、一度こちらの船着き場へ、連れてきていただけないでしょうか」

「お、お安。何を言い出すんだ」

相手はお武家であり、勝手に呼び出して良いわけがない。清十郎は慌てたが、いつも落ち着いて見える妻は時として、無茶をする事があると、最近分かってきていた。丸三の連れ合いである、お虎並の無茶だ。

やはりというか、今もお安は平気な顔をしている。

「おこ乃様の件で、用がありますからと伝えて下さい。種田様は、おいでになりますよ」

留守居役自身が申し込んだ、縁組みの事ですからとお安は言う。貞は笑い出して、お留守居役が来られたら、何をする気かとお安へ問うた。

するとお安は、にこりと笑みを返した。

「もちろんお留守居役様が、おこ乃さんへ縁談を申し込んだ訳を、お聞きします。それが分かれば麻之助さんも小十郎様へ、ご報告が出来ますよね。旦那様も、お仕事に励めます」

「お安、でもお留守居役様の答えは、決まっている気がするぞ。縁談を申し込んでいるのだ。おこ乃さんが気に入ったからと、おっしゃる筈だ」

そう言ってから、清十郎は一つ首を傾げたのだ。

「そういえばお留守居役様は、おこ乃さんと会った事が、あるのかな？」

するとお安は、おこ乃は、歳のわりには大分、子供っぽいお嬢様だと口にした。大の大人が、すれ違いざまに惚れるというには、まだ無理がある気がするという。

しかも大店の娘ではないから、持参金嫁と呼ばれるほどの大枚を、持って行ける筈はない。頼町家の禄は、縁談相手と釣り合っているようだが、両家が近くに住んでいる事はなく、他藩の陪臣だから親しくもない。

確かに小十郎でなくとも、何故申し込みが来たのか、気になる縁談であった。

「では、縁組みを望んだ訳として、考えられる事ですが」

驚いた事にお安は、川風に吹かれつつ、三つも訳を考え出したのだ。

「一に思ったのは、小十郎様の事ですね」

「小十郎様？」

「おこ乃さんの叔父御、吉五郎さんの義父であられます。町同心として、名を知られておいでのお方ですね」

見目良く強面で、周りから信頼されていた。

「あの小十郎様ならば、味方になって下されば、大層頼もしいでしょう。でも融通を利かせて頂くのは、難しい気がいたしますね」

だが親戚となれば、立場が違ってくる。それが義理の息子の繋がりであれば、実子の縁より、小十郎は気を使うやもしれない。

「きっと、そう思いついた誰かがいる。それで小十郎様は麻之助さんに、事を調べろとおっしゃったんですわ」

「何と……」

清十郎は呆然として、妻の言葉を聞いている。お安は他にも思いつくと、更に並べていった。

「もう一つ思いついた事ですが。お留守居役様は、貞さんやお前様、麻之助さん達町の力と、縁を持っておこうと思われたのかも」

「は？　我らですかい？」

貞が頓狂《とんきょう》な声を出したが、お安はまた、にこりとした。

「意外ですか？　今回、お武家をお三方、調べる話になっていますのに、皆さん、さして困ってはいないようです」

おこ乃との婚礼には、吉五郎の親友、麻之助や清十郎との縁が付いてくる。つまりおこ乃の身内となれば、町役人や貞と繋がる事になるのだ。留守居役が知りたい、実に多くの事が分かりそうであった。

「おや、こいつは考えませんでした」

貞が腕組みをして、目を見開いている。

「三つ目は、お金ですね。あら清十郎さん、分かりませんか？　丸三さんです。江戸でも名の知れた高利貸しが、持っているだろう大枚。これが、この件には関わっているのかもしれません」

お安は婚礼を挙げた後、丸三の連れ合い、お虎と知り合っている。お虎はさっぱりとしたおなごで、今は子の万吉坊を、ちゃんと育てられる程のお手当があれば、丸三の金など気にもしなかった。しかし。

「丸三さんは今、相当沢山のお人に、お金を貸しておいでだと思います」

つまり丸三は大金持ちであり、しかも商いとして金を貸している。その上最近は、妙な所があった。

「清十郎さん、お前さんや麻之助さん、吉五郎さんに、丸三さんは随分甘いですからね」

「おや、そうかい？」

「三人が、金子を用立ててくれと泣きついたら、きっとお説教はしても、お金は用意して下さいますわ。馬鹿な使い道であってもです」

すると貞が、行き交う舟を目で確かめ、お武家が乗っていない事を確かめつつ、口元を歪めた。

「ええ、そうですね。吉五郎さんと縁続きになれば、丸三さんとも繋がれる訳です。いやいや、その縁を欲しがる奴は、多そうですぜ」

勿論、清十郎達三人の知り合いになった位では、丸三が簡単に金を出す事はあるまい。しかし、吉五郎の親戚という立場になれば、丸三と会う事は出来る。

丸三は高利貸しゆえ、禄など差し押さえるものがなくとも、金を貸してくれる事があった。代わりに利が高いのだが……吉五郎の口添えがあれば、そこを安くと頼めるかもしれないのだ。

清十郎も貞達も、驚いた顔でお安を見つめた。

「魂消たねえ。お安なら、おこ乃さんに縁談が来た訳を、後、百個ほども考えつきそうだ」

「あら、そうなんですか？」

お安が笑いつつ答えた時、隅田川の方から声が上がり、流れを遡《さかのぼ》ってくる舟へ貞が目を向けた。乗っている客はお武家のようで、岸から手を振ると、心得た感じで船頭が頷いている。どうやらお留守居役の種田を見つけたと分かり、さて、これからどうするかという話になった。

「わたしは、種田様に早く、縁組みを望まれた訳を聞いて、清十郎さんに屋敷へ戻って頂きたいのですが」

「お安、どうやったら種田様が正直な考えを、教えて下さるかという話なんだよ」

例えば小十郎と知り合いになりたくとも、それを正直に言うとは、清十郎にはとても思えなかった。するとお安は、目をきらりとさせ、麻之助がこの場にいたらどうするかを、問うてきたのだ。

「あいつがいたら、かい？　はは、種田様が誤魔化したら、間違えた振りでもして、隅田川に突き落としそうだね」

「あら、その手がありましたか。川へ落ちたら、あれこれ本心を言いたくなるかしら。ええ、素直になって下さるかも」

お安があっさり言ったので、清十郎は一瞬、顔を引きつらせた。そして急ぎ、そういう考えは危ういと、お安へ言ったのだ。

「いいかい、お安。まかり間違っても、麻之助のやることを真似ちゃいけないよ。えっ、お虎さんを見習っているだけだって？　お虎さんの事も、真似なくていいから。お安は、元々のお安でいる方が嬉しい」

そのままのお安を好いているから。清十郎がそう言うと、お安が嬉しそうに、ぽっと頬を染めた。一方種田の舟は、ふらふらと岸へ近づいてきたものの、舟の中から諍《いさか》う声が聞こえてくる。

呼び出された種田は不機嫌で、船頭と揉めていたのだ。

するとお安が清十郎へ、やはり単刀直入に問うてみた方が、早いのではと言い出した。つまり、頼町家との縁談で繋がりたいのは、小十郎か地回りか金か、種田が一言言ってくれたら、事は終わるのだ。

「八木家の玄関の、障子が掛かっております。申し訳ないのですが、早く事を進めて下さらないと、平三が怒ります」

　長年勤めてくれている手代にへそを曲げられて、困るのは清十郎なのだ。

「そ、そりゃそうだけど。お安、種田様はお武家様なんだから」

　一方貞も、夫婦の言い合いには口を挟む事が出来ず、困った顔になっている。舟は岸にも着かないままだったので、じきに種田が癇癪《かんしゃく》を起こし、船頭へ大声で文句を言い始めた。

　だが船頭が、たまたま乗った客より、地回りの頭との付き合いが大事だと、本音を言ったものだからたまらない。

「お主、武家を馬鹿にするのかっ」

　その一言と共に、種田は降りると言って、猪牙舟《ちょきぶね》の上で立ち上がってしまったのだ。

ただ。猪牙舟は細く、格好が良く、速い。便利な舟だが揺れやすく、無謀をするには向かなかった。つまり種田は大きく揺れた舟の上で、よろけた。そして見事に船頭を残して、水の内へ落ちたのだ。

「わぁ、馬鹿をして」

　船頭が慌てて手を差し出すが、種田は上手く掴めない。そもそも大方の者は、水練などした事がないのだから、着物を着たまま水へ落ちると、直ぐに水底へ引き込まれかねなかった。

ここで貞が、何故だか落ち着いて声を掛ける。

「ここいら辺の船頭は、皆、泳げやす。ところでお武家様は、泳げやすか？」

「めっ、目の前で……がふっ、溺れている、だろうがっ」

種田の目が一瞬、剣呑な光を宿し、貞を睨み付けてくる。だが、あっという間に水に呑まれ、また必死にもがき始めた。

「おい、早く助けなくて、だいじょうぶなのか？」

清十郎が狼狽えつつ問うが、貞は種田へ、まずこう問うたのだ。

「江戸留守居役の、種田様ですよね。ちょいとお聞きしたい事が、あるんですが」

種田は名を呼ばれても、もうまともに答える事も出来ず、少しずつ流され始めている。しかし貞は、重ねて問うた。

「答えて頂けますか」

「がぶっ、わ、だからっ」

その声を同意と受け取って、貞はくいと顎をあげ、周りの船頭達を見る。すると若いのが三人ばかり飛び込み、種田を水の内から拾い上げてきた。

やがて岸辺の杭に体を引っかけてもらうと、やっと溺れずに済んだと分かったようだが、種田は暫《しばら》く口もきけなかった。お安が、大丈夫でしょうかと小声で言うと、貞は、なに命はあるし、その内こちらの問いに、答えて下さるさと言い切る。

「もう一度、隅田川の水を飲みたかぁ、ねえでしょうから。ねぇ」

　その声が聞こえたようで、種田が震える。その時猪牙舟が寄って、濡れ鼠の体を舟へ引き上げた。

6

「へえ、種田様は、あたしと縁を作り、うちの店から、金を引き出そうと思ってたのかい」

　一時程の後。貞が舟を使い、両国橋から丸三の店へ来ると、当の高利貸しが首を傾げた。川へ落ちた種田は、お安の考えた話の一つを正しいと言ったのだ。

「しかしそいつはまた、高橋家の宗右衛門さんが聞いたら、魂消そうな話だね」

　町名主宗右衛門は、跡取り息子の麻之助に、何があっても丸三から金を借りてはならないと、厳命しているようなのだ。

「だから麻之助さんは、金を用立てた時、貸すんじゃなくて下さいと、あたしに言ったよ」

　だから多くくれては駄目だとも、お気楽に付け足している。

「あん？　宗右衛門さんが、その話を知ってるのかって？　さあ、ねえ」

とにかく借金をすれば、丸っと三倍になると言われている高利貸しだから、自分は丸三と呼ばれているのだ。その男が貸すという金に、縁を持ちたい男がいると言われても、丸三は直ぐには、納得出来ないようであった。知らない男が、利息をまけて貰えると思うなど、笑い話だという。

「貞さん、その留守居役は隠したい事があって、嘘でも言ったんじゃないかい。川に落ちたってさ、嘘をつく舌が、無くなった訳じゃないだろうしね」

江戸留守居役というのは、したたかな御仁が多いからと言い、丸三は笑った。そして、これから自分が会う約束の清水も、金に目が向いているのかなと、眉根を寄せる。丸三は、小普請組の世話役に金を貸していたから、小普請組の清水を、すぐに呼ぶ事が出来たのだ。

「四百石のお旗本なら、馴染みの札差《ふださし》もいるだろう。まあ、この丸三と縁が出来そうだと言ったら、そこが止めると思うがね」

すると、その時丸三が急に笑みを浮かべたので、貞が驚いて黙る。そこへ店奥から現れたのは、小さな万吉であった。悲しげな顔で丸三に、片方だけ紐の付いた太鼓を見せてきたのだ。

「おやおや万吉、太鼓が壊れちまったのか？」

奥から直ぐにお虎も現れ、万吉は太鼓がお気に入りなので、また買ってやって欲しいと願う。お虎が買うと言っても、何故だか壊れかけの太鼓を気に入って離さないらしい。

「万吉、おとっつぁんが、新しいのを買ってあげようね」

だが万吉は、やはりこの太鼓がいいと、首を横に振る。しかし貞が、もっと大きいのを買って貰えるよと言うと、その内頷いた。じゃあ出かけようと立ったところで、貞が咳払いをしたので、丸三は客、清水が来る事を思い出し、一瞬顔を顰めた。

「おや、間が悪いね。せっかく万吉の太鼓を買おうっていうのに、客が来る刻限とは」

お虎が首を傾げたので、丸三は手早く、おこ乃へ縁組みを申し込んだ、三人のお武家について話を伝えた。すると歳のわりに、子供のようなおこ乃の事を聞いたお虎は、男達へ厳しい言葉を向けたのだ。

「金も縁も欲しいなら、己の力量で手に入れて欲しいもんだね。男なら女の子を、巻き込むんじゃないよ」

「おっかぁ？」

「ああ、万吉。大丈夫、おっかさんは、怒っているんじゃないからね。ちょいと……呆れてるだけさ」

「あ、き、れ？」

首を傾げる万吉の横で、お虎は一つ頷くと、矢立と紙を取り出し、急ぎ何やら書き始める。そして紙をまずは三枚、店の帳場の前に並べた。そしてその手前に、更にもう一枚、別の紙を置いたのだ。

貞と丸三がそれをのぞき込み、思わず二人が小さな声を上げる。あれこれ綴られた紙は、清水へ向けたもので、おこ乃へ縁組みを申し込んだ訳を、上の三枚の内から選んで、示すようにと書いてあった。そして更に。

「嫌だと選ばないのは勝手です。けれど清水様がそう出るなら、金貸しにも考える事はありますので。この後清水様は、金貸しから借金をするのに、困るかもしれません」

そういう言葉も、連ねてあったのだ。

上の三枚の書き付けには、それぞれ丸三の金、小十郎という味方、地回り達の縁と書かれている。問答無用の答え三つであり、目にした丸三は、溜息をついてお虎を見た。

「お虎、これじゃまるで脅しだよ」

「お前さん、清水様がこれを脅しと取るか、笑いとばすか、真面目に答えるかは分かりません。でもお武家様がどう動くかは、はっきりすると思いませんか」

麻之助は小十郎に、清水達がどういう男か調べろと言われている。添った後、おこ乃を幸せにしてくれる男かどうか、見極めたいのだ。

つまりお虎が考えた三つの答えの内、正答があるかどうかなど、実は大事な事ではない。

「こんな書き付けを見たら……お前さんだったら、笑って放っておくかしら。麻之助さ

「ここに並べておきそうですね」

「別の答えを書いて、ここに並べておきそうですね」

丸三は大きく笑った。確かにその行いから、人となりが見えてくる。

「いや、お虎。お前の言う通りだね」

ならばこの後は、この書き付けに任せようと、丸三は言った。清水は質屋へ来るだろうが、自分が店にいる必要はないと、丸三は万吉の太鼓を買いに行こうとする。

「ありゃ、丸三さん。清水さんの行いを見なくて、いいんですかい？」

貞が慌てると、それはお前さんが見ておいてくれと、丸三はしゃあしゃあと言った。

「何しろ万吉に、太鼓を買わなきゃならないんだよ」

「うんっ」

ここで万吉が嬉しげな声を出したので、貞は、駄目だとは言えなくなった。

「分かりやした。清水様がお帰りになったら、丸三さんへ知らせに行きやすよ。太鼓を売ってるのは、表通りの床店ですかい？」

それから貞は、その後、事を麻之助へ伝える役も引き受けた。丸三は済まないねと言ってから、またその内仲間と共に、美味しいものでもご馳走すると言う。

それから小さな手を摑むと、お虎と一緒に、表の通りへと出て行った。

7

麻之助が、武家地と町人の町の境辺りにある、小さな居酒屋の床几《しょうぎ》で一杯飲んでいると、驚いた事に知った顔が入って来た。ちろりを振ると貞が側へ来たが、手前の床几が壊れていたので、それを避けて麻之助の横に座る。麻之助は、よくこの店が分かったねと言い、まずは一杯酒を勧めた。

「両国へ届いた文に、今は芝口の橋を南へ渡った先、脇坂《わきさか》様のお屋敷近く、居酒屋にいると書いてありましたからね」

麻之助は居酒屋の定番、芋の煮転ばしを食べていたが、貞はおから入りの味噌汁、から汁を酒の肴に頼んだ。麻之助は友へもう一杯注ぐと、貞達や丸三が受け持った二人、種田と清水の事を問うたのだ。先刻、手下が簡単な事情を記した文を、届けてはくれている。しかし麻之助は、詳しい事情を、早く聞きたがった。貞が知っている事を、簡潔に話してゆく。

「まず、おれと清十郎さんがいる所へ、お安さんが、亭主を呼びに来ちまいましてね」

町名主は忙しく、お安は清十郎を、長く放っておけなかったのだ。

お安が種田を岸へ呼び、気の短い種田が船で立ちあがったので、勝手に隅田川へ落ちる事になった。

「でも麻之助さん、水に落ちたおかげで、種田様はあっさり事情を、白状して下さいました」

貞達が種田を助けるより、問いの答えを聞きたがった為だ。麻之助が頷く。

「つまり種田様が、おこ乃ちゃんとの縁談で得ようとしたのは、丸三さんという銭函《ぜにばこ》だったんだね」

麻之助はへこんだちろりの酒を勧めつつ、お安は相変わらず賢いと言って、頷いている。そして次に。

「清水様はどうなったのかな？」

「二時ばかり前の事になります。丸三さんの店へ顔を出した清水様は、高利貸しがいない事に、驚いておいででしたよ」

何しろ待ち受けていたのは、板間に並べられた、お虎の書き付けだったのだ。

しかし、やるべき事は、はっきりしていた。唯一部屋にいた貞は、己の事を留守番だと言い、答えを選ばず帰りたければ、どうぞと口にした。しかしそう言われると、却《かえ》って、放り出しにくかったようだ。

「清水様は、四半時も悩んでましたね。ええ、でもちゃんと、一枚紙を選びました」

「へえ清水様は、地回りとの縁の紙を、手に取ったのか」

麻之助が目を見開くと、貞も同じく興味が湧いたと正直に言った。四百石の旗本の跡取りが、何で地回りと顔見知りになりたいのか。己が関わる事であったから、貞は質屋で思わず、清水へ訳を問うてしまった。

「自分は両国辺りの顔役、大貞の息子だと告げました。その上で、地回りに何の用があるのか、聞かせて貰えないかと言ったんですよ」

答えてくれるとは思わなかったが、清水は意外な程、正直に話してきた。困り事を抱えていたので、地回りと聞き、縋《すが》ってきたのだと分かった。

「上野の方の地回りと、清水様のお身内が、もう長いこと揉めているのだとか」

いい加減困っている時、清水はある仲人から、おこ乃について噂を耳にしたのだ。おこ乃の身内には、両国の地回りと親しい者がいて、その者であれば事を何とか出来そうだという。

「おこ乃様は若いので、縁組みまで間が作れる。ならば一旦頼町様の力を借りた後、縁談話は流せるだろうと清水様は踏んでいたようです」

「なんだい、それ」

麻之助がぐっと声を低くすると、大丈夫、お灸はすえておいたと貞は言い切った。

「正直に話してくれたので、おれは返礼に清水様と上野に行って、揉めている相手の地回りと会いやした」

地回りには地回りの、やり方がある。おこ乃へのやりように腹が立ったので、清水が旗本なのも構わず、貞は清水の頭を押さえつけ、上野の親分へ謝らせた。上野の地回りは出来たお人なので、旗本の跡取りが平身低頭したことで、揉め事を水に流してくれたという。

「ですがね、おこ乃さんへ、妙な下心付きで縁組みを申し込んだ事は、別の話ですから」

貞がその件を、わざわざ上野の親分へ話したのだ。それで清水は、それから一時の間、親のような歳の上野の地回りから、こんこんと説教を喰らう羽目になった。

普段であれば、武士の面子がどうこうと、言い出しただろう。だが三人きりでの話で、他の者に見られてはいない。ここで我慢すれば、長きに渡った揉め事が終わるのだ。

「おれにそう言われて、清水様は顔をまっ赤にしてらしたけど、我慢なさいましたよ」

それで、二つ目の件は終わりとなった。麻之助が笑った。

「それで文に、結局事を動かしたのは、お安さんとお虎さん、二人のおなごだったとあったのか」

それから貞は、麻之助の方はどうであったかと、話を変えた。金目当ての種田、こすっからい清水と、二人のお武家は縁組みの相手として、どうもぱっとしない。

「うちの娘だったら、あのお二人へ、嫁にはやりたくねえです」

よって貞は、三番目の男やいかにと問うてきたのだ。麻之助は頷くと、へこんだちろりをこつんと叩いてから、大名家の陪臣で御用人の跡取り、桐原の話を語った。

8

桐原について探ると決まった麻之助は、千代田のお城の南側へ出た。桐原の住む大名屋敷は、その辺りと聞いていたからだ。

もっとも、当てにしていた酒屋小梅屋には、既に同道を断られてしまった。そんなに離れた場所の大名屋敷には縁がないと、言われたのだ。

「まいったよねえ」

仕方なく一人で来たものの、すぐ近くにあるはずの、桐原のいる大名屋敷がどこだか分からない。仕方なく麻之助は、とにかく何か聞けたらと、近い所にあった居酒屋へ入った。

すると客達にはやはり、近くで商う振り売りや、中間《ちゅうげん》が多かった。だから麻之助は客達へ、桐原の事を知らぬかと問うたのだ。

近くで飲んでいた男達は、一旦は黙り込んだ。しかし麻之助が明るく事情を語り、酒を注いで廻ると、多くが頷く。そして麻之助の酒を勝手にまた注いだ後、話し出した。

「いやぁ、見た事のない兄さんが、近所に住むお武家の事を、あれこれ知りたがる。何事かと思ったら、縁談があるときた」

　横で頷いた男へも麻之助が一杯注ぐと、更に話が湧いて出る。

「橋近くのお大名屋敷にいる、側仕え、桐原様との御縁か。あの側仕えは定府だね」

　さすがに振り売り達も、参勤交代で変わってゆく武家を、全ては知らない。だが皆、江戸でずっと暮らしている定府の武家達の事は、よく摑んでいた。

　桐原の縁談相手が麻之助の妻の遠縁で、かわいい娘だと聞いて、居酒屋の内は湧いた。

「いいねえ、羨ましいねえ。でも相手が桐原様じゃ、十程は年上じゃないのかい？」

　八百もの売りがそう言うと、横で漬け物を売っているという男が、片眉を上げる。

「桐原様はお父上も息子も、いつもお忙しくって、走り回ってるって噂だ。嫁取りを考えておいでとは驚いたな」

「おや、忙しいんですか？　陪臣のお武家は、暇なもんだと思ってた」

「何だ兄さん、お武家の事を知らないね」

　周りの面々がちょいと胸を張って、武家の事を語り出す。

「参勤交代で江戸へ来た勤番侍の方々は、確かに随分と暇なもんだ」

　だからその方が安いとなると、振り売りから野菜や豆腐、干ものや酒などを買って、自分達で何とか飯を用意する。金は有り余ってないが、とにかく暇なのだ。よって切り詰められる所は節約し、浮いた金で盛り場や寺社などへ出かけ、少しは楽しんでいる者も多いという。

「だがね、定府で、しかも大名家の御用人となると、結構大変みたいだ」

何しろ国から出てきたばかりの藩士達は、江戸に慣れていない。初めて来たという者も多く、それゆえ、あちこちで揉め事を起こす藩士が、後を絶たないという噂であった。

「つまり、浅葱裏《あさぎうら》って奴だ。吉原辺りじゃ、粋じゃないと言われる御仁達だ」

麻之助が、豆腐売りに頷いた。

「しかし、何で御用人が走り回るんだ？　私が知ってる話だと、大名家で何かあったら、顔なじみの与力、同心に、泣きついてるみたいだが」

大名家はそんな揉め事を何とかして貰う為に、日頃から奉行所へ、付け届けをしている筈なのだ。

すると客達がちょいと顔を見合わせ、一瞬言葉を切った。よって麻之助は急ぎ、また酒を頼んで注いで廻った。すると。

こそこそと話が、語られ出したのだ。侍長屋へ物を売る振り売りだけでなく、客の中に出入りの商人がいたらしく、こっそり詳しい事情を語り始める。

「桐原様って、角のお大名屋敷に住んでる方だろ？　あそこのお大名が頼りになさってるのは、奉行所の与力と同心、二人の旦那だってことだ」

与力は立場が上だが、定廻りとして町を行くのは同心だ。よってその大名家では双方へ、付け届けをしていたのだが、ここ一、二年、その方々が、どうも頼りにならないという。

「元々与力の方は、かなりお歳だった」

それで揉め事があると、実際に動くのは同心の旦那だったらしい。ところが。

「同心の旦那が急に亡くなってね。同心見習いをしていた息子が、跡を取った」

それは順当な事であった。だが。

「今の旦那は随分若くてな。おまけに気が弱い所があって、とんと役に立たないらしい」

老齢の与力と、若すぎる同心。大名家は藩士の揉め事に十分手を打てず、困って、側仕えや留守居役が走り回っているという。

「いい加減何とかしろと、御家中の方が怒っているらしいよ」

だが、何が出来るというのだろう。奉行所へ、お前の所の与力、同心は役立たずだから、もっと切れ者に変えろとでも、言えと言うのだろうか。

「そんなことしたら、付け届けなど要らねえと言われちまうよな？」

つまり奉行所が頼れなくなる。御用人は責任を、取らされてしまいそうであった。

「おお、大変だぁ」

た。

「しかし桐原家では、そんなに大変な時に嫁取りするのか」

麻之助が大きく首を傾げ、釣られたように皆も、変だねぇと話し出す。

すると麻之助はここで、ふと思いついた事があったのだ。思わず、半ば腰が浮いてい
た。

「もし……桐原様がおこ乃ちゃんを嫁に貰ったら、どうなるのかな？」

「へっ？　兄さん、何を言ってるんだい？」

問われたが、忙しく考え始めた麻之助は、振り売りに酒を注いで、その口を塞いだ。

ところがその時、急に居酒屋の戸が大きく開いて、数人の男達が入って来たので、麻之
助はまた、考える事が出来なくなってしまった。

若い男が、ぐるりと店の中を見回した。その男が偉そうな態度なのは、高い立場の者
なのか、それとも居酒屋が安酒を出す店だからか。とにかく男は、麻之助を睨んできた。

「この店が大名屋敷に近いゆえか、身分を弁《わきま》えず、内々の事を噂する輩《やから》がいると聞いた。

そのような事をすると、身のためにならぬぞ」

武家は居酒屋にいる者達に、厳しい言葉を向けたのだ。

もっとも武家に慣れている為か、店の客達は黙ったものの、恐れ入った顔などしてい
ない。麻之助の方は、大きく息を吐き出すと、なる程と言って頷いた。

「さっき店にいた中間が、居酒屋での話を、お屋敷内へご注進した訳だ」

それで飛んで来たのが、同心でも馴染みの親分でもなく、若いお侍であった、つまり。

「お侍様、お前様が噂の桐原様だね」

酒を飲んでの噂話にまで気を尖らせているとなると、桐原は余程、困っているに違いない。だが、しかし。

「困りごとをなんとかしようとして、おこ乃ちゃんとの縁談を考えるなど、馬鹿を思いついたもんだ。お安さんが考えついた三つの話の事は、文に書いてあったな。お前様はその内、小十郎様との繋がりを欲しがった口でしょうかね」

「お安とは……誰だ？」

これは本心からの言葉に思えて、麻之助は少しばかり笑った。すると先程の中間が、こやつは無礼だと凄んで来たので、麻之助は桐原へ、くっきり付いている筈の顔の痣を、指さして見せたのだ。

「小十郎様へ関わるのは、お止しなさい。あの方は剣呑なんですよ。幾らあの方が腕っこきの同心でも、簡単に頼っていいお方じゃありません」

この痣を付けたのも小十郎だと言うと、桐原の腰が幾らか引けた。しかし、初めて見る町人から妙な事を言われたのが、気にくわなかったのだろう。桐原は麻之助に近寄ると、痣へ目を向けた後、ぐっと拳を握りしめた。

「お主が何者かは知らぬが、その口を塞げ。なぜ小十郎殿をご存じか知らぬが、顎にもう一つ疵をつけたくはあるまい」

「おっ、陪臣の身で、普段関わりの無い町方同心、小十郎様の名をご承知とは。つまり私の推測は、正しかったんだ」

つまり若いお武家は桐原で、本当に小十郎の事で、縁組みを申し込んでいたのだ。

「良かった、間違いをしてなくて」

麻之助が笑った途端、桐原が殴りかかって来た。しかし麻之助はその拳を、簡単に避ける。

「おやま、大した殴り方じゃないね。桐原様、喧嘩には慣れておられないのかな?」

でも侍が町人より弱いというのは、聞こえの良い話ではなかろう。麻之助はおこ乃の亭主殿には、少なくとも自分よりは少々、強くあって欲しかった。よって。

怒った顔の桐原が、また殴りかかって来たのを避ける。そして今度は一発返した。すると、中間やその仲間四人が掛かってきたので、咄嗟に床几を持ち上げ、思い切り振り回した。

「わあっ」

お武家の勝負は、きちんと対峙するものなのだろうが、麻之助や清十郎の腕は、下手をすれば命がけの立ち回りの中で、磨かれたものなのだ。

人から腕前を褒められはしないが、強く、負けない。喧嘩の相手が何人かいる事さえ、麻之助にとっては珍しくもなかった。

つまり直ぐに桐原へ、もう一発お見舞いしていた。

9

「それで麻之助さん、それからどうなすったんです？」

武家との立ち回りを知り、貞は本心驚いたような顔をしているが、それにしては絶句もせず、落ち着いた声で問うている。それから、へこんだちろりや、壊れた床几の脚へ目を向け、納得したように頷いた。

「どうもこうも、桐原様は、さっぱり腕の立つお方じゃなかったねえ」

麻之助がそう言うと、喧嘩の時もいた客が残っているのか、居酒屋の内から笑い声が聞こえてくる。

「あっさり殴られて、情けなかったよ。それでもこっちを睨んで来たんで、小十郎様が、おこ乃ちゃんの縁談を怪しんでる事を、教えて差し上げたのさ」

そして小十郎は、上手いこと人に使われるような、たやすい者ではないことも伝えた。そして殴られ、居酒屋の床に座りこんだ桐原の眼前にしゃがむと、はっきり言ったのだ。

「お前様は頼町家の娘さんを嫁に貰って、奉行所の相馬小十郎様と、縁続きになられる気だったのでございましょう?」

親戚になることを理由に、大名家に繋がる同心を、今の若造から小十郎に変えたかっ

たのだ。確かに遠縁であれば、事は通るかもしれない。それで繋がりも無い陪臣の頼町

家へ、桐原家から縁談が申し込まれた。

ただ。

「そんな事が、今、お世話になっている旦那に知れたら、大事だ。奉行所にいる三廻り
の同心方は、皆、顔見知りでしょうからね」

誰かと縁のある大名家を、他の同心が奪う筈もなかった。事を知られた途端、桐原の
望みは絶たれる。よって、こっそり話を進めた。

「だけど、自分一人がおこ乃ちゃんに申し込んだのでは、立場へ目が行って、考えを知
られてしまうかもしれない。お武家様は、その事を恐れたんだ」

だからあちこちの仲人へ、おこ乃の親戚について話した。おこ乃が持つ縁ならば、繋
がりを望む者が、他にも出ると考えたのだ。

「ええ、他にも縁組みを望まれる方が、お二人も現れましたね」

麻之助は頷く。三人になったおかげで、桐原だけに目を向けられる事はなかった。利
口なやり方ではあったが、しかし。

「小十郎様は、直ぐに今度の縁談を疑ったんです。他のお二人は、もう話を引っ込めた

みたいですよ」

「……」

そして、もう小十郎が、桐原が仕える大名家へ出入りする事はない。おこ乃にはもっと誠のある男を、縁談相手として探すことになるだろう。

「何が何でも、おこ乃ちゃんには幸せになって貰うんです。私はそう決めているんですよ。祝いの言葉を、心から言いたいんで」

だから、あなたでは駄目だ。麻之助がそう言い切ったので、桐原の顔が床へ向いてしまった。

「ああ、やっと三人目の話も、けりがつきました」

麻之助がそう言うと、じきに中間が桐原を立たせ、居酒屋から消えて行った。

麻之助はこの後、小十郎へ事の次第を告げねばならなかったが、疲れて立つ気になれなかったので、まずは居酒屋の主にから汁を頼んだ。そして持って来てもらった時、壊した床几などの代金を、多めに渡したのだ。

主が礼を言ってから、色々あったみたいですねぇと、眉尻を下げて言った。

「芋も酒も、またご注文ですかい。はいはい」

そして麻之助が、煮転ばしで一杯やっている時に、貞が現れたと言う訳だ。

「ああ、草臥《くたび》れるよねえ。他の二人は、お安さんとお虎さんに助けられて、簡単に済ませたっていうのに。私だけが大立ち回りだ」

やっぱり男は駄目だ、おなごは強いねと、麻之助が芋を食べつつぼやいている。貞は眉尻を下げ、お疲れ様と言ってから、一言付け足した。

「麻之助さんも、そろそろ助けてくれるお人を、探しましょうや」

まだ嫌かもしれないが、それでも言わせてもらうと貞が言うと、麻之助はそっぽを向いた。貞は一杯酒を注ぎ、そろそろ麻之助へもまた、縁談が行き始めるだろうと言う。

「男は一人じゃ、寂しいですから」

それだけは、確かなのだ。

黒煙

1

半鐘が、擦《す》り半《ばん》で鳴っていた。

近火を知らせる鳴り方で、打ち手は鐘の内を、擦り回すように連打する。この鳴り方を聞いて、のんびりしている江戸っ子はいなかった。うかうかしていたら、家財丸ごと焼け落ちるどころか、命まで失い、あの世へ行く羽目になるからだ。周りが火に包まれるという、恐ろしい合図であった。

そういう剣呑《けんのん》な音が鳴り響き、煙が辺りを霞《かす》ませた昼時のこと。高橋麻之助《たかはしあさのすけ》は煙にむせ込みながら、必死に、火元近くの一帯を走っていた。手には鉄鍋と、鉄の火箸を握りしめている。

「げほっ、酷《ひど》い煙だっ。こりゃ、ここいらの皆は、とうに逃げたかね」

つまり、だから、麻之助も逃げたい。自分とて、物語に出て来る鬼神ではないから、こんな場所にいると、火事場に転がる死体になりかねなかった。

「でも……確かめておかなきゃ。私ったら、律儀だねえ。馬鹿ともいうか」

一帯は、江戸町名主《まちなぬし》高橋家の支配町なのだ。そして運の悪い事に、高橋家の跡取り息子麻之助は、今日たまたま近くへ所用で来ていた。よって鍋と火箸を用向きの先で借り、逃げ遅れた者がいないか、出来る限り、支配町を見て回っていたのだ。

（熱い）

思わず右手を見ると、思ってもいなかった程近くの町屋から、火柱が上がっていた。総身が、あぶられる。おまけに煙は濃い灰色で、あっという間に道の先を隠していった。

「ううっ、帰りたい。でも、あと少しだし」

せめて、支配町の端まで見ておきたいではないか。

「こうなったら、やけくそかな」

とにかく足を止めず、麻之助は表通りから、長屋へ続く路地へと走っていった。そして、そろそろ帰ろうかと思い始めた頃、長屋脇にある差配の家から声が聞こえてきて、魂消《たまげ》る事になった。

「何と差配さんっ。まだ、残っていたんですかっ」

半鐘の音が響き渡っているというのに、差配はまだ、風呂敷に荷をまとめていたのだ。

その上、火の手が近づいている中、近くの狭い空き地に、十名ほどが身を寄せ合い立ちすくんでいた。

「ありゃま、拙《まず》い」

麻之助はここで用意の鉄鍋を高く掲げると、火箸で思い切りよくカァンと叩いた。間の抜けた音が響き渡り、皆が一斉に見てきたところで、麻之助は精一杯落ち着いた声を出した。一帯の長屋で秋の月見をしたおり、団子を渡すのと一緒に、支配町の皆へ何度も繰り返した言葉を、大声で言ったのだ。

「火事だっ。火が出た。皆で逃げるよ。鍋の音についてゆくんだっ」

そこで、確かめるようにもう一度、カァンと鍋を鳴らし、歌うように続けた。

「火元は長屋の東だ。風は今日、東から吹いている。伊兵衛《いへえ》長屋の皆はどっちに逃げて、どこへ行くんだっけ？」

直ぐに同じ調子の声が、皆から返ってきた。月見の席で繰り返した言葉だから、覚えていたに違いない。

「風は東から。だからおれ達はまず、南へ逃げる」

支配町は神田にあり、東や北へ行こうと思ったら、橋を渡らねばならないからだ。大勢が橋に集まると直ぐには渡れないし、そこで万一火に追いつかれたら、命が危うい。

「火事が収まってから、長屋が無事か、確かめるんだよな？　燃えていたら、どこへ行くんだっけ？」

「火が収まってから、神田川を越えて北の方、浅草にある寺へゆく。おれらが目指すのは堀川沿い、龍宝寺《りゅうほうじ》！」

その寺なら、高橋家が話を付けてあるから、焼け出された支配町の者達は、助力を願えるのだ。麻之助はまた、カァンと甲高く鍋を鳴らした。

「分かってるんなら、直ぐに揃って南へ行かなきゃ。差配さん、今すぐだよ。煙に巻かれる前に、皆と長屋を出ておくれ」

「わ、分かった。うん、南だ。分かってるよ」

差配はやっと背に風呂敷包みを背負うと、麻之助から鍋と火箸を受け取った。そしてカンカンと打ち鳴らし、付いてこいと長屋の皆を促す。途端、すくんで動けなかった者達が、必死に後を追い始めた。

「火が近くへ迫ってる。急いで！」

麻之助は皆を追い立てつつ、最後に路地から出た。すると大きな通りに出た所で、目を見張る。向かい側の路地に、去って行く長屋の者達を、呆然と見ている面々がいたからだ。口を引き結んだ。

（あっち側は、うちの支配町じゃない。いつもなら口出しすると、怒られるけど）

しかし差配の姿も、町名主が来ている様子もない上、煙は一帯を覆い、じき、道が分からなくなりそうであった。麻之助は思い切り怒鳴ると、皆の目を己に向けさせた。

「こっちだっ。ほらっ、カンカン音が聞こえるだろ？　その音の方へ急ぎな。ここにいたら、煙に巻かれちまうよ」

急げと大声を出したところ、濃い灰色の煙を吸い込んでしまい、麻之助はむせかえる。するとそこへ、思ったよりも多くの者達が現れたものだから、また魂消た。

「何だ、まだこんなに残ってたのかい。ほら、早く来なっ。皆、南へ逃げるんだよっ」

死にたくなければ急げと言うと、更に足音が寄って来て、麻之助の横を通り過ぎて行く。こんなにいるのなら、路地の先も見たかったが、その内麻之助も、煙に我慢出来なくなってきた。

「げふっ、こりゃ私も、もう行かなきゃ」

だが去ろうとしたとき、濃くなる一方の煙の奥に、また人影を見た。

「おいっ、逃げろ。こっちだ、南へ行くぞっ」

大声で叫んだ時、煙は渦を巻いて、あっという間に一帯を包み隠してしまう。一瞬、影の主を探そうかと迷ったが、麻之助の足は止まった。その時近くから、「うわぁんっ」という泣き声が聞こえたのだ。

「へっ？　どこだ？」

既に煙が濃くて、先程まで見えていた向かいの店さえ、ろくに見えない。声の主の居所がさっぱり分からないから、口がへの字になってしまう。

（くそっ……どこで泣いてるんだ？）

動く影を見つけ、さっと手を伸ばしてみたが、「ふぎゃっ」と鳴いたのは、残念ながら人ではなかった。飼い猫なのか赤い首玉を付けていたが、火の粉でも飛んだのか、それが焦げて燻《くすぶ》っている。麻之助が咄嗟《とっさ》に首玉を引きちぎって取ると、猫は煙の中へ消えてしまった。

「今、泣いたのは猫だったのか？」

しかし、確かめずに逃げることも出来ず、麻之助は咄嗟に地面へ這いつくばってみた。そこは煙が薄く、辺りを何とか見回せる。すると二間ほど先に、小さな子が二人きりで座りこんでいるのが見えた。

（見つけたっ）

麻之助は見失わないよう、這いつくばったまま、その子達の所へ急いだ。手を伸ばし、泣いている子を引き寄せる。先程の影が気になったが、もはや余裕はなかった。

「げほっ……」

煙が苦しいのか、二人はすぐに泣き止んでしまったのだ。麻之助は歯を食いしばると、落とさないよう子をしっかりと両脇に抱え、濃くなる一方の煙の中を、南へと駆けだした。

2

高橋家は、江戸の神田に八つの支配町を持っている、古名主だ。今の主は宗右衛門《そうえもん》といい、しっかりとした人柄だと評判の者であった。

一方、跡取り息子の麻之助も、生真面目で勤勉で、立派であったのだが……それは昔話になったと、言われて久しかった。

つまり今の麻之助は、大いに困った、いや、情けない跡取りだと、世間に思われているのだ。しかし町名主は世襲だし、おまけに高橋家には、他に男の子はいない。よって支配町の皆は、自分達が町名主を支えていくしかないと、悲壮なる決意を固めていると、専《もっぱ》らの噂であった。

「まあ、大いに頼りないけれど、麻之助さんは面白いし、嫌いじゃないから」

町の皆はそう言い、そんな跡取り息子なら遠慮は要らないと、せっせと相談に通っているのだ。

そして。

先の火事の日、麻之助が珍しくも人助けをしたというので、親も、支配町の者達も身構えていた。麻之助が関わったのに、事が目出度し、目出度しで終わる訳がない。皆は口を揃えて、そう言っているのだ。

「あれま、そうも皆さんの考えがまとまるなんて、何だか目出度い感じがしますねえ」

八つ時、屋敷の玄関で麻之助が明るく言うと、父親である宗右衛門は、無言で息子へ拳固《げんこ》を喰らわせた。だが二発目を繰り出さなかったのは、高橋家へ客人が来ていたからだ。

先日助けた幼い双子の親で、唐物屋の菊屋《きくや》仙十郎《せんじゅうろう》が、菓子折を差し出し頭を下げていた。

「この度は本当に、ありがとうございました。麻之助さんは息子達の、命の恩人でございます」

菊屋は更に、火事で焼け出された人の為にと言い、結構な金子《きんす》を寄進してくれる。自分が幸運だったのだから、他へも運を分けたいと言ってくれたのだ。

宗右衛門は満面の笑みを浮かべ、麻之助共々深く頭を下げた。

「これはお気遣い、ありがとうございます。着の身着のままで、火事から逃げた者も多い。この金は、大事に使わせて頂きます」

着替えを買う金にしようか、それとも薬でも購《あがな》おうか、麻之助と宗右衛門は話し始める。するとその時、菊屋が麻之助へ顔を向けてきた。そして、今回の火事と息子達の件で、気になる事がある。是非、話を聞いてはもらえまいかと言ってきたのだ。

「え、ええ、勿論。手前でよろしければ」

麻之助はここで、一度きちんと座りなおした。父の宗右衛門が横にいて、そちらに声を掛けても大丈夫な時だ。なのに菊屋はわざわざ、麻之助へ話してきた。

(何だか少しばかり……ううん、とても怖い気がしてきたね)

大好きな〝のんびり〟という言葉が、麻之助の側から、大急ぎで逃げ出している。そんな、剣呑な気持ちに捕らわれたのだ。

しかし、だ。支配町の者から相談を受けるのは、町名主の役目であったから、たとえ寄進を受けたばかりでなくとも、嫌とは言えない。麻之助が腹を決め向き合うと、菊屋はいささか堅い顔で語り出した。

「今回、近所で火の手が上がった時、私は所用で出ており、店にいませんでした」

そして菊屋には今、おかみもいなかった。三つになる双子を産んだ後、体の調子がすぐれなくなり、おかみはずっと、根岸の寮で養生しているのだという。

「ですが店には、弟の三次郎《さんじろう》がおります。それで万事、心配はしていなかったのですが」

ところが火事の日、舟で運んできた高価な器が、荷下ろしの時に割れた。三次郎は堀川へとんで行き、店を空けていたのだ。

「そして幼い長十郎《ちょうじゅうろう》と宇野助《うのすけ》は、火の手に包まれた町に取り残されました」

麻之助が救ってくれなかったら、命が危なかったのだ。

「それは、間の悪かったことで」

宗右衛門が横から慰めるように言うと、菊屋は眉間に皺を寄せた。そして低い声でつぶやいたのだ。

「私は今でも、戸惑っているんです。火事が起きた時、店には奉公人達や女中、下男達がいた。なのに何で店の皆は、息子達を連れて逃げなかったのかと」

勿論菊屋は、店の者達に訳を問うていた。すると、似た様な返事が返ってきたのだ。

「近火だったので、皆は大慌てで店の荷を床下の穴蔵へ入れ、土蔵へ火が入らぬよう、目塗りをした。奉公人達は、大騒ぎをしていたのです」

逃げようとした時には、子供二人の姿はなかったという。

「だから誰かが、先に店から連れだしたと思っていた。皆、そう言ったんです」

だが。

「誰が子供達を連れて出たのか、誰も確かめていなかった」

どうして、主の子供達を守ってくれる者が、誰もいなかったのか。菊屋の眼差しが、畳へ落ちる。何か、苦いものでも口に含んだような、そんな顔つきであった。

「私は、酷い主では、ないつもりだったんですが」

宗右衛門がまた、言葉を挟んだ。

「菊屋さんは、人徳のあるお人ですよ。それは私が、よく承知しております」

そう言われても、菊屋は静かに首を横に振っている。そして、おかみが遅くに子を授かって以来、多くの事が、ぎくしゃくしていると言葉を続けた。菊屋夫婦は、十年以上子に恵まれなかったという。

「もう子を授かるのは無理だと、思っておりました。ですから跡目は、歳の離れた弟の三次郎が継ぐと、決めておりました。実は大店から、嫁を貰う事まで決まっておりました」

だがある日、思いがけず子を授かった。しかも男の子で、双子であった。

「私は浮かれていたんでしょう。あの時、三次郎に迷惑をかけてしまいました」

跡目は生まれた息子が継ぐと決めた為、三次郎の縁談は、破談となったのだ。弟には嫁取りではなく、婿養子先を望む事になったからだ。

そして婿養子に出すとなれば、持参金が必要になる。それで、番頭に分家をさせる心づもりであったのが、先送りとなった。その上、歳のいった出産で身を損ない寝こんだ妻と、古参の女中が根岸の寮に移り、代わりに若い乳母《うば》が来て、奥向きの様子も変わった。

「気がつけば菊屋は、何とはなしに、前とは違ってしまいました」

勿論、跡取りが出来たのは目出度い事で、店の誰も文句など言ってはいない。しかし双子は幼く、亡くなる事も多い疱瘡《もがさ》や麻疹《はしか》を済ませていないので、菊屋は弟の三次郎を、まだ養子に出せずにいるのだ。弟も番頭も、妻も子も持てないまま菊屋を手伝い、歳を重ねている。世間から見て、酷いと言われる事はしていないが、菊屋の胸の底は時々ちくりと痛んでいるという。

そんな時、今回の騒ぎが起きた。

「私が、子を得た事に浮かれていた。それを面白く思わない者がいて、だから子供達は煙の中に、取り残されたんでしょうか」

つまり店の内に、表向きの顔とは違う腹の内を、抱えている者がいるのだろうか。

「だとしたら私はこの先、店の皆と、どうやっていけばいいんでしょう。これから、無事に店を続けていけるのでしょうか」

着物の膝をぐっと握りしめて、菊屋は問うてくる。しかし、不安な気持ちは分かるが、何か証がある話ではないから、宗右衛門は黙り込んでしまった。町名主が当て推量で、支配町の誰かを、そしる訳にはいかないのだ。

一方麻之助は頷くと、明るい声で語り始めた。

「あの菊屋さん。火事の日、お子さん方が町に取り残されたってのは、確かな事です。はい、私が見つけたんですから」

だが今、確かだと言えるのは、その事だけであった。子供達を誰かが見捨てたのを、見た者などいない。子供達は、珍しい擦り半の音に引かれて表へ出た後、そのまま煙の中で迷ってしまった。そういう話かもしれないのだ。

「そ、それはそうですが……」

麻之助は、菊屋の言葉を手で止め、先を続けた。

「弟さんの事、おかみさんの事、番頭さんの事。菊屋さんには、ずっと気にしておられる事があるみたいです」

だからこの玄関で、災難は〝たまたま起きたこと〟だと言われても、菊屋は納得出来ないだろう。そう言われた菊屋は、一寸、膝へ目を落とした。

「菊屋さんだって、悪意のある者が確かにいると、分かっている訳じゃないでしょう？でも放っておくと、何か怖い事がまた起きそうで落ち着かない。そんなところでしょうか」

それで菊屋は今日、町名主の屋敷へ来たのだ。自分一人の事ならともかく、子供達も心配なので、放ってはおけないのだ。

菊屋は麻之助を見つめると、小さく頷いた。そして麻之助へ、こう言ったのだ。

「今回の災難が〝たまたま起きたこと〟なのかどうか、知りたいんですよ。麻之助さん、私を納得させて下さいませんか」

「納得？」

「〝たまたま〟の事でもいい。あの日何があったのか、本当の事を知りたい」

それが分かれば、菊屋は落ち着けるだろうと言ったのだ。たとえ、面白く無い話があったとしても、納得する。そう言われて、麻之助は頷いた。

（おや、気前の良い菊屋さんの寄進は、調べ事をしてもらう、迷惑料だったのかな）

眉尻を下げた麻之助の横で、宗右衛門が菊屋へ声をかけた。

「あのですね、あの日の事を麻之助に調べろと言うより、もう一度店の皆さんに、事情を問うた方が、早いと思いますよ」

「お、おとっつぁん、菊屋さんの頼み事を何とかするのは、私なんですか？　もう、決まっているんですか？」

すると菊屋は、いきなり町名主に頼ったのでは悪いと思い、勿論店の者達に聞いたと言ったのだ。だが。

「皆、自分の側から物を見ます。私への遠慮も、己への甘さも出て来る。その為か未だに、事情が見えて来ないのです」

それで迷惑とは思ったが、今日、町名主高橋家の屋敷にきたと、菊屋は言った。町名主宗右衛門は忙しかろうから、こうして跡取りの麻之助に、助力を願っていると、名前を出されてしまった。

「えっ、でも私は、揉め事は苦手で……」

麻之助は思わず、その場から逃げ出しそうになる。だが宗右衛門に、襟首をしっかり摑まれていた。

3

町名主八木《やぎ》家の支配町で、町の皆が、顔を強ばらせた。近くにある大店の紅屋《べにや》と丸田《まるた》屋《や》が、突然喧嘩を始めたのだ。

二つの店は縁戚で、それまで付き合いも深かったのに、一気に険悪な間柄になった。名主清十郎《せいじゅうろう》が間に入って、屋敷の玄関で双方から話を聞いたが、身内は一旦揉めると厄介で、さっぱり収まらなかったどころか、茶碗やお盆までが飛び交う事になった。

あげく、茶碗を喰らった清十郎が瘤《こぶ》をこしらえ、玄関にうずくまった。そんな亭主を見て、妻のお安《やす》が咄嗟《とっさ》に、その場を仕切る。

「旦那様の手当をいたします。皆さん、一旦帰って下さいまし」

そして八丁堀へ使いが行き、吉五郎《きちごろう》が急ぎ八木家へ来る事になった。今回の件には八丁堀が、関わっていたからだ。

「これは、見事な瘤をこしらえたものだ。清十郎、大丈夫なのか？」

八木家に現れた吉五郎が、驚きの声を上げる。すると、瘤を冷やしている亭主に代わり、お安が玄関で、簡潔に事情を語った。

「今回の揉め事ですが、高直《こうじき》な櫛《くし》が一つ、小間物屋丸田屋から無くなったのです。火事の日の事で、丸田屋で、扇屋紅屋の娘おかやさんが、その櫛を見ていたそうです」

一旦あらましを語ってから、お安は詳しい話を、付け加えてゆく。

「紅屋丸田屋、両家は親戚です。丸田屋には娘が二人いて、姉娘のおしかさんには、許婚《いいなずけ》がおりました」

丸田屋では大叔母の一人が、八丁堀のお武家へ嫁いでいた。よってその縁から、おしかは藤本《ふじもと》という同心へ嫁ぐと決まっていた。

「おや、藤本殿に」

それで、同じ八丁堀同心見習いである自分が呼ばれたのかと、吉五郎が目を丸くしている。

「ところがおしかさんは体を損ね、輿入《こしい》れを二年も延ばしました。そして、身罷《みまか》ってしまわれたんです」

随分待たせた藤本に申し訳ないと、代わりに妹が嫁いではどうかという話が、丸田屋の身内から出たという。だが妹は少し若かったから、おしかの従姉妹で、紅屋のおかやが縁づく事に決まったらしい。

おかやは丁度、一旦決まっていた縁談が、破談になった所であった。

扇屋紅屋は、良縁を回してくれた事に感謝して、嫁入り道具を丸田屋から、あれこれ買う事にしたという。それであの火事の日、おかやはばあやを連れ、道具の下見に行っていたのだ。

「ええ、その時までは、両家はとても良いおつきあいを、続けていたようなのですが」

お安が小さく、溜息をついた。

「ところがあの日、火事が起きました。丸田屋さんにも、近火を知らせる擦り半が、突然聞こえたんです」

店内は大騒ぎになったと聞き、吉五郎が言葉を挟んだ。

「擦り半が聞こえたなら、小間物屋丸田屋は、高橋家の支配町近くにあるのだな。麻之助が先の火事で、支配町にある唐物屋、菊屋の子供達を救ったと聞いたぞ」

あの火事の日、麻之助と紅屋のおかやは、多分近くにいたのだ。清十郎が頷く。

「ああ、あの辺りは、八木家と高橋家の支配町が、隣り合っているんだ」

お安が言葉を継いだ。

「火事の後、丸田屋さんのご主人が、八木家へみえられましたの。あの日丸田屋の店先から、高い櫛が一つ、消えたと言うんです」

丸田屋が以前、藤本とおしかの婚礼用にと、特別に注文して作った品であった。藤本の名にちなみ、藤の花が螺鈿《らでん》で描かれ珊瑚《さんご》もあしらわれた、立派な櫛だという。

だが櫛が出来上がった時には、既におしかは身罷っていた。丸田屋は、櫛をあきないものとして店に出し、火事の日おかやが見ていたのだ。

「丸田屋さんでは、藤の櫛が消えても、直ぐには騒がなかったとか。おかやさんが半鐘の音に驚いて、櫛を持ったまま、店から飛び出たんだろうと考えたからです」

だから丸田屋は、ただ紅屋に知らせた。おかやが櫛を持って行ったから、売り掛けの帳面に付けておきますよと言ったのだ。

ところが。紅屋の返事を聞き、諍《いさか》いが起きた。

「おかやさん、藤の櫛は持っていないと言ったそうです」

紅屋では丸田屋の顔を立て、おかやの部屋や巾着、着物まで調べたという。しかし、藤の櫛など見つからなかった。

「紅屋さんは、丸田屋さんが言いがかりを付けたと言い、怒ってしまったそうで」

一方、丸田屋も引き下がらなかった。まだ、亡くなった娘の事を忘れられない時ではあったが、身内の為と思い、紅屋へ良縁を世話したのだ。そのあげく、高い櫛を盗まれたのでは堪らない。櫛を取り戻してくれと、丸田屋は町名主清十郎に泣きついた。

「それで、紅屋さんと丸田屋さんから事情を聞く事になり、昨日、うちの玄関へ呼んだんです。そうしたら」

身内の諍いを止めた清十郎は、こぶを作っただけでなく、双方の言い分を聞いた後、頭を抱える事になったのだ。

「おかやさんは、確かに一番、櫛に近い所にいた。盗《と》ろうと思えば、出来ただろうね」

しかし丸田屋には、他にも客は大勢いたらしい。

「その上、店へ煙が漂ってきた。直《す》ぐに、大騒ぎになったんだ。つまり確かに誰も、櫛がいつ消えたか見てないんだよ」

よく聞けば火事場泥棒がいても、おかしくない様子であった。なのに丸田屋が、おかやが盗んだと言い切ったものだから、紅屋も引かない。

「いや、紅屋は引けないんだな、あれは」

お安と清十郎が、一寸、目を見交わす。すると、その訳なら自分にも分かると、珍しくも吉五郎が口を開いた。

「藤本殿は、赦帳撰要方人別帳掛《しゃちょうせんようがたにんべつちょうがか》りの同心で、八丁堀の仲間だ」

そしておかやは縁続きとはいえ、町人の娘であった。

「多分一旦、八丁堀のどなたかの養子になって、縁づくのだろう」

しかしその娘に、手癖が悪いとの噂が立ってしまったら、それだけで、まず相手方に迎えてはもらえない。証などなくとも、そんな話が伝わるだけで、縁談は早々に破談となりそうなのだ。

「清十郎、違うか？」

「いや、その通りだ。しかも、おかやさんにとって破談は、二度目の事になるな」

続くのは、娘にも悪いところがあるからだと、悪い評判が立ちかねない。紅屋は、それを心配しているに違いないと言い、清十郎は妻と友を代わる代わる見た。

「あたしはこの騒ぎ、どうやって収めればいいんだ？」

とにかく清十郎は吉五郎に、おかやが養子に入る件が、大丈夫かどうかを問うた。後で紅屋と話す為、そこを知っておきたくて、今日、吉五郎に来て貰ったのだ。

しかし友の返答は、何とも不確かなものであった。

「今はまだ、藤本殿の縁談について、噂は聞かんな。でも明日も聞かぬとは、俺には言えぬ」

「吉五郎ぅ、それじゃ紅屋は、納得してくれない。丸田屋と仲直りなどしないだろう」

それでなくともこの話、実に危ういと、横でお安が言う。つまり櫛は、本当に火事場泥棒が盗んだかもしれなかった。

「ですけど、それが真実であった場合、それこそ証が摑みにくいんです。盗人も、近くの古道具屋などに、高直な櫛を売ったりはしないでしょうし」

誰が悪いのかはっきりしないまま事が終わってしまうと、二つの店には、互いへの不満だけが残る事になる。

「その上です。火事場泥棒がいたのだろうと裁定をすると、うちの人へ不満を言う、支配町のお人もいそうですね。両家の機嫌を取ろうとして、半端な答えを出したと言って」

更に藤本というお侍にとっても、縁談が駄目になるのは、二度目という話になる。この騒動は誰にとっても、めでたい話ではなかった。

「お安、どうしよう」

青ざめる清十郎の横で、吉五郎が憮然とした顔つきになった。

すると、だ。ここで八木家の庭先から、どこかで聞いた声が聞こえてきたのだ。そして声の主は、直ぐに玄関に姿を現した。

「ありゃ麻之助じゃないか。何とお前さんも、怪我をしたのか？」

麻之助は頭に、ぐるぐると晒《さらし》を巻き付けていたのだ。そして清十郎達の前に飛んで行くと、泣きべそをかきつつ、町名主の危機を語りだした。

4

災難は鉄鍋と共に、麻之助の屋敷、高橋家へやってきた。

先日の火事のおり、打ち鳴らして皆の気を引くため、麻之助はその鍋と火箸を差配へ貸した。それを、返しに来てくれたのだ。

丁度菊屋が、落ち着かない心の内を話しに、玄関へ訪れていた。先の見えない話が途切れ、麻之助が少しばかりほっとしていると、差配は玄関に上がり込み、明るく言った。

「いや、返しに来るのが遅くなっちまった。済みませんね」

実は鉄鍋は今まで、長屋の皆が逃げ込んだ先の寺で、煮炊きに使われていたという。火事の時、長屋に残してきた物は、全て焼けてしまった。そんな中、寺へ逃げた皆は、食べる事と噂をする事以外、楽しめる事がない。だから鍋は大いに役立ってくれたと、差配は麻之助へ頭を下げた。

「けどね、そろそろ次に暮らす先が決まって、寺から人も減ってきた。それで鍋を、返せるようになったんだよ。うちの長屋も、じきに新しいのが建つんだ」

ありがたい事だと差配は言い、菊屋へも、長屋を持っておいでだから、色々大変でしょうと頭を下げる。近所の事とて、差配は大店の主を見知っていたのだ。

菊屋はにこやかに頷き、そこまで町名主屋敷の玄関は、至って和やかであった。

ところが。ここで差配が、とんでもない事を口にしてしまった。

「しかし菊屋さんは、店に火が移らなくて幸いでしたよ。それでなくとも、おかみさんの幽霊が出るとか、弟さんの許婚が亡くなるとか、色々あったんだ。もらい火までしちゃ、たまったもんじゃなかった」

「……は？　妻はまだ、生きてますが」

菊屋が呆然としつつ言うと、差配は寸の間黙り込んだ。それから「あれ？」と言うと、急ぎ申し訳ないことを言ったと、頭を下げる。

「店には居ないはずなのに、時々おかみさんの姿を見る。あれは幽霊じゃないかって、噂を聞いたもんで」

「まさか……」

麻之助が急ぎ事情を話すと、差配は困ったように頭を掻いた。

「おや、おかみさんは、余所《よそ》へ養生に行ってるんですね。でも最近戻られたんで、幽霊と間違えた誰かが、馬鹿な噂を流したって訳だ」

「いや差配さん、それも違うというか。あれはまだ、店に帰ってはおりません」

菊屋が益々戸惑ってしまったので、麻之助は、噂は不確かなものだと苦笑を浮かべた。

「でも、火事から逃げた皆さんには、噂話も頼りの一つだものね」

暮らして行く為に必要な話もあろうから、今はいつもよりぐっと多く、噂が飛び交っているに違いない。麻之助は、不思議な噂を聞いたら正しておいて欲しいと、差配に願った。

「菊屋のおかみさんはご無事だし、三次郎さんの元許婚、紅屋のおかやさんだって、お元気ですよ」

おかやは、新しい縁が決まったところであった。

「えっ？　だってあたしは火事の後、逃げ込んだ寺で、紅屋の名前と一緒に、葬式の話を聞いたんですよ。若い娘さんの葬式は、親が気の毒で悲しいと、何人かが話してました」

麻之助は溜息を漏らすと、亡くなったと噂のお人は、小間物屋丸田屋の娘御だろうと口にする。

「そのお人はおしかさんと言って、八丁堀同心の許婚だった人です。お気の毒に、病で亡くなられましてね。その後、紅屋のおかやさんが、その八丁堀のお武家へ嫁ぐと決まった。それで噂が、混じったのでしょう」

差配は寸の間、きょとんとした顔つきになったが、その内、ようよう手を打つ。そして、納得したと言い笑った。

「つまり三次郎さんの元の許婚は、八丁堀のお武家へ嫁ぐ事になった。麻之助さん、そういう事なんですね？」

「当たりです」

全く、噂というものは不確かなまま、こうも、こんがらかっていくものなのか。横で菊屋が苦笑を浮かべている。そして菊屋は差配を見ると、こう言ったのだ。

「最近菊屋の事も、あれこれ噂になっているようだ。差配さん、何か噂を聞きましたら、教えて下さいまし」

差配は、今は暇だから承知したと、簡単に請け合った。すると二日後、差配は菊屋と連れだって、耳にした噂話をするため、高橋家の玄関にやってきたのだ。おかげで、差配と菊屋だけでなく、麻之助も噂話を聞く事になった。

「いやぁ、あれこれ聞きました。人の口というものは凄いですな。これじゃ火事の日、火元近くにいただけで、火付けだとでも言われそうだと思いましたよ」

差配は笑って、頼まれた菊屋の事だけでなく、麻之助の噂も聞いたと言った。

「へっ？　一体、何が噂になったんです？」

「麻之助さんが珍しくも人助けをした時、火事場で見た猫は、どこの飼い猫かという噂でした」

猫は赤い首玉をしていたから、飼い猫だろうと言われていた。飼い主は……まだわかっていなかった。

「そんな噂まで、あったんですね」

知らぬ間に、己の名前が江戸を巡っているようで、いささか怖いと麻之助はこぼす。この時母親のおさんが、三人に茶と茶饅頭を出してくれたので、一寸場がほぐれた。甘い物は久方ぶりだと、差配は嬉しげに食べている。

すると菊屋が己の分も差配へ差し出し、菊屋が関わった噂があったか聞いた。差配はうなずき、饅頭を食べ終えると、張り切って語り始めた。

「まずは、三次郎さんの噂を聞きましたね。元の許婚おかやさんですけど、仲人が持ち込んだ縁談だったのに、とても仲が良かったとの事です」

「そ、そうだったんだね」

菊屋が思わず目を、足下へ落としている。その縁談は、菊屋に子が出来た事で、破談になったのだ。差配は次に、おかやの噂を語った。

「紅屋のおかやさんですが、火事の日、親戚の丸田屋から、櫛をくすねたって言われてるんです。ええ、青菜をおまけしてくれた青物屋が噂を教えてくれたんで、確かですよ」

それで丸田屋と紅屋は最近、奉公人まで角突き合わせているそうだ。支配町の町名主、八木家が裁定をまかされたが、困っているようだと差配は口にした。麻之助が眉尻を下げると、差配は興味津々、様子を聞いてくる。

「確か麻之助さんは、八木家の清十郎さんと仲が良いでしょう？　どう裁定するか、町名主さんは言ってませんでしたか？」

「聞いてないよ。でも差配さん、聞いてどうするの。噂の元になっちゃ駄目だよ」

差配はへへへと笑うと、さっと話を変えた。

「あ、菊屋さんの噂は、まだありますよ」

次は、おかみの事であった。

「ほら、おかみさんの幽霊が出るって噂、先に言ったでしょう？」

不在が余りに長いので、近在の者達は、菊屋には今、おかみがいないと思っていたのだ。

「それで、次のおかみは誰になるか、噂されてるんです」

「えっ？　何でまたそんな」

菊屋が目を丸くしている間に、差配は言葉を続けてゆく。

「子供達の乳母、あの人がおかみさんになるだろうって、話を聞きました。菊屋さん、長屋のおなご達はそう信じてますよ」

「はぁ？　どうしてまた」

「お乳母さん、前の……今のおかみさんの、縁続きのお人ですよね。御亭主と子供を亡くして、菊屋へ来たって事で」

「よく知ってますね」

子供達も懐《なつ》いているだろうし、まだ若い。丁度良かろうと、周りは勝手に、そんな話をこしらえていると聞き、菊屋はそろそろ顔を引きつらせている。

「そうだ、三次郎さんには、別の噂話もあったね。甥っ子達が産まれたんで、破談になった。だけど三次郎さん、元の許婚の事を、ずっと気にしてるんだそうで」

何しろおかやは、綺麗だから。それで。

「おかやさんが櫛を盗ったって噂、あったでしょう。あれ、誰が流したんだろうって、長屋の皆と話したんですがね」

その時、真っ先に名が出たのが、三次郎だったというのだ。

「あれま、何でです？」

「麻之助さん、だっておかやさんの縁談は存外、駄目になりやすいものだそうで」

何故なら相手が武家、八丁堀の旦那らしいからだ。

「おかやさんが、櫛を盗った。そう話を流せば、あっという間に、縁談は無しとなりますよ」

すると。その言葉を聞いた途端、菊屋が、顔を真っ赤にして立ち上がった。どう見ても怒っており、怖い目で差配を見下ろしている。

「言っておくがね、弟の三次郎は、おなご相手に、卑怯な事をする奴じゃないよ」

「えっ、だってさ、本当にそういう噂が今、流れてて……」

「火事で焼け出された長屋の人達は、気の毒だと思う。私たち大店の主は、長屋を早くに建て直して、皆が元のように暮らせるよう、しなきゃいけない」

だが大店の者だからといって、悪い噂を流されても、平気だという訳ではない。妻や弟を悪し様に言われたら、辛く思うのは皆、同じなのだ。

「ええい、腹が立つ。自分達を悪く言ってる相手の為に、せっせと働いて稼いだ金で、長屋を建てなきゃならないなんて。妻や弟が、お前さん達に、何をしたって言うんだっ」

途端、差配の目が三角になった。

「こりゃまた随分、上から見下した調子で、言ってくれるじゃありませんか。ええ、ええ、こっちは長屋の差配風情だけどね。うちの長屋は、菊屋さんの持ち物じゃないんだよ」

差配や長屋の者達は、日頃菊屋に、何を世話になっている訳でもない。噂話をするのに、菊屋に断りを入れる事はないと、差配は言い切った。

「ちっと金があるからって、大きな顔をするもんじゃないよ。大体、噂されるのには、それなりに訳がある。そいつが分からないのかい」

子供が生まれたからと、弟の婚礼を取り消したのは、菊屋であった。その子はもう三つになるのに、産後の肥立ちが悪いと店を離れたおかみが、まだ戻って来ていない。

「代わりに若いおなごが、菊屋に入ってるんだ。噂の一つも立って、当たり前さ」

乳母からおかみになるのなら、自分の子が欲しいだろうし、その子に跡目を継がせたいだろう。だから乳母は双子に優しくなくて、あの火事の日、二人は店から出ていたのではないか。そんな噂まであると、差配は言ったのだ。

「何だって。そいつは言いがかりだ」

二人が今にも摑み合いの喧嘩を始めそうになったものだから、麻之助が急いで止めに入った。すると魂消た事に、三角になった二人の目が、麻之助に向けられたのだ。

「そもそも、町名主が悪いっ」

「えっ、えっ、何でさ」

呆然とする麻之助に、玄関に居た二人は、言いたい放題怒りを向けてきた。

「麻之助さんが、この菊屋の悩みを、さっさと片付けていてくれないからだ。またこの玄関に来る事になったから、差配から嫌な言葉を聞く事になったんだ！」

「えっ、菊屋さんが、噂を聞きたがったんじゃ……」

「麻之助さん、あんたは町入用を払う金持ちばかりを、贔屓《ひいき》にしちゃいないかい？　あたしらだって、支配町に住んでる者達なんだけどね」

だから頼りないと言われるんだと、言われ、麻之助が半泣きの顔になる。

すると、その言葉を聞いた菊屋が、また差配を責め始め、差配が火箸を手に取って睨み返した。

「ちょっと待った。差配さん、得物《えもの》を持っちゃ駄目だ。危ないじゃないか」

麻之助が慌てて火箸を取り戻そうとし、差配が手放すのを嫌がった。そこで菊屋が、麻之助に加勢をしようとしたものだから、差配が腕を振り上げ逃げ出し、その足を、菊屋が摑んで止める。互いにもう、何をしているのか分からない様子で、とにかく揉めていたのだ。

すると。

火箸を握っていた差配がよろけて、畳に転がった。その時、大きく腕を振ったので、火箸も振り回す事になった。そして。

「ぎゃっ」

鉄箸の一撃を見事に頭へ受け、悲鳴を上げたのは、喧嘩をしていた当人達ではなかった。

「ひえっ、麻之助さん、済みませんっ」

目の前に火花が散り、謝る声が遠くに聞こえる。すると、何故だか火事の炎が思い浮かび、そこに「みゃん」と鳴く黒い影を見た気がした。

5

「おやおや、そんな訳で、麻之助は怪我をしたのか」

「麻之助らしいというか……災難だったな」

悪友二人の言葉に頷くと、麻之助は町名主八木家の広い玄関で、痛いようと言って頭の晒を押さえた。しかしこの怪我のおかげで、あれこれ思いついたとも言ったのだ。

「あれこれ？」

「清十郎、吉五郎、あの火事で、高橋家と八木家の支配町じゃ、三つの大店を巻き込んだ、騒ぎが起きたよな」

そして火事の後、焼け出された人々は、その大店に関わる噂を、それは多く囁《ささや》いたのだ。

「その噂だけど、適当な事も多いが、中に、本当の事も混じっている気がするんだ。それで揉め事と一緒に、整理してみた」

そう言うと、麻之助は色々書かれた紙を取り出し、書き連ねた事柄を、清十郎と吉五郎の前の板間に置いた。

「揉め事の一つ目は、高橋家の支配町内、菊屋で起こった件だな。菊屋の息子二人が、火事場へ取り残されたんだ」

これは麻之助が子供達を助けて、無事に終わった。もっとも幼子二人、何故火事場に残されたのか分かっておらず、菊屋の悩みとなっている。

「訳を突き止めて欲しいと、菊屋の主に言われてるんだけどねえ。難しい」

そして、菊屋が絡んだ噂は多くあった。

今の菊屋のおかみに代わり、双子の乳母が、菊屋の新しいおかみになるのではと言われている事。

根岸で養生中の菊屋のおかみが、幽霊となり、店近くに出たという話もある。跡取りではなくなったので、三次郎と紅屋のおかやは、縁談が立ち消えとなった。しかし、三次郎は今もおかやを好いているとの噂がある。よって、おかやの縁談を止めようと、三次郎が、悪い噂を撒いたようにも言われている。

「ここまでが、高橋家支配町に関わりの事だな」

次は、清十郎が何とかしなくてはいけない、八木家支配町で起きた件だ。

「大騒動の二つ目だね。小間物屋丸田屋から、高直な櫛が消えた件だ」

縁談を世話したのに、高直な櫛を盗まれたと、小間物屋丸田屋が怒っている。一方、証の無い話で娘を傷つけられ、縁談を潰されそうだと、紅屋も怒っている。

そして両家の話には、おかやを通じ、件《くだん》の、菊屋の三次郎の噂が繋がっていた。

「やれやれ、こんがらかってるね。八木家が抱えた揉め事は、こんなところかな」

清十郎が頷く。吉五郎は、書かれていた揉め事の数を見て、口元を歪めた。

「菊屋の噂が多いが、とにかく数があるな。火事が一つ起きると、町名主はこんなにも多くのいざこざを、抱えるものなのか」

これを全部片付けるのに、どれ程かかるのかと、吉五郎は溜息をついている。すると麻之助は、八木家の玄関で立ち上がると、堂々と同心見習いの友へ言った。

「こんなに数があるときは、まず、全部を片付けたりはしないよ。だってさ、時もお金も、足りなくなるに決まってるもの」

　町名主の裁定に必要なお金は、町内より集めた、町入用から出すのだ。つまり菊屋や紅屋、丸田屋の困りごとばかりに、お金を掛けてはいられない。支配町の面々が怒ってしまうからだ。

「そうだろう？　清十郎」

「確かに」

　お気楽者の麻之助ばかりか、既に町名主を継いでいる清十郎にもそう言われて、吉五郎が片眉を引き上げる。

「では、残った件はどうするのだ？」

　麻之助はにやりと笑うと、奉行所と同じようにやると、堅物の友へ言った。

「お上は、奉行所の裁きが必要となる大事は、自ら裁くんだ。けど、今回みたいに櫛が無くなったけど、盗られたかどうかも分からない件や、子供が迷子になったような話は、町名主や差配におっつける」

　よって町名主も事を自分達で何とかしろというしかない。相対済令《あいたいすましれい》などのようなものだ。

「何しろ奉行所にいる人数じゃ、町名主達のところへ来る揉め事までは、さばききれるもんじゃないもの」

　それでなくとも吉五郎を始め、奉行所の面々は、日々忙しくしている。手が足りないのだ。

「それと同じだ」

「そ、それはそうだが。しかし今回の件とは、何か違うような……」

　吉五郎は、言いかけて口をつぐむと、では並んだ困りごとの中から、何を選んで始末する気なのかと、二人へ問うた。町名主と、町名主の跡取り息子は、書き付けを覗き込んだ後、目を見あわせ頷く。

「迷う事はないな。清十郎、調べるべき事は、二つに絞れると思うが」

「ああ、今回ははっきりしてるね」

　要するに、答えを出さずに終われないのは、菊屋の子供達が火事場に残された件と、丸田屋から、高直な櫛が無くなった件、その二つなのだ。麻之助は、とりあえず真面目な顔で言ってみた。

「それがどうにか片付けば、後の噂はまあ、何とかなるだろうさ」

　噂のどれかが謎として残り、心に引っかかるかもしれないが、金と時がない町名主には、どうしようもない。麻之助は堂々とそう言うと、にこりと笑った。

「さあ、沢山あった悩み事が、一瞬の内に、たった二つに減ったぞ」

しかしその二つは、そもそも今回の騒動の大元であった。簡単に事情が分かるのであれば、大店の主達が町名主へ相談に来たり、喧嘩になってはいないだろう。

「困ったねえ。さて、どうやったら片付くのかしらん」

「麻之助、今日も相変わらず、頼りないな」

清十郎が情けない声を出し、麻之助は軽く笑った。吉五郎が眉間に深く皺を刻んだその時、麻之助は「だから」と言って、八木家の玄関で立ち上がった。

「事情を知っている御仁に、これからちょいと聞きに行かないか」

つきあってくれと言うと、友二人は目を丸くしている。麻之助は、火箸で打たれ、目から火花が散った時、思い浮かんだ顔があったのだ。

「菊屋さんの件だけど。真実を知っている御仁が、いたと気づいたんだ」

一寸、呆然とこちらを見てきた清十郎に、麻之助は頷く。

「いるじゃないか。あの日火事場にいた、菊屋さんの双子。あの子達だ」

そういえば当人達には、話を聞いていなかったと、麻之助は口にした。何しろまだ三つの子供達だから、店に戻ると直ぐ乳母の元へ行ってしまい、話す間もなかったのだ。

歳の数え方として、赤子は産まれたその日に、一つになる。それから正月を迎えるたびに、歳を一つずつ取るから、遅く産まれた子は三つといっても、実は一年と少ししか育っていない事もあった。

「だけど私が出会った双子は、結構しっかり歩いてたし、二人で話してたよ。まだ三つでも、頼りになるかもしれない」

「幼子に縋《すが》る気かい？　本当に双子達から、事情を聞けると思っているのか？」

あきれ顔になった清十郎の横で、吉五郎が疑い深げな顔で麻之助を見た。

「お気楽な事を言い出したな。こういうときの麻之助は、特に信用ならないぞ」

「あれ、そうかい？」

吉五郎は、もう一つの件は、誰に話を聞くのかと尋ねてきた。菊屋の件には、幼子であっても、その場にいた者がいた。しかし丸田屋と紅屋の諍いの元、櫛の紛失は、誰も盗まれた場を、見てはいないのだ。

麻之助は友の言葉に、深く頷く。ただ。

「こいつも、火箸で打たれた時、思いついたんだ。私は火事場で、とても大事なものに会ってるって」

それは……確か、赤い首玉を付けていた。

「首玉？　おい、確かそりゃ、猫のことだろうが」

吉五郎は驚き、そう言えば幼子達を助けたと聞いた時、首玉が焦げていた猫の話も、聞いた気がすると言う。しかし、だ。

「猫に事情を問うたら、人の言葉で答えてくれるとでも言うのか？」

「無理かな？　やってみなきゃ分からないと、思わないか？」

火事場に残っていたあの猫なら、櫛が消えた日、最後まで火事場にいただろう火事場泥棒を、見ていてもおかしくはないのだ。いや、あの猫こそ全てを知っていてもいいと、麻之助は言い切った。

「麻之助、本気か？」

吉五郎に呆れられ、清十郎にはそっぽを向かれてしまった。しかし麻之助は、八木家の玄関から表へ歩む足を止めはしなかった。

6

まずは菊屋へ行くと言ったのに、麻之助は当の唐物屋へ近づくと、近くの路地へ入り込み、店から見えないよう姿を隠してしまった。

そして、菊屋に顔の知れていない清十郎に、幼子達へ奇妙な伝言を、そっと伝えてくれるよう頼んだ。

「〝来てますよ〟って、双子へ言うのか？　何だ、そりゃ。それだけでいいのか？」

誰が来ているのかと問うてきたので、麻之助は己達以外、誰もいないと言った。

「でもさ、あの日双子は店にいなくて、奉公人達が逃げるとき、連れだして貰えなかった。つまり二人は、菊屋にいなかったんだ。外出をしてたんだよ」

もしそうなら、話の辻褄が合うというか、話が通るのだ。なぜ、どこで、誰といたのか。

「答えはこれから、双子が教えてくれるといいなと思うよ」

多分双子には、時々会っている者がいる。だから麻之助は清十郎に、〝来てます〟と言ってもらうのだ。

「さぁて、その人は誰だろう。清十郎、上手く確かめておくれな」

上手くすれば、その人から話を聞ける。麻之助は、そう言い出した。

「やれ、本当にそうなるのかね」

それでも清十郎は店へゆき、小僧に伝言を伝えてくれた。するとじき、菊屋の奥の方から、小さな姿が二つちょこちょこと歩いて来た。先だって火事で死に損ねたばかりだというのに、双子の側には、乳母も子守もいなかった。麻之助はそれを見て、すっと眉を引き上げると、吉五郎に菊屋へ行ってもらった。

「さて二人は、誰と会うつもりなのかな」

清十郎が麻之助がいる路地へ向かってくると、幼子達はその後を、鳥の雛のように付いてくる。

ところが。その時幼い二人に、後ろから声が掛かったのだ。

「ぼっちゃん達、店から出ちゃ駄目ですよ。旦那様から、そう言われてますでしょ？」

清十郎を睨み付けていたのは、若いおなごであった。片方の子が、乳母やとつぶやいたから、おなごは菊屋の主と噂になっていた、双子の乳母に違いない。

そして麻之助達はここで、幼い子供から聞けるかどうか心配していた言葉を、乳母から聞く事になった。

「呼び出しに来たあなた、おかみさんへ伝えて頂けませんか。ぼっちゃん達を表へ出すのは、もう止めて下さいって。前にも、言いましたよね？」

そんな事を繰り返していたから、先の火事のおり、行方が分からなくなり、子供達が危なくなったのだ。乳母は清十郎へ、そう言い切った。

「菊屋のおかみさんが、自分の子供と、こっそり店の外で会ってたって？　また何で、そんな事をしてたんだい？」

清十郎に、そらっとぼけられたと思ったのだろう。乳母の目がつり上がる。

「確かにおかみさんは、もう大分具合が良いって聞いてます。でも店へ帰って、おかみの役目をこなそうとは、してないんです」

それでも、子供達には会いたいようで、時々店へ帰ってきて双子と会うと、育ててもいないのに母親面をする。双子は乳母の事を乳母やと呼んで、面倒もみていない母親へ向けるのと、違った顔を見せているのだ。

「ええ、おかみさんへ、勝手だと伝えましたよ。そうしたら、あたしのいないところへぼっちゃん達を呼び出しはじめて。店の近所でこっそり会うようになったんです」

そのせいで、おかみの幽霊を見たなどと、噂が立ったのだ。表にいた子供達は、火事の時、危ない事になったりもした。

「だから、もう店に来ないで下さいって言ったんです。ぼっちゃん達は、あたしがちゃんとお育てしますって」

魂消て声を失った清十郎のところへ、麻之助がひょいひょいと寄ってゆく。それから乳母へ、困ったように言った。

「なんだ、火事の時、双子がどこにいたのか、承知してた人がいたんじゃないか」

ならば子供達の姿が見えなかったとき、なぜ店の皆に、その事を言わなかったのか。麻之助が問うと、乳母は目を逸らし答えなかった。

それで、思いついた事を言ってみた。

「乳母のお前さん、おかみさんが店へ戻って来るのが、嫌だったのかな」

「おや」

隣で清十郎が一寸、驚いた顔になったが、しかし、まさかとは言わなかった。乳母は今、次のおかみになるのではと噂される程、菊屋に馴染んでいる。だが、じきに双子は乳離れするだろうし、おかみが戻れば、立場は弱くなる筈であった。

「おかみさんは、長く店を離れてたからね。また大店のおかみとしてやっていけるか、心許ないだろうさ。文句を言って、おかみを菊屋から追い払っていたら、双子の行方が分からなくなった。火事の日の騒ぎに、なっちまったんだ」

多分今回の騒ぎの元は、菊屋という居場所をめぐる、乳母とおかみの綱引きであったのだ。その言葉を聞き、乳母はきっと麻之助を睨んできた。

「そんなの、証などない話じゃありませんか」

「そうだねえ。でもさ、町名主は、奉行所みたいなお裁きはしない。証なんてものは要らないんだ」

この件は、菊屋が納得すれば終わるんだよと、麻之助はやんわり言った。町名主高橋家は、菊屋から話を受けたのだから。

「そうですよね、菊屋さん」

乳母の後ろ、麻之助が声を掛けた道の先に、吉五郎と菊屋、それに三次郎の姿があった。振り返った乳母は顔色を変え、菊屋は溜息を漏らす事になる。

母を探しているのか、辺りを見回している双子を見て、菊屋は、眉間に皺を寄せた。

「火事の日の件が、こんな話に化けるとは、思ってもおりませんでした」

そして乳母へ目を向けてから、その場にいた皆へ、深く頭を下げたのだ。

7

その後、麻之助、清十郎、吉五郎の三人は、八木家の支配町へ向かった。菊屋の皆が店へ帰った後、残った三次郎が声を掛けてきて、清十郎へ頭を下げた為だ。

「町名主さん、実は私、自分の噂を耳にしました。おかやさんを諦めきれない為、おかやさんが高直な櫛を盗ったと噂を撒き、縁談を邪魔したというんです。ですが、濡れ衣でございます」

だがその噂は、おかやを一旦養女にもらうはずであった武家にまで届き、おかやの縁談は、本当に破談になりそうだという。

「ですがあのお人は、私との縁談があったときでも、高い櫛など欲しがりませんでした」

なのに、武家との縁談に障ると分かっていて、盗みを働く訳もない。それにおかやは嫁入り支度の為、あれこれ買ってもらえる立場だったのだ。

「町名主さん、おかやさんを、助けてあげて下さいまし」

「これから紅屋さんの方へ向かいます。おかやさんの事も、話してみますよ」

菊屋の相談事は、とにかく片が付いた格好で、次は八木家に持ち込まれた櫛の騒動を、何とかする番であった。菊屋から離れた時、清十郎へ深々と頭を下げた三次郎を見て、麻之助は一つの噂を思い出した。

（三次郎さんはおかやさんが好きで、諦め切れてない）

そこのところは本当かもしれないと言うと、隣を歩く二人が頷く。そして、もう一つ思う事があり、友へ言葉を重ねた。

「ねえ吉五郎。今度のおかやさんの縁談、もう無理みたいだね」

おかやの噂は、関わった三次郎本人の耳にまで届いているのだ。八丁堀でも、聞いた者はいそうであった。すると吉五郎も頷く。

「気の毒だが、そうだろうな。しかし、おかや殿と藤本殿の縁は、紅屋から望んだものではないと聞いたぞ。大店の娘なのだから、他にも良縁はあるだろう」

「ああ。ならば、後は櫛の行方さえ分かれば、今回の揉め事は終わりか」

大通りを歩みつつ、麻之助は早くも良かったと言い、道端の団子屋へ明るい顔を向けている。だが町名主として、紅屋と丸田屋へ話をせねばならない清十郎は、傍らの屋台見世から、綺麗な娘が笑みを向けてきても、目に入らない様子であった。

「櫛の揉め事は、上手く片付くのかね。麻之助ときたら、猫に頼ろうなんて言うし。この後、大店二つへ、どう話を持って行けばいいんだ？」

それでも歩んでいれば、その内相手の店へ行き着いてしまう。ところが道なりに進んで、まずは丸田屋へ行き着いた時、三人の前に、思わぬ事態が待ち受けていた。店表で皆へ頭を下げた手代は、奥に、おかやと紅屋の親子、それに何と、同心藤本六三郎《ろくさぶろう》が来ている事を告げたのだ。

「ありゃあ。思ったより、事は早く動いていたな。丸田屋へ来たって事は、藤本様、破談を告げに来られたのかな」

藤本は元々、丸田屋の娘おしかの許婚であった。今回の縁で、中に入ったのも丸田屋なのだ。それでこの店に皆が集まって、話となったのかもしれない。

「こっちが動く前に、噂を飲み込んだまま、事がどんどん決まっていくな」

清十郎がぼやくと、麻之助は頷き、困ってしまった。

「こんな席で、猫を探しているとは言えないよねえ。まいった」

「……麻之助、本当に猫に、頼る気だったのか？」

同心見習いの吉五郎がいた為か、町名主がいたからか、とにかく麻之助達は客がいても、丸田屋の奥座敷へ通された。

すると、まず驚いたのは藤本で、吉五郎へ真っ先に挨拶をしてくる。大人数になった為、隣の部屋もあけてもらい落ち着くと、藤本は吉五郎へ、居合わせた事情を告げた。揉め事が起きたようなので、今回の縁組みは止める事になったと、さらりと話してきたのだ。

　吉五郎が、櫛の件を承知していると知ると、更に話を足した。

「紅屋、丸田屋両家に、破談で揉め事を終わりにできないか、問うたのだ。だが、櫛が出て来ないままでは、そうもいかぬらしい」

　自分の縁談が元で、親戚同士を揉めさせてしまったと藤本が言い、この言葉を聞いた両家は、慌てて藤本へ気を使っている。しかし、それでも両家は、全てを水に流したとは言わないのだから、事は根が深かった。

（さて、これからどうしたらいいのかね。猫の事を言うべきか、否か）

　思い切り困り切ったその時、麻之助は広くなった奥座敷で、急に目を見張った。八人もの人が揃った座敷の真ん中へ、赤い首玉をした猫がのんびり歩いてきたのだ。

「あれ……黒猫だよ」

　すると、その黒猫へ直ぐに手を差し伸べたのは、何と藤本であった。

「鉄《てつ》、久方ぶりだな。元気にしておったか？」

「おや、藤本殿。この猫を……赤い首玉をしていて、いささか毛が焦げた猫を、知っておいでか？」

　驚いた顔で吉五郎が問うと、藤本は笑う。

「この猫は、藤本家の飼い猫の、子供なのだ。亡くなったおしか殿へ、差し上げたものでな」

ただ、おしかは寝付いてばかりだったから、結局世話は、妹のお三津《みつ》へ任せる事になった。

「済まなかったね」

そう言って藤本がお三津へ目を向けると、大人しい妹は顔を赤くして、膝へ目を落としている。その紛れもない様子を見て、麻之助は思わず目を見張ってしまった。

(あ、あれあれ?)

麻之助はお三津を見て、藤本を見て、またお三津と猫を見た。それから不意に、おかやへ目を向けると、見事に目が合ってしまった。するとおかやは、慌てた様子で目を逸らしたのだ。

すると横で、おなごの事情にはめっぽう強い清十郎が、咳払いをしている。

(おや、まあ。こいつはつまり……)

腑に落ちた途端、藤本の膝で丸くなった鉄が、「にゃん」と鳴いた。麻之助は、これを猫からの返事だと受け取り、その分かりやすい言葉に、従う事にした。

それで、己も咳払いを一つすると、全く確証のない話を、大真面目に皆へ伝えたのだ。

「あの、藤本様。藤本様は、紅屋、丸田屋ご両家の事を、心配されておられますよね。ですがそのいざこざは、はい、何とか終わりに出来そうだと思います」

「ほうっ、そうであったか」

「は？　麻之助、何を……」

「おいおいっ」

藤本と友二人が、一斉に声を上げた時、麻之助は落ち着いた顔で、猫を見た。それから一同へ、諍いの大元である無くなった櫛は、大層高い品物であった事を思い起こさせた。

「ですから火事になったとき、たまたま店表にいた誰かが、櫛の事を心配しました。焼けてしまったら、大損ですからね」

それでその誰かは、櫛を手に取り、店地下の穴蔵へでも入れる筈の、文箱へでも入れたのだ。多分入れたのだ。藤本が目を見開く。

「た、多分、なのか」

そしてその誰かは、皆と一緒に逃げる事になった。近火であったので、恐ろしい思いをしただろう。だから。

「藤本様、櫛の事を忘れちまったんですな、きっと」

「は、はぁ？」

その推測だらけの言葉を聞き、藤本も丸田屋も紅屋も、ただただ驚いた顔を見せている。麻之助はそれに構わず、ここでおかやへ顔を向けると、頼み事をした。

「早くに櫛を見つけるべきだと思うのですが、件の文箱を探すのであれば、おなごがよろしい。ですが、お三津さんお一人に頼んだのでは大変でしょう」

だから、おかやがお三津に手を貸して、櫛を探してくれないか。麻之助がそう言うと、座にいた者達は一寸、不審げな顔つきとなり、見事に静まってしまった。

だが。

「分かりました。お三津さん、一緒に捜し物に行きましょう」

おかやは麻之助の目を見つめた後、頷いたのだ。何故だか、真っ赤になっているお三津を立たせ、おかやは早々に部屋から出て行く。それを見送った麻之助は藤本へ目を戻し、にこりと笑った。

「これで櫛はきっと、見つかります。良うございました」

それから麻之助は、急に思いついた事があると言って、言葉を続けた。

「あの、失礼ながら藤本様は、二度続けて、縁談が流れておられますよね。残念でございました」

「あ、ああ。まあ、縁が無かったのだろう」

「ではこの先、また直ぐに別の御縁を考えるのも、大変でございましょう。一年、二年ほど、間を空けてもよろしいかと存じます」

するとここで紅屋が、麻之助は良き縁でも知っていて、藤本へ世話でもしたいのかと言い、苦笑を浮かべた。すると麻之助は、分かってしまいましたかと、遠慮もなく言葉を返したのだ。

「お、おいおい、麻之助。突然何を……」

「清十郎、急な話じゃないんだよ。だってさ、今回、おかやさんへお話が行ったとき、皆、お三津さんの事も考えたと聞いてるよ」

「は？　お三津でございますか」

声を上げたのは丸田屋で、紅屋と目を見あわせている。お三津へ話が回らなかったのは、歳が若かったからだ。つまり、だから。

「一、二年待てば、良き御縁になると思いますが」

すると今度は紅屋が、麻之助へ言葉を向けてくる。

「それは、そうかもしれませんが。でも、櫛の事を話し合っている今、何で突然、そんなことを……」

「みゃあ」

だが猫の声と共に、紅屋は途中で言葉を切った。猫の鉄を見て、娘達が消えた廊下へ目を向け、それから「文箱」と言い、また麻之助へ目を向ける。

突然、「ああ」と言った。

そうしている間に、その様子を見ていた丸田屋が、今度は口を開いた。

「麻之助さん、娘達は……娘は、文箱から櫛を見つけるんでしょうか」

「ええ、多分。綺麗な、藤の絵柄の櫛だそうですね。藤本様へ嫁ぐ方に、相応《ふさわ》しい櫛だ」

それを文箱に入れた人は、火事からその櫛を守りたかったのだろう。大事に思っていた、櫛であったのだ。

そうと聞いた藤本が、目を見開く。麻之助は、さっさと先を続けた。

「多分、おかやさんは火事の日、櫛が消えたその場を、見ておられたのではないかと」

一番近くで、あれこれ品物を見ていたのだ。おかやが櫛の行方を承知していないとは、麻之助には思えなかった。

だが、櫛を守った者の気持ちを察し、おかやは口をつぐんだのだ。

「うっかりした事を言って、誰かに、妙な噂が立ってはいけなかったのです。八丁堀は、噂に厳しいところですから」

何故なら、自分も嬉しい縁談から、引きはがされた所であったからではないか。麻之助はそう続ける。

「それは……その」

火事の日、丸田屋で何が起きたのか、段々その場にいる皆に、分かってくる。しかし誰も声高に、関わった者の名を、告げはしない。次の縁談がまた壊れては、拙いからだ。

「勿論、清十郎もそういうことで承知です」

「へっ？　ああ、ええ、その通りです」

町名主の立場が告げられると、無事な幕引きが目の前にある事も知れてくる。その内、何とも早くも櫛を見つけたと、おかやの声が廊下の先から聞こえてきた。

丸田屋と紅屋が、目を合わせる。藤本の口元に、薄く笑みが浮かぶ。

ここで丸田屋が、一同へ深く深く、頭を下げた。

すると紅屋も今日は声を荒げたりせず、静かに頷いたのだ。

8

「結局、お三津さんが櫛を、文箱にしまっていたのか。しかし納得がいかぬな」

事が収まって、しばらく後の事。高橋家へやってきた吉五郎が、茶を片手に、何ともわからないとぼやいている。

「好いた相手と縁の深い品だから、大事だった。これは分かる。その後騒ぎになって、おかやの縁談に障り、怖くなって言いだしそびれた。それも承知する。だがな」

何でお三津の思うその相手が、あのぱっとしない藤本だったのか。そこが一番分からないと、吉五郎は言うのだ。縁側近くにいた麻之助と清十郎が、揃って笑った。

「慕う心は、謎の内だ。誰にも訳など、分からないよ」

とにかく紅屋と丸田屋は、また親しいつきあいに戻ったらしい。そして、他にあった多くの噂話は、長屋が建て直されるに従い、消えていった。

「ああでも、噂の先を、聞いた話もあったね。吉五郎、菊屋さんの事、耳にしたかい？」

「いや、知らぬ。どうなったのか？」

「まずはおかみさんが、店に戻った。もう乳母が要る歳でもないので、子供達には別の子守が付いたようだよ」

そして菊屋は乳母に、良縁を世話したという。それから弟の三次郎も、菊屋を出る事になった。

「養子に行くんじゃなくて、分家する事になったとか。三次郎さんと、おかやさんの持参金を合わせて、店を開く事にしたそうだ」

だが、大きな金が動く唐物屋を開くのは無理なので、小間物屋をやる事になったらしい。その世話を、小間物屋丸田屋がすると言うと、吉五郎が明るく笑った。

「ならば、暫《しばら》くしたら藤本殿も、お三津という娘御を、貰う事になるのかな。あの鉄という猫は、元の屋敷へ戻る訳だ」

良い結末になったと、吉五郎は頷いている。菊屋からまた挨拶が行ったとかで、高橋家もめでたしめでたしで済んだと、麻之助が言った。

すると清十郎がここで、ぼそぼそ小声でつぶやいた。

「丸田屋さんと紅屋さんからも、八木家へ挨拶が来た。だから同じく、うちの件も無事に済んだんだけどね」

しかし、事の子細を書き付けた帳面を見て、妻のお安が苦笑を浮かべたのだという。

「他言出来ない事も多かったので、こんな風にしか、書けないのは分かってる。でも、何か間抜けな裁定ですねって言ったんだ」

跡取りの子がこれを見たら、父親を尊敬してくれるかどうか、少しばかり怪しい。真実はこうだったと、余所に書いて置いてはと言われて……清十郎は焦ったのだ。

麻之助や吉五郎も、さっと顔を上げた。

「跡取り？　子供？　清十郎、今、そう言ったのか？」

清十郎が、照れくさそうに笑った。

「つまり、その。あたしは来年、親になるらしい」

ほんの一瞬、心配を過《よぎ》らせた後、麻之助は友の肩を抱いて祝った。そして吉五郎と勝手に、子供の名を、山ほど並べ始めた。

心の底

1

麻之助《あさのすけ》は急に、旅に出る事になった。

何と人探しの用を頼まれ、東海道を江戸から、駿府《すんぷ》の辺りまで上る事になったのだ。

驚く事に、定廻り同心相馬《そうま》小十郎《こじゅうろう》の頼みであった。よって町名主《まちなぬし》である親は、旅出を承知したものの、江戸を離れるとなると、旅支度が必要だ。麻之助は今日、親友清十《せいじゅう》郎《ろう》と、町へ買い物に出ているのだ。

そして。

「清十郎、実は旅支度にかかる金を、切り詰めたいんだ。できるだけ！」

そう言って、安い店を探し回ったものだから、麻之助達は早々にくたびれてしまった。

よって、道ばたで見つけた茶屋へ入ったところ、先に値切った分の金が、茶と団子の代金に化けてしまう。麻之助は苦笑を浮かべてから、団子をほおばった。

旅の目的は、行方知れずになった丈之助《じょうのすけ》という男を、探す事であった。丈之助は、料理屋花梅屋《はなうめや》の娘の許嫁《いいなずけ》だ。よって旅の代金は、花梅屋に出してもらえるのだが、麻之助はそれでも、大いに慎《つつ》ましい支度を目指していた。

「とにかく何より必要な往来手形は、今朝いの一番に、檀那寺《だんなでら》へ頼んだよ。あと、必ず要るものは、何だっけ？」

財布と印籠、煙草入れは持っている。矢立《やたて》と扇子、菅笠、櫛に糸と針、股引もある。提灯や火打ち石、折り畳み枕は、父や友の清十郎、吉五郎《きちごろう》などから借りる事になっていた。

しかし、まだ多くの支度が必要な事に、麻之助は首を傾《かし》げているのだ。

「旅って酷《ひど》く物入りだな。不思議だねえ」

ぼやくと、隣に座った清十郎が、片眉を引き上げた。

「麻之助、今回は随分と金を惜しむじゃないか。花梅屋は、町名主高橋《たかはし》家へ頼み事をしておいて、出す金をけちっているのかい？」

「いや、気前良く路銀を渡してくれたよ。でもね、それが拙《まず》かったというか」

実は、届いた金を見た親たちが、麻之助に土産を頼んで来たのだ。

「土産？　物見遊山の旅じゃないのに。宗右衛門《そうえもん》さん、暢気《のんき》だね」

「おとっつぁんは、薬が欲しいって言い出したんだ。品川の先にある大森で、食あたり暑気あたりに効く、和中散《わちゆうさん》を買ってきて欲しいんだって」

旅は気軽に行けるものではない。行く先に名薬があると知っていれば、つい頼みたくなるのだろう。

「医者は高いから、簡単には呼べないしさ。みんな、売薬の評判には詳しいんだよ」

麻之助も最初は、あっさり頷いたのだ。旅に出ている間、東海道を行き来するのだから、帰りに薬の一袋くらい、買うのはたやすい。土産で父の機嫌が直るのなら、ありがたい話であった。すると。

「そうしたらおっかさんが、小田原の外郎薬《ういろうぐすり》、透頂香《とうちんこう》も、欲しいって言い出してさ」

去痰など、万能に効くと言われている薬だ。

「で、外郎薬も買うことになったわけ」

「そうか。名の通った薬だものな」

すると、だ。親たちは、駿河まで行くなら更にもう一つ、傷薬も欲しいと口にしたのだ。

「旅の五日目に着く藤枝宿《ふじえだしゆく》の、有名な傷薬、きつね膏薬も買ってきてくれって言うんだ」

東海道の半ばにある宿では、狐が切られた己の足と交換に、作り方を教えたという秘伝の薬を売っているのだ。

「よく効く傷薬なら、私も使いそうだものね。清十郎、それも買う事になったんだ」

そうしたところ、たまたま屋敷を訪れた友の丸三《まるさん》が、三つの薬の話を聞き、自分も欲しいと言い出した。丸三は質屋も営む、気合いの入った高利貸しだが、今は万吉《まんきち》という幼子を育てている。薬効あらたかな薬なら、是非に手に入れたいと口にしたのだ。

「丸三さんは金持ちだ。餞別だと言って気前よく、金子《きんす》をくれてね。もちろん、土産を買ってくる事になった」

すると、だ。誰が喋ったのか、薬の話が、支配町の皆にも伝わってしまったのだ。当然欲しがる者が増えたが、皆が丸三のように懐が温かい訳ではない。しかし麻之助には、支配町の皆へ、ただで薬を配る程の持ち合わせはない。

「つまりね清十郎、頭を抱えたんだ」

「おやおや」

それで、麻之助と宗右衛門は急ぎ話し合い、どうするかを決めた。

「とりあえずさ、三つの薬を、ちょいと多めに買ってくる事にしたんだ。その為に、お金を節約してるんだよ」

その薬は、町名主である高橋家へ置くのだ。支配町で、医者を呼ぶどころか薬さえ買えない急病人が出たら、それを役立てる事にする訳だ。清十郎が、床几《しょうぎ》の上で深く頷く。

「そりゃあいいね。うん、頼りになる町名主だって、町の皆が喜びそうじゃないか」

ならば。

「麻之助、薬代はちゃんと出すから、うちにもその三つ、買って来てくれないか」

「ありゃあ、清十郎も欲しいのかい。実は吉五郎にも、頼まれてるんだよ」

一体、全部で幾つ買ってくれば良いのかと、麻之助は指を折る。

「薬なら、そうは重くはならないよねえ？」

すると。この時、茶屋近くの通りにいた者が、笑い声を上げたのだ。明るく軽い声を聞き、麻之助達が思わず横を向くと、そこには振り袖姿の、本当に若い娘がいて、あっけらかんと笑っていた。

「まあ、若い殿方が重いとおっしゃる薬って、どんなものなんでしょう。石か何かで、出来ているんですか？」

「いや、その……情けない言葉だったかね」

子供に毛が生えたような歳の娘から言われて、麻之助はちょいと気恥ずかしくなり、頭を掻く。娘は「ふふ」とまた笑い、小首を傾げてから近づいてきた。

「あの、麻之助さんと呼ばれてましたけど、町名主高橋家の麻之助さんでしょうか」

目を見開いて頷くと、娘はきちんと頭を下げ、雪《ゆき》だと名乗った。そして実は、高橋家へ向かっていた所だと言ったのだ。

「是非麻之助さんに、話を聞いて欲しくて」

町名主への相談事でも抱えているのかと思い、麻之助は手招きをして、お雪を向かいの床几に座らせた。こんなに若い娘が、己を名指しでくる訳は、それしか思いつかない。清十郎がお雪のため、茶を頼みに立った。

「お雪さんですか。さて、うちの支配町のお人だったかな。何かお悩みですか」

すると床几に座ったお雪は、柔らかな口調で、思いがけない事を口にした。

「麻之助さんは、おばあさまに頼まれて、これから旅に出られるんでしょう？　鳴海屋《なるみや》の丈之助さんを探しに」

花梅屋で聞いたと言われて、頷く。

「という事は、お雪さんは花梅屋の大おかみ、お浜《はま》さんのお孫さんか。もしやあなたが、丈之助さんの許嫁ですか」

「はい。でもその縁は、両家の間で決められた事でして。あたし、実は丈之助さんのこと、大して知らないんですけど」

しかしそれでも丈之助は、お雪の許嫁に違いなかった。だから赤の他人である麻之助に、丈之助探しを押っつけ、江戸で知らせを待っているのは違う気がすると、お雪は言うのだ。つまり。

「あたしも駿河への旅に、お供しようって思いつきましたの。一緒に丈之助さんを探します」

「はっ？　ご冗談を」

麻之助は一瞬呆然とし、若い顔を見つめた。

（うーん、お雪さんは、ほんわりとした様子の娘さんだ。なのに、うちのお寿《す》ずと同じように、驚くような事を、やってしまいそうなお人みたいだ）

麻之助はふと思いつき、急ぎ茶屋の辺りを見回してみた。すると、やはりというか、当然居るはずの者が側にいない。

「お雪さんは、大店の娘さんですよね。外出をするときは、ばあやか女中が付いている筈だけど、見かけない。どこにいるんですか？」

身なりの良い、若い娘が一人きりでいたら、拐《かどわ》かされたり、襲われたりしかねないではないか。ところがお雪ときたら床几に座ったまま、小さく舌を出した。

「あのぉ、一人で外出をしたら、やっぱり拙かったでしょうか」

「何と！　今頃家の方達が探してますよ」

「まあ、どうしよう。叱られるわぁ」

お雪ときたら、のんびり困っている。しかし、ここで清十郎から茶をもらうと、旅へ同道する話を懲りずにまた始めたのだ。

「だってお浜おばあさまは、麻之助さんと一緒に、旅に出るって聞きましたわ」

だが花梅屋のお浜は、お雪の祖母であり、つまり結構な歳なのだ。若い自分が同道すれば、お浜の助けになると言い出した。

「ですから、よろしくお願いします。今日は一緒に、旅に要るものを買いたいと思ってますの。あたし、一人で買い物をしたことがないんで、ちょっと心配で」

だから助けて下さいねと、お雪の言葉は続く。清十郎が片眉を引き上げ、麻之助は眉間に皺を寄せると、聞くべき事を問うた。

「はい？　おばあさまは、あたしを旅に連れて行く事、承知したのかって？　あの、まだおばあさまには聞いてないので、分からないですわ。後でちゃんと聞きますね」

お雪は、にこにこと笑っている。麻之助は、いよいよ頭を抱えた。

（もの柔らかく話す娘さんなのに、何故だか手強いというか。さすがは、あのお浜さんの孫娘だ）

この不思議な押しの強さは、血筋なのかもしれない。麻之助は茶屋で腹に力を込めてから、お雪へきっぱり言った。

「十五の娘さんを、旅に連れては行けませんよ。お雪さん、花梅屋へ送りましょう。はい？　ならば帰り道で、旅の為の買い物をしたいって？　だから、駄目ですってば」

お雪の許嫁丈之助は、急に街道から消えてしまっているのだ。今回の旅には、危ない何かが待っているかもしれなかった。

だが、麻之助がきちんと事情を話しても、お雪は首を傾げている。

「今日はちゃんと、お買い物をするお金、用意してますよ」

「そういう話じゃ、ないんです!」

「麻之助、いつまでも話してないで、早くお雪さんを花梅屋へ伴おう」

清十郎が横から呆れたように言うと、あら、こちらは見目の良い殿方ですねと、お雪は楽しそうに返した。清十郎が笑いだし、麻之助はため息を漏らす。

(不安になってきた。丈之助さんを探す旅、無事に終わるのかな)

そもそも、この話が麻之助に回ってきた事自体、変だったのだ。麻之助の頭を、お雪の祖母、お浜と会った日の事が過ぎっていった。

2

数日前のこと。

麻之助と清十郎は、八丁堀にある同心見習いの親友、吉五郎の屋敷で呆然としていた。

今日は吉五郎が、二人を相馬家へ呼んだのだ。よって強面《こわもて》の義父、小十郎は留守に違いないと二人は勝手に思い、手土産に酒とするめを求め、お気楽な顔で同心屋敷へ向かった。

ところが、何と小十郎は在宅であった。つまり大事な酒と肴は、生真面目な挨拶と共に、手土産として主へ渡す事になってしまった。

（ありゃ、奮発したのに）

義父の在宅を承知していただろうに、吉五郎が麻之助達を、呼んだ訳が分からない。更に驚く事に、二人が通された部屋には先客がいた。かなり年上だが、若い頃はさぞや麗《うるわ》しかっただろう老女が、小十郎の側に座っていたのだ。

（身なりからすると、裕福な商家のおかみというところかな）

わざわざ定廻り同心の屋敷へ来ているのだから、相談事でもあるに違いない。

（なのに小十郎様はこの席へ、私達も通した。どうなってるんだ？）

悪友へ訳を問いたかったが、吉五郎は部屋の隅で猫のとらを撫でつつ、そっぽを向いている。麻之助は口をへの字にし、これでは後で、吉五郎へ文句の一つも言い、拳固《げんこ》を三つくらい振り下ろしたくなるではないかと、心の底で怖い事を考えた。見た目よりも喧嘩っ早い清十郎も、既に目を三角にしている。

すると、だ。ここで小十郎が、麻之助の物騒な考えを見通したかのように、秀麗な面に笑みを浮かべた。

（おっ？）

麻之助達が、一瞬背筋を伸ばしたその時、何と！　小十郎は突然町人の二人へ、頭を下げてきたのだ。

「えっ？　あのっ、そのっ」

魂消《たまげ》た麻之助と清十郎は、揃って短い声を上げた。こういう事をされると、不機嫌な顔を向けられるより、三倍は怖いではないか。すると小十郎は笑みを浮かべたまま、今日は頼み事があると、話を切り出した。

「麻之助、こちらのおかみは、亡き我が母の姉、伯母上だ。お浜さんとおっしゃる」

「そちらのお方は、伯母上様だったのですか」

そういえば、整った面がどこか似ていると、麻之助は頷く。

（だけど……この御老女、どう見ても町人だよね？）

身分や歳の頃などは、見た目だけでなく、着ているものや髪型などから、あれこれ分かるものであった。所作などが加われば、武家と町人を間違える事などまずない。

すると小十郎は、伯母は武家から商家に嫁いだお人だと口にした。

「伯母上は母の里方にとって、恩人でもある」

小十郎がそう言った途端、お浜がころころと明るく笑い出した。それから、相も変わらず物堅い考え方をすると、小十郎へ遠慮無く言う。そしてその後、お浜自身がさっさと事情を語った。

「私が身分を変え町人になったのは、もう随分前の話です。身内の困りごとを何とかするためでしたの」

訳はよくある事で、要するにお浜の里方は、金に困ったのだ。

「若い頃、里には父の弟で、三男である叔父が同居をしておりました」

いわゆる無駄飯食い、部屋住みであったその叔父に、ある時思いがけず、良き養子の話が来たのだ。だがお浜の親は、結構な額になる持参金を用意出来なかった。

「ですが、私はその話を、逃してはいけないと思ったのです」

お浜の叔父は、既に何度か養子の話を失っていた。継ぐ家も妻子もないまま、叔父は色々諦め身を小さくしていたのだ。

お浜は叔父に、そういう暮らしから抜け出て欲しかった。それで……心を決めた。

「幸い私には、多くの縁談が来ておりました。そしてその中に、奇特な方がおられまして」

ある太っ腹な料理屋の主は、会った事もない叔父の持参金を、用立てても良いと言ってくれた。武家ではなかったが、その磊落《らいらく》さにお浜は惹かれた。

好機は待ってくれない。次があるとも限らない。

「それで私、料理屋花梅屋へ嫁ぐと言いましたの。親と叔父は、魂消てましたわ」

とにかくその無謀のおかげで、叔父はやっと立場を得て、家族と仕事を手にできた。だがその為に、お浜を町人へ嫁に出す事になったと、里方の縁者達は、ずっとそのことを気にしていたという。

お浜は柔らかく笑った。

「私は商家に嫁いで、良き暮らしをさせていただいてますよ」

お浜は並の武家より、余程ゆとりある毎日を送っているという。そして。

「内孫の娘も大きくなり、良縁が来ています。ところが先日、下の孫の縁談相手が、突然消えたのです」

「消えた？　相手の方が、家から居なくなったのですか？」

「麻之助さん、そのお相手は丈之助さんと言い、葉茶屋《はぢゃや》鳴海屋の次男でして。時々商いの為、西へ旅に出ておいでです」

ところが先日丈之助は、その旅から帰ってこなかったのだ。

「勿論旅に出たら、川止めなどで、帰宅が遅れる事もあるでしょう。でも丈之助さんはもう一月、行方が知れないんだとか」

聞けば旅の途中、連れの奉公人が具合を悪くし、丈之助と離れた。そして、そちらはとうに江戸へ帰っているので、鳴海屋は酷く心配しているのだ。

それでお浜は、心を決めた。

「また身内の為に、働く時が来たと思いました。今度は、孫娘を守らねば」

幸いと言おうか、お浜にはつてがあった。甥の小十郎が、八丁堀の同心となっており、切れ者だと噂されていたのだ。

「小十郎様を頼りましたところ、私の悩みを、熱心に聞いて下さいました。ですが」

丈之助の行方を調べるなら、旅に出ねば無理かもしれないと、小十郎は考えたという。

「そして小十郎様は、奉行所の同心です。お役目を休み、旅には行けません」

同心見習いである吉五郎も、お役目を放り出す訳にはいかない。お浜が困ってしまうと、小十郎は、何とかしようと言ってくれた。江戸には奉行所以外にも、調べごとの玄人《くろうと》はいるのだ。

お浜は、真っ直ぐに麻之助達を見てきた。

「町名主は、支配町でのもめ事を調べ、裁定をしておりますよね」

だがここで、清十郎が急ぎ首を横に振った。

「お浜さん、町名主に頼りたいのでしたら、花梅屋のある町の名主に頼むべきですよ」

町名主は勤めを果たすのと引き替えに、町の者達から集めた町入用から、金をもらっている。つまり町名主は、暮らしを支えてくれている己の町の為に、働くべき者であった。

だが、ここでお浜より先に小十郎が、きっぱりと首を横に振る。

「今回は、そうもいかぬのだ」

花梅屋のある町の名主は結構な歳で、跡取りはまだ、かなり若い。

「ご老人の町名主には、荷が重かろう。その点、麻之助達は二人とも若く、腕に覚えありだ。人探しに、大いに向いている」

「あれま」

それで麻之助達を、わざわざ吉五郎に呼ばせたのだと、得心がいった。

しかし。麻之助はぐっと拳を握ってから、小十郎の顔を見つめる。

「あのぉ、小十郎様。つまり私どもに、葉茶屋の丈之助さんを探すため、旅に出ろとおっしゃっているんですよね」

「ちゃんと分かってくれて、ありがたい」

「しかし清十郎には無理な話でございます」

既に町名主を継いでいる友は、同心同様、気軽に旅へは出られない立場だ。その上。

「清十郎の妻であるお安《やす》さんは今、懐妊しております」

「おや、そうであったか。めでたいの」

「初めての子でございます。となると亭主は、妻の側にいなければなりません。ええ、絶対にそうです！」

麻之助は妻お寿ずを、難産で亡くしている。生まれた子も失った。よって身重のお安の側から、清十郎を引き離すつもりはなかった。そんな事は、何としても駄目であった。

（これればかりは小十郎様の命でも、不承知だ！）

すると小十郎が口を開く前に、横でお浜が頷いた。

「あら、残念ですが、清十郎さんにはお頼み出来ないようですね。余所の町名主さんに、無理は言えません」

（おや、何とも直ぐに、諦めて下さったもんだ）

いささか拍子抜けしたが、麻之助はほっと息をつく。しかしその後、お浜は驚くような言葉を継いだのだ。

「では清十郎さんの代わりに、私が麻之助さんと旅に出ましょう。あら小十郎様、止めないで下さいまし。料理屋は息子と嫁が、上手くやっております。私が留守をしても、店は困りませんの。大丈夫ですよ」

「伯母上、花梅屋が困らなければ良いという話では、ないと思うが」

「旅に出るなら、丈之助さんと西へ旅した、鳴海屋の番頭さんと小僧さんにも、一緒に来てもらおうと思っています」

そうでなくては丈之助を探しに出ても、旅先での足取りが、よく分からないからだ。だが番頭達が加わるなら、麻之助と鳴海屋、双方を知るお浜が、旅の連れであった方がいい。

「そもそも今回の事は、当家の頼み事です。花梅屋から一人も旅に出ないのは、おかしいですわ」

お浜は深く頷き、あの小十郎が、一寸天井へ目を向ける。滅多に見ない光景であった。

「伯母上、相変わらず無鉄砲ですね。周りを驚かす事が、得意だと言いましょうか」

「あら、小十郎様。これくらいの事で、驚いちゃいけませんわ。同心なんですもの」

「そういう話をしているんじゃ、ありません」

お浜は笑い出し、渋い顔の小十郎を宥《なだ》めている。

（おやま、お浜様ったら強い）

麻之助が呆然としていると、横から清十郎が、小声で話しかけてきた。

「麻之助、助けてくれてありがとうよ。今は確かに、お安を置いて家を離れたくない」

だが麻之助が旅に出る事は、いつの間にか決まってしまったようだ。となれば麻之助は、いつもの仕事を放り出す事になる。宗右衛門は今、町名主の仕事を随分と、麻之助へ押っつけるようになっているのに、だ。

「つまり帰ったら、麻之助は宗右衛門さんに、たんと説教を食らうぞ」

清十郎は断言した。

「ありゃあ。清十郎、今日は帰る前に、うちに寄っておくれな。清十郎が居てくれた方が、おとっつぁんのお小言が少ないよ」

「うん、それはいいけどさ。だけどおじさんはやっぱり、麻之助を沢山叱ると思うよ」

「……だよねえ」

麻之助と清十郎が、揃ってため息をついた。横でお浜が、女中を連れて行くこと、危ないことは麻之助に任せるということで、旅に出る事を、小十郎に承知させていた。

麻之助は更にがくりと、肩を落とした。

3

麻之助と清十郎は、お雪を神田の茶屋から、日本橋の北、堀川沿いにある花梅屋へ送った。だが道々ただ黙っていては、間が持たない。それで麻之助はこの機にと、鳴海屋について知っている事を、お雪に聞き始めた。

賑やかな神田の道では、振り売りが行き交い、大八車や犬も側を過ぎる。お雪はそれを器用に避けつつ、素直に答えた。

「鳴海屋さんは、二人いる番頭さんが商売上手とかで、有名ですね」

葉茶屋鳴海屋の商いは順調だ。よって料理屋花梅屋の娘と、いずれは分家をする次男の縁は釣り合うからと、親がお雪の縁談を決めた。

「そんな風に旦那様が決まるなんて、不思議です」

それに丈之助はお雪より、変化朝顔に興味があるように思える。お雪がそう言うと、麻之助は微笑んだ。

「お雪さんが丈之助さんと出会ったのは、まだ肩上げをしてた頃ですね。随分年上に見えたろうし、少し取っつきにくかったかな」

だが縁があって添うのだから、きっとこの先、相手の事が見えてくる。麻之助がそう言うと、お雪は笑い、ちょんちょんと、小鳥が道を歩いてゆくかの調子で、軽く歩を進める。本当にまだ若かった。

「丈之助さんは、お堅い人なんですって。噂も余りないです。けど花梅屋の奉公人達は、丈之助さんのお父さんの事を、よく噂してるみたいです」

「へえ、鳴海屋さんの方が噂になってるのか」

するとこの時麻之助の横で、清十郎が突然笑い出した。

「おや！　丈之助さんの親は、あの女遊び上手の、鳴海屋の御主人か。結構有名だよ」

清十郎は見目良く、おなごに好かれる男だったから、そういう話には詳しい。早速お雪に代わって、鳴海屋の事を話し出した。

「鳴海屋さんは、女遊びが派手なんだよ。お相手は、玄人が多いと聞いているな」

そして鳴海屋が気前よく、妾に家を持たせたりするので、よく金が続くと、皆は噂しているという。

「おっと、お雪さんに言う事じゃないか」

いずれはお雪の、義理の父となる人なのだ。麻之助が急ぎ、旅の事に話を移した。

「やはり、江戸を出る前に一度、鳴海屋の番頭さんと話しておくべきかな。丈之助さんがどこで居なくなったのかも、分かってないし」

「それなら、あたしが一緒に、鳴海屋へ行きます。いきなり麻之助さんが顔を出すより、縁のある人が一緒に行った方が、いいと思いますから」

　にっこりと笑って、お雪が帰り道から逸《そ》れようとする。だが清十郎がここでさっと、あそこが花梅屋ですよねと、堀川沿いにある粋な店を指さした。隅田川沿いにあるような、大きな敷地の料理屋程ではないが、花梅屋もなかなか立派な建物で、料理には随分払うことになると思われる。

「無事帰れて良かった。お雪さん、外出をする時は、一人で出ちゃ駄目ですよ」

「まあ麻之助さん、おっかさんみたいな事を、言うんですね」

　お雪は一瞬頰を膨《ふく》らませたが、直ぐに大きく頭を下げ礼を言ってから、店へ戻った。麻之助は苦笑を浮かべた後、せっかくこの辺りまで来たのだから、鳴海屋へ寄ろうかなと清十郎に言った。丈之助と旅に出ていた番頭と小僧に、会って行きたいのだ。

「今日はつきあうよ。けど麻之助、葉茶屋と言っても、場所が分からないよなぁ」

　二人が道ばたで話していると、突然その背へ、声が掛かる。振り向くと、先程別れたばかりのお雪が、笑みを浮かべて立っていた。

「お雪さん、せっかく送っていったのに、また出てきちゃったんですか？　おうちの方に、叱られますよ」

「麻之助さん、言われた通り、ちゃんと連れと出て参りましたから、大丈夫です。ねえ、おばあさま」

「へっ？　おばあさま？」

麻之助達がお雪の背後へ目を向けると、そこにお浜がいたものだから、何故だか小十郎に会った時のように、背筋が伸びる。お浜は麻之助達が何かをいう前に、では鳴海屋へ行きましょうと、事を決めてきた。

「そういえば私も、鳴海屋の番頭さんには会っていません。一緒に旅に出るなら、挨拶は必要です。麻之助さん、良い所に気がつきましたね」

武家育ちのおかみは、老いてもぴしりとした物言いで、さっさと場を仕切ってしまう。そしてお浜はお雪を連れ、歩き出した。

（止められない……）

麻之助は、首を横に振った清十郎に肩を叩かれ、あきらめ顔で後に従った。

「花梅屋のお浜さん。お越し下さって、ありがとうございます。お雪さん、お久しぶりですね。大きくなられました」

鳴海屋に着くと、直ぐに奥の部屋へ通され、主の挨拶を受けた。お浜は、丈之助を探しに旅に出る事、よって丈之助が消えた旅の連れ、番頭達に会いたい事を、素早く伝えてゆく。

(短い言葉で、きちんと用件を伝えてる。お浜さんは、頭の良いお人だ)

おかげで番頭と小僧が、早々に部屋へ現れ、代わりに主が店表へ消える。四十路近い男が、小僧と共に頭を下げてきた。

「手前が丈之助さんと旅に出ておりました、鳴海屋の番頭で、八五郎《はちごろう》と申します。横の小僧は、三太《さんた》でございます」

お浜と麻之助の事は今、主から聞いたと言ってくる。

「丈之助さんを探しに、旅に出て下さるそうで。ありがたい事でございます」

「それで出立の前に、聞いておきたい事があるんですけど」

麻之助は明るく言ったが、八五郎が身を固くしたのが分かった。同道した旅先で、主の息子が行方知れずになったのだ。八五郎は周りから、責められているのかもしれない。

「八五郎さん、そんなに顔を強ばらせないで下さい」

麻之助は、出来るだけ簡単に答えられるよう、問うてみた。

丈之助は何日、どこへ旅をする事になっていたのか。

用は何だったのか。

丈之助が居なくなったのは、旅の行きか、帰りか。

旅の途中、いつもと変わった事は無かったか。

八五郎は、目を膝に落としたまま、小声で答えた。

旅は東海道を、藤枝宿まで行くもので、片道五日。商いの用件を済まし、茶畑の主に挨拶をして、滞在三日。あわせて十三日のつもりだった。

もっとも途中に、船渡しや徒渡《かちわた》りの川があるので、増水すると渡れなくなる。しかし今回は、無事渡れた。

用は葉茶商いの取り引き、挨拶。いつもの事で、鳴海屋では少し前から、旅の多くを丈之助が引き受けるようになっていた。

「旦那様は、足を痛めまして」

今回丈之助と離れたのは、旅の帰りだ。三島宿《みしましゆく》で小僧の三太が伏せった。するとその折り、丈之助は用があると言い、宿を出た。それきり戻って来なかったので、止まる事も出来ず、奉公人二人は江戸へ帰ったという。

いつもと変わった事は、承知していない。丈之助の用が何かも、分かっていない。一通り聞き、麻之助は頷いた。

「丈之助さんがいなくなったのは、帰路の三島宿だったんですね。江戸まで……ああ八五郎さん、あと三日という所なんですか」

ならば、三島の先へは、行かなくて済みそうであった。すると麻之助は、己でそう言った後、ちょいと首を傾げ、それから「ありゃあ」と言うと、苦笑を浮かべた。

「となると、頼まれていたきつね膏薬は、買えないな。売っているのは三島よりずっと西の、藤枝宿だもの」

すると先刻、土産を買う話を聞いていたお雪が、笑い出す。

「あら、そうですね。でも大森の和中散と、小田原の透頂香は買えますよ」

ここで小僧の三太が初めて口を開いた。

「そういえば丈之助さんも、土産にすると言って薬を買っておいでした。和中散と、きつね膏薬を」

「おや、薬はやっぱり、喜ばれる土産みたいだね」

麻之助は頷くと、その後、丈之助の着ていた着物の柄や、持っていた金高を確認する。特に金の事を確かめると、いなくなったのが帰りだったので、持ち金も少なかった筈と八五郎は言った。

「うーん、ならば金目当てに、道で襲われた訳じゃないかも。強盗って奴らは、着物の上からでも、持ち金の多寡が分かるらしいから」

麻之助は頷いたものの、ここで少し首を傾げた。何かが頭に引っかかった気がしたが、言葉にならなかったのだ。

お浜がここで、丈之助を探す旅に、八五郎達も付いてきて欲しいと願った。すると二人は一寸驚いた顔になり、両名とも奉公人なのだから、主の命以外で遠出など、考えられないと言ったのだ。

「あら、それはそうですね」

お浜が頷き、ならば鳴海屋の主と話をしに行くと、部屋から出て行った。奉公人二人も慌ててその後に従うと、残された麻之助が、部屋の障子戸を見つつ、また首を傾げる。お雪が声を掛けてきた。

「どうかなさったんですか？」

「いやその……今話してる時、何かが気になったんだ。だけどそれが何か、自分ではっきりしないいんだ」

なんという事のない話をしていた筈だが、何が引っかかったのだろう。麻之助は真面目に考えてみたが、さっぱり答えは浮かんでくれない。

鳴海屋からの帰り道でも考え続けたが、やはり、すっきりする事はなかった。

4

鳴海屋へ行った翌日の事。麻之助と宗右衛門は驚いて、顔を見合わせていた。

お浜が鳴海屋の主人に頼み、旅に、八五郎と三太が同道する事を許してもらったのに、麻之助達の西行きは、突然延期となったのだ。いや多分、もう行く事はなくなった。

丈之助の件で、驚くような話を伝えてきたのは、お雪であった。今日はばあやをちゃんと連れ、高橋家へ駆けつけてきたのだ。

町名主屋敷の玄関で、お雪は麻之助と宗右衛門へ急《せ》くように話した。

「実は丈之助さんを江戸で見かけたってお人が、見つかったんです」

三河の国にある茶仲間の店の手代で、勝之助《かつのすけ》という者であった。時々江戸へ商いに来るので、丈之助と会った事もあるという。

「勝之助さん、両国橋の船着き場辺りで、丈之助さんを見たそうなんです」

「両国？　何と、丈之助さんは帰ってたのか。それは良かった」

ならば麻之助達が旅に出る必要など、全くない。宗右衛門はほっとした顔で笑ったが、お雪は何故だか、厳しい表情のままであった。

「ですがその……丈之助さんはまだ、鳴海屋へ顔を出してません」

勝之助は鳴海屋の息子が、時々旅に出る事を承知していた。だから、今回はすれ違いにならず済んだと思い、少し離れた所にいた丈之助へ、声を掛けたのだそうだ。

「ですが聞こえなかったのか、丈之助さん、どこかへ歩み去っちゃったんですって」

勝之助は、声が聞こえなかったかなと諦め、翌日鳴海屋へ寄った。するとその時、丈之助が行方知れずだと聞き、魂消たらしい。

「江戸にいるんなら、丈之助さん、どうして鳴海屋へ帰らないんでしょう」

帰宅が遅れれば、家人が心配する事くらい、分かっている筈であった。

「何とまぁ、変な話だねえ」

麻之助と宗右衛門は、顔を見合わせる。

「鳴海屋の奉公人が、急ぎ両国へ行ってみたそうです。でも丈之助さんは見つからなかったとか」

花梅屋へも丈之助の兄、長助《ちょうすけ》が来たが、許嫁のお雪にも、丈之助からの知らせは無い。

長助は、余程がっかりしていたという。

その為か花梅屋で、長助は要らない事を言い、それが騒動になったとお雪が言う。

「鳴海屋さんは、丈之助さんが家に帰れない訳が何なのか、悩んでいるそうです」

それはいいとして、次の言葉が拙かった。

「鳴海屋のご主人は、丈之助さんはあたしとの縁談に不満があって、帰って来ないんじゃないかって、言ってるんだとか」

丈之助は一人前の男だから、早く嫁をもらって分家したいのに、お雪が幼いものだから、それが叶わない。しかし親の決めた縁に文句を言いかねて、鳴海屋へ帰りづらくなったのではと、考えついたらしい。

「……なんか、妙な話ですね」

麻之助が首を傾げる。まあ、どう思おうが鳴海屋の勝手だが、それを跡取り息子が馬鹿正直に、お雪の祖母へ言ったものだから、事はややこしくなった。

「おばあさまが、目に角を立ててしまって」

お浜は店奥の六畳間へ、主である息子や亭主を呼ぶと、二人に断る事もなく、はっきり言ったのだ。

「丈之助さんと、あたしとの縁談が不満なら、取りやめにしましょうって言ったんです。口約束で、まだ結納も済んでいない。破談は簡単ですよって」

お浜が本気で怒って声を低くした時は、怖いのだ。花梅屋の主であるお雪の父は、というに跡を取っているが、母に刃向かったりはしないという。お雪の祖父は、お浜の言うことを大事にする。

すると、鳴海屋の跡取り長助が、意地になったのか、承知と返したらしい。つまり魂消た事に、整っていた縁談は、あっという間に消えてしまった。

「あたし、ただ驚いてしまって」

「おやおや」

その後お浜はお雪へ、丈之助出奔《しゅっぽん》の理由を、多分お雪との縁談故ではなかろうと言ってくれた。鳴海屋と花梅屋の縁には、金や別の約束事は絡んでいない。鳴海屋の方からも、断つ事は簡単に出来たものなのだ。

ただ。

「あたし何となく、すっきりしないんです」

つまり……丈之助との縁談が流れたものの、お雪の心は落ち着いていないのだ。丈之助当人がまだ現れておらず、丈之助の心の底が分からない為かと、お雪は首を傾げている。

「とにかく今日は、麻之助さんにお詫びしなきゃと思って伺ったんです。あたしの縁談の事で、振り回してしまいましたから」

お雪はそう言うと、深く頭を下げた。

勿論その内お浜が高橋家へ来て、破談による事の終わりを告げ、謝るという。そして路銀の前渡し分は、迷惑代として、麻之助が受け取る事になると聞いていた。

「旅へ出なくても、麻之助さんは支度の為、買い物をしてますし」

それに麻之助はこの後、困る筈だ。土産にすると約束した薬を、買えなくなった。皆に事情を話し、頭を下げねばならないだろう。

「済みません」

謝るお雪に、宗右衛門が優しく笑いかけた。

「お雪さんは若いのに、きちんとしていて偉いねえ。なぁに、うちの麻之助はいつも半端な事をしてるから、頭を下げる事は慣れてる。気にしなくていいよ」

すると、父親に半端と言われた息子は、笑い出した。だが、途中でふっと真顔になると、一言「そうか」と言い、またにこりと笑ったのだ。

「ああ、今頃分かった事があった！」

「おや息子、どうかしたのかい？」

麻之助は、先にお浜と鳴海屋へ行った時、何かが気になったと語った。それが何なのか、やっと分かったと口にする。それは。

「丈之助さんが買った、土産の薬のことでした」

「お土産、ですか？」

今回、麻之助も頼まれたくらいだから、旅先で高名な薬を買うのは、良くある事なのだろう。だが。

「話を聞いた時、直ぐに変だと思いつくべきだった。丈之助さんは、商いの仕事へ向かう行きの道中大森で、和中散を買ってます」

商売相手への土産やら路銀やら、あれこれ身につけている時であった。荷物になるのに、旅慣れた丈之助が、わざわざ行きに土産を買った事が、何か妙に思えたのだ。商い相手への手土産を、わざわざ道中で買い足すとも思えない。

「丈之助さんはその後、有名な小田原宿の外郎薬、透頂香は買っていませんが、藤枝宿の名物、きつね膏薬は買ってます」

それで麻之助は、こう考えてみた。

「もしかしたら丈之助さんは、一旦行方知れずになった三島宿の先で、誰かと会うつもりではなかったのかなと」

「誰かって……誰とですか？」

「それは、まだ分かりません。ただ、その誰かに渡すつもりなら、行きに買わないと、大森の和中散は土産に出来ません」

そして透頂香を買わなかったのは、会う相手が小田原の近く、丈之助が姿を消した三島宿に住む者で、わざわざその薬を土産にしなくても、良かったからではないのか。では、何故行きに、その人に会わなかったのか。

「仕事の都合もありましょう。急いだのでは？」

「おや、筋の通った話にはなったね。証はないが」

ここで麻之助は、ちらりとお雪を見た。そして、これは勝手に考えた話だと断った上で、話を続ける。

「つまり丈之助さんは、旅の途中で誰かと会い、その後、長く店へ戻らなかった訳です」

そして、皆が何かあったのかと心配した頃、やっと江戸へ姿を現した。なのに、やっぱり鳴海屋へは帰ってない。小田原の誰かと会った事で、店へ戻りづらいことが起きたのだ。

それは、何か。

するとここで、宗右衛門が急に、「うぉっほんっ」と、咳払いをした。それから麻之助へ、しかめ面を向けてきたので、半端だと言われた息子は、眉尻を下げる。

「おとっつぁんには、私が何を言いたいか、推測がついたみたいですね」

すると、お雪も察しを付けたらしく、己からその推量を口にしたのだ。

「麻之助さんは、丈之助さんに女の方がいるのではと、考えておいでなんですね？」

丈之助はよく旅に出ていた。その時土産を渡したい相手を、三島宿で見つけていたのだ。

「そして丈之助さんは、未だに鳴海屋へ戻っていません。きっと今も、そのお人と一緒にいるからですよね」

何故なのか。

「その方に子供が出来て、丈之助さんに、何とかしてくれと言ったんじゃないかと」

しかし丈之助は、大店の娘を嫁にもらう事が決まっている。祝言の前に、子が現れたりしたら、大騒ぎは必定だ。

「それで江戸に戻っているのに、直ぐには鳴海屋へ顔を出せないでいる。お二人は、そう考えたのではないですか？」

高橋家の親子は、おずおずと頷く。すると。驚いた事にお雪は、ほっと息を吐いたのだ。

「麻之助さん、なら丈之助さんは程なく、鳴海屋さんへ顔を見せますよね。あたしとのご縁は、無くなりましたから」

「そうだ、そうですね。丈之助さんだって、家の様子は気になっているだろうから」

江戸にいれば、その内知り合いからでも、破談の話が伝わるに違いない。おなごのお腹に子がいれば、せっつかれもするだろうし、丈之助は早晩鳴海屋へ帰るだろう。麻之助がそう言うと、お雪は膝へ目を落とした。

「そうなってくれたら、今回の騒動は終わりとなって……あたしは区切りを付けられます」

「そうですか」

頷きつつ、やはりお雪はまだ若いと、麻之助は僅かに微笑んだ。縁が切れ、誰かが側からいなくなる事も、今は、喧嘩で友が去って行くような心持ちに、近いのかもしれない。切なかったり悲しかったりはするだろうが……身を切られる思いではないのだ。

多分、まだ。

「ならばお雪さん、我らはこの後、何日か待ってみますか。それで丈之助さんが現れ事が終わったら、私も土産を買えなくなった事を、謝って回ります」

「済みません」

お雪が頭を下げ、宗右衛門がそれを止めている。話に証は無かったが、それでも麻之助は、ぐっと落ち着いた心持ちになっていた。

5

ところが。

十日後、麻之助は思い切り頭を悩ませ、八丁堀の相馬家へ来ていた。同心である小十郎と吉五郎に、話を聞いて欲しい事が出来たからだ。

何と、破談から十日経っても、丈之助は鳴海屋へ姿を現さなかった。気になって鳴海屋を訪ね、番頭の八五郎へ問うたが、丈之助からの知らせは無いようだ。つまり、麻之助の推測は間違っていたらしい。丈之助が店へ戻れない訳は、おなごの事では無かったのだ。

（何と。見事に考えが外れちゃった）

しかしこうなると、江戸にいる丈之助がどうして家へ戻らないのか、訳が分からない。

麻之助は相馬家へ赴くと、小十郎と吉五郎へ、鳴海屋の奉公人から聞いた話を語った。

おなごがいるのではという、己の推察も話した。それから珍しくも真剣な眼差しで、眼前の二人を見つめたのだ。

「私が推量を間違えた事は分かりました。ですが、その」

では一体どこで間違ったのか、麻之助には分からないのだ。麻之助は今日、取り調べの玄人二人に、己の欠けた所を問うていた。

(こんな情けない話をしたんだ。小十郎様からまた、皮肉の一つも言われるだろうなぁ)

しかし、背に腹はかえられない。麻之助が大人しく返答を待っていると……驚いた事に小十郎は皮肉一つ言わずに、小声で吉五郎と話し始めた。

その様子は大層落ち着いており、吉五郎も遠慮無く言葉を交わしている。多分同心として勤めの事で話すとき、二人はこういう風に相対しているのだろう。麻之助は僅かに目を見張った。

(なるほど。吉五郎が相馬家で、やっていけている筈だ)

吉五郎との縁を通し、小十郎に挨拶をしてからもう長いが、こういう場を見るのは今日が初めてであった。目の前にいる小十郎は、麻之助が今まで知らなかった、勤めをしている時の姿なのだ。

麻之助はここで、少しばかり目を細めた。

（真剣に考えておいでの時の方が、皮肉も小言もなく、静かなたたずまいなのか。これは、覚えておかなきゃ）

もっとも吉五郎以外の養子は、相馬家に居着けなかったと聞いているから、多分どんな時でも小十郎は、足りぬと感じた相手には厳しいのだろう。

（やはり吉五郎の事は、気に入っているんだよな）

それが態度の違いの元かと考えた時、二人は話し合いを終えた。そして小十郎は、真っ直ぐに麻之助を見てくる。

「麻之助、今回の件だが、話を聞いた上で出した答えは、お主と同じであった。つまり、丈之助には情を交わしたおなごがいて、それで、旅から帰れなくなったという考えだ」

吉五郎も同じだと、小十郎は言ってくる。

「えっ、ですが、丈之助さんは今も、鳴海屋へ帰ってはおりませんが」

どういう事かと首を傾げると、ここで小十郎が、いつもの様子に戻った。つまり、麻之助は扇子を投げつけられたのだ。

「間抜けっ。お主の言ったことが、正しいとは言っておらん。実際、考えた通りには、なっておらぬだろうが」

「私の話を聞いた小十郎様は、同じ答えを出した。でも、その答えは違ってるんですね。つまり……つまり？」

横から吉五郎が、助け船を出した。

「そもそも、麻之助がこちらに伝えた話に、どこか間違いがあったのではないか。義父《ちち》上《うえ》とおれは、そう考えておる」

「元の話が、本当の事では無かったかもしれないと？」

麻之助は着物の膝を、寸の間ぐっと掴んだ。お雪や番頭、茶仲間の店の手代が伝えた話を、先程、正直に喋ったのだ。そこが間違っていたとは、考えていなかった。

ここで小十郎が麻之助の顔を見つめ、僅かに口の片端を引き上げる。

「人というのは、己の考えを話すものだ。見たまま、知ったままを語ったつもりでも、実は間違っている事もあるだろう」

その上、だ。

「誰かがわざと、間違った話を告げる事もある。その場合、真実を見極めるのは大事だ」

しかし事の真《まこと》にたどり着きたければ、皆の話をもう一度、確かめなおすしかあるまい。怖いような笑みを浮かべると、小十郎は義理の息子へ目を向け、あっさりと言った。

「吉五郎、麻之助へ手を貸してやれ。先日お主は言いづらくて、私がいることを黙ったまま、麻之助と清十郎を屋敷に招いただろう？　ここいらでお返しをしておかねば、麻之助はその内、お主を殴ろうとするだろうな」

「えっ……いや、あれは、その」

「この男は、私へも殴りかかった事がある。結構、無謀だと思うぞ」

「私は殴るのに失敗して、報いを受けました。小十郎様を殴っちゃいませんよう」

「当たり前だ！」

小十郎は次に二人へ、この後、どう動くつもりかを問うた。ここで間違えたら、また扇子が飛んでくるかもしれない。麻之助と吉五郎は目を見合わせ、小声で素早く話を交わすと、一つの名を口にした。

「一に、茶仲間の店の手代、勝之助さんに会いに行きます。彼が三河へ帰る前に」

そして両国で見かけたのが、本当に丈之助であったかを確かめる訳だ。

「正しい答えだ」

小十郎が笑みを浮かべたので、麻之助達は急ぎ八丁堀の屋敷を後にした。


一時ほど後のこと。

花梅屋のお雪を頼り、麻之助と吉五郎は顔も居場所も分からない勝之助の所へ行き着いた。お雪は遠方から江戸の店へ、商いにやってくる奉公人達が泊まる宿を、幾つか祖母から聞き出してくれたのだ。

両国橋にある宿近くの茶屋で話を聞くと、勝之助は床几《しょうぎ》の上で、己は目が良いのだと言い、自信をもって答えた。

「手前が見たお人が、本当に丈之助さんだったか、ですか。ええ、そう見えましたが」

床几で隣に座った麻之助は、よく似た誰かではなかったかと、もう一度確かめる。

「そんなに似たお人など、いないと思いますが。兄弟の長助さんも存じ上げてますが、私が見たのは丈之助さんの方で……」

勝之助はそう言いかけたが、ここで何故だか急に、言葉を引っ込めた。そして一寸置いてから「ああ」と言って笑うと、確かに良く似た従兄弟でもいれば、見間違えたかもしれないと言いだしたのだ。

「えっ？　従兄弟、ですか？」

勝之助は、何故だかにやりと笑いつつ、謝ってきた。

「済みませんね。従兄弟の事まで、考えてなかった。ええ、見かけたのはひょっとしたら、丈之助さんじゃなかったかもしれません」

勝之助は謝ると、それ以上は分からないと言い、宿へ帰ってしまった。茶屋に残された麻之助達三人は、顔を見合わせる。

「まあ。従兄弟って、どなたでしょう。丈之助さんに、よく似た従兄弟なんていたかしら」

お雪が顔をしかめて考え込む横で、吉五郎も、ため息をつく。

「参った。丈之助が江戸に帰ってきたかどうか、これで分からなくなってしまった」

ならば次に会いに行くべきは、誰か。麻之助が決めた。

「鳴海屋さんだね。丈之助さんに似た従兄弟が、いるかどうかを聞かなきゃ。そして、三島宿に訪ねる先があるかも、問うべきだな」

もしかしたら丈之助は今も、西に留まっているのかもしれないからだ。

「お雪さんを送ってから、鳴海屋さんへ行きます。お雪さん、今日はありがとうございました。助かりました」

するとお雪は、何故だか自分も鳴海屋へ同道すると言って、麻之助達を驚かせた。

「縁が流れたんで、あちらへ挨拶をしたいのですか？　そういう事は、お浜さんがなさいます。お一人で決めては駄目です！」

麻之助が止めても、お雪は拗《す》ねたような顔つきをして、今日も側にいるばあやを心配させている。

（お雪さんは、丈之助さんの件を、きちんと自分で確かめたいんだろうな）

麻之助は眉尻を下げ、吉五郎と目を見合わせる。

（頼るところだけ頼って、帰れと言うなんて、こちらも勝手だが）

どうしたものかと麻之助達が悩んでいると、何故だかお雪が急に、にこりと笑ったのだ。そして、ではこの辺りで失礼すると、あっさり言い出した。

「そういえば近くに、お目にかかりたい方がおいででした。ついでですから、ばあやと一緒に、その方の所へ行ってみます」

「それは構いませんが。本当に、店へ送らなくても、大丈夫ですか？　ばあやさんから離れちゃ、駄目ですよ」

「ええ、分かってます」

お雪がひょいひょいと離れていく姿は、やはり小鳥に似ている。勝之助といいお雪といい、急に考えを変えたものだから、麻之助は妙に不安な心持ちになった。

（何か、引っかかってるぞ）

しかし、何なのか、はっきりしない。お雪を呼び止め、破談になった相手の店へ同道する事も出来ない。両国近くの賑やかな道で立ち止まると、麻之助はお雪が去った通りへ、目を向けた。

「麻之助、どうした？」

吉五郎の呼ぶ声を聞き、麻之助は友へ目を向けた。

「何だろう。確かに気になる事があるんだ。けど、のど元まで出てきたものが、言葉にならないときた」

何故だか妙に不安であった。麻之助がため息をつき、小十郎がいたら、思い切り皮肉を言われそうだと言うと、吉五郎が苦笑いを浮かべた。

6

そして。隠し事は考えていたのより早く、顔を表わしてきた。

お雪と別れ、しばしの後、麻之助と吉五郎は鳴海屋を訪ねた。そして眉間に皺を刻む事になったのだ。

「鳴海屋さんたら。三島の宿には、親しい商売相手がいるじゃないか。それをどうして、我らに言わないでいたんだ？」

息子が行方知れずなのに、何を隠したいと言うのだろう。麻之助は口をひん曲げる。

二人は先刻店へ行き、丈之助が三島の宿で、訪ねる先に心当たりがないか、父である鳴海屋へ問うたのだ。今日は同心見習いの吉五郎を同道した為か、店に入った途端、奉公人達がざわめいたし、鳴海屋は奥の間で、麻之助達の問いへ神妙に答えた。

そして鳴海屋の返事は、ない、というあっさりしたものがほとんどだったが、ここで吉五郎が、冴えを見せた。話が終わり、主が部屋を出た途端、こう言ったのだ。

「鳴海屋の主人、嘘をついているぞ」

目が泳ぐ。返事が早すぎる。取り調べに慣れている友は、主のそぶりを見て断言した。

「帰る前に、番頭の八五郎にも、三島宿の事を確かめた方が良さそうだ」

ところが肝心の番頭が、店にいない。

「ありゃ、間の悪い」

それで帰りにさりげなく、鳴海屋の奉公人へ話を向けると、主の返答など知らない手代が答えた。三島の宿には、つきあいの深い葉茶屋があったのだ。

「三海屋《さんかいや》というのか。丈之助さんは、その店へ行ったんだろうか」

しかし立ち寄りそうな先があるなら、鳴海屋は、真っ先にその事を考えた筈だ。

「麻之助、おれなら三海屋へ文くらい、書くな」

「そうだよねえ。そして、だ。もうとっくに、三海屋から返事を受け取ってる頃だよな」

丈之助が居なくなってから、既にかなり経っている。三海屋にいるのかいないのか、鳴海屋はとうに承知している筈だと、麻之助は歩みつつ首をひねった。

「なぁ、吉五郎。鳴海屋さんは、なぜ三海屋の事を話さないんだろう？」

訳を摑まずに帰ったら、小十郎の不機嫌が待っている。麻之助と吉五郎は、三海屋の事を何か承知していないかと、近所で聞き、近くの口入屋へも寄った。

奉公人を紹介する店は口が堅いものだが、今日はありがたい事に、同心見習い吉五郎が連れだ。口入屋は、誰に何を言うべきか、頭の中で損得勘定をしてみたに違いない。一寸笑みを浮かべると、帳場で鳴海屋の噂話を始めた。

「あのお店でしたら、あたしが喋るまでもなく、同心の旦那方は、色々ご存じでしょうが」

しかし最近の話もあると口入屋が言い、麻之助と吉五郎は店面に座って聞き入った。

「次男の丈之助さんが今、行方知れずなのは、ご承知でしょう？　あれが元で、早くもひと揉めありました」

鳴海屋の商いは、番頭二人が余程しっかりしているから大丈夫だが、主はいつも派手に遊んでいる。よって金があると思うのか、寄ってくる者は多かった。

「ですから、息子が居なくなったって噂になった途端、何人かの妾が小さい子を連れて、鳴海屋へ行ったって話ですよ」

「おんやま、お妾が沢山いるんですか」

麻之助は目を見開く。口入屋は、前の妾、今の妾と言い、にやりとした。

「ですが、どうもなりゃしません。長男の跡取り息子は、ぴんぴんしてますからね。あの方は父似で少々頼りないが、もう嫁御も決まってるし。余所で生まれた子に、店へ入る隙間はないようですな」

それでもおかみは、見たくない顔に押しかけられ、我慢ならなかったようだ。亭主の鳴海屋と大げんかをしたらしい。

「でも、あそこの夫婦は別れませんよ。何しろ旦那は遊びが過ぎて、おかみさんの持参金まで、妾がやってる小店に化けてる。返す金がなきゃ、妻に三行半《みくだりはん》も書けませんや」

あははと口入屋が帳場で笑い、生真面目な吉五郎は渋い顔になっている。口入屋が知る他の噂話も、鳴海屋の艶聞だと聞くと、二人は早々に店から出る事になった。

そして吉五郎は、口入屋の軒下で、大きく息を吐いた。

「参った、今のは何とも、益体《やくたい》もない話だったな。麻之助、次はどこへ行こうか」

今度こそ三海屋の事で、役に立つ話を拾わねばと、吉五郎は顔を顰めている。しかしその隣で、麻之助はひらひらと手を振った。

「おい、どうした？」

問われて、麻之助はゆっくりと友の顔を見た。そして破顔一笑したのだ。

「吉五郎、分かったぞ。丈之助さんが、江戸へ帰ってきてたのかどうか。うん、今回の件、察しが付いた」

「おお、そいつは凄い。だが……何で今、思いついたんだ？」

「今、口入屋で吉五郎が、話を聞き出してくれたからじゃないか。感謝だよう」

「えっ？　今聞いた話が、答えに繫がったのか？　あれが何か、役に立ったのか？」

呆然とする吉五郎に、麻之助は先を急ごうと声を掛けた。もしかしたら麻之助よりもずっと早く、同じ事に気づいた者がいたかもしれないからだ。

「万一、もめ事に巻き込まれでもしてたら拙い。私達も早く探しに行こう」

「は？　麻之助、だから誰を探すんだ？」

「まずは勝之助さんが、両国で見たお人を見つけなきゃ」

「ええと、どこかの手代が、丈之助だと思った男の事だな？　いや従兄弟だったたっけ？」

麻之助は吉五郎に頷くと、道を先に急ぎつつ、己の考えを語り出した。あの男は、やはり丈之助ではないと思われる。では誰なのか。

「吉五郎、鳴海屋さんには妾が多くいる。そしてさ、子供も多そうじゃないか」

先程口入屋が、そう語っていた。

「つまり丈之助さんに似た男は、彼の兄弟かもしれない。従兄弟じゃなく」

血の繋がった者なら、遠目で見間違えられる程似ていても、おかしくない。そして。

「お雪さんが先刻、不思議とあっさり帰っただろ。あれが気になってたんだ。お雪さんも同じ事を思いついて、自分の考えが正しいか、調べに行ったんじゃなかろうか。そういう事を、しそうな娘さんだと思わないか？」

「……思う」

しかしお雪がどこへ行ったのか、麻之助にはまだ、見当がついていなかった。

困った麻之助達は、まず花梅屋へ行き、お浜と会った。そして丈之助と見間違う程、よく似た兄弟がいるとしたら、どこを探したら見つかるだろうかと問うたのだ。

「その、お雪さんもその男を、探しに行ったかもしれません」

するとお浜は、先刻お雪が、商人達が使う宿の場所をまた確かめてきたと、教えてくれた。やはりお雪は何かを思いつき、そして祖母を頼ったのだ。

お雪の行き先が分かりそうで助かったが、今度はお浜が、麻之助達に付いてきてしまった。

「お雪ときたら、何をしているのですか。丈之助さんが江戸にいるかどうか、確かめているんですって？　なら私も行きます」

仕方なしに三人で、日本橋の北、堀川近くの町にある、旅籠《はたご》へ向かった。順に宿屋を調べていくと、二軒目に、お雪らしき娘が行っていた。麻之助達は連れだと言い、部屋へ通してもらう。

すると。部屋の襖を開けた途端、麻之助は顔に飛んできた物をくらい、廊下にしゃがみ込んでしまったのだ。お浜は部屋内を見て、声を上げた。

「まあっ、丈之助さんがいるわ」

もっともお浜は直ぐに、首を傾げた。

「あら？　もしかして……似ているけど、違うお人なのかしら」

ここで、ばあやと一緒にいたお雪が、部屋内から困ったような顔を向けてきた。その横に立ったまま、丈之助似の男を睨んでいる者がいる。今にも摑みかかりそうなその顔を見て、今度は麻之助が声を上げた。

「鳴海屋の番頭、八五郎さんじゃないですか」

どうやら麻之助に矢立を食らわせたのは、この八五郎らしかった。ここで、吉五郎のびしりとした声が響いた。

「矢立を投げるとは、宿の内で何をしている」

途端、その場から、剣呑な危うさが振り払われる。麻之助は直ぐに部屋内へ入ると、お雪の横へどかりと座った。そして座にいた皆へ、少しばかりふくれ面で問うたのだ。

「さて皆さん。この宿に集った訳と、矢立が飛んできた次第を、話して下さいませんか」

どう見ても揉めていたらしいが、町名主の跡取りに一発食らわせたのだから、訳を話さないでは許されない。麻之助は丁寧な言葉ではあったが、きっぱりと言った。

「この場で言いたくないって言うんなら、番屋にでも行って、話すことになりますよ。こちらは、それでも構いませんけど」

強面で言ってみると、八五郎が座り込み、若い男が睨むような目で見てくる。ここで最初に口を開いたのは、お雪であった。

「あの、こっそりあたしだけ、この宿へ先に来て、済みませんでした」

お雪は先程麻之助達と居たとき、思いついた事があった。それを確かめたかったが……きっと、駄目だと言われると思ったのだ。

「あたし勝之助さんの言葉を聞いて、思い出したんです。花梅屋の奉公人達が、鳴海屋さんは、おなごに手が早いって噂してました」

だから。

「もしかしたら、両国で勝之助さんが見たのは、丈之助さんかもしれないし……兄弟かもしれない。勝之助さんの話が途中で曖昧になったのは、そう思いついたからじゃないでしょうか」

そして、勝之助が丈之助と間違えたということは、その人は同じ位の歳で、似た身なりをしていた筈だ。つまり。

「そのお人も商人じゃないかって、思いましたの。つまり大人です。先日鳴海屋さんに押しかけたという、お妾さんの子供達とは、別の人です」

それでお雪は祖母に、商人が使う宿をまた確かめた訳だ。考えは当たり、宿には丈之助に良く似た者がいた。しかし事は、お雪が思っていたより、こんぐらがっていたらしい。

「あたしが宿に来て程なく、何故だか鳴海屋の番頭さんが来ましたの」

おまけに二人は、睨み合ってしまったのだ。

「番頭さんはこちらの方を、浩助《こうすけ》さんと呼んでました。とうにこのお人の事、ご存じだったみたいです」

なら何で、丈之助に似ている浩助の事を、もっと早くに教えてくれなかったのか。浩助はどこの誰なのか。

「あたしには、分かっておりません」

その言葉で、お雪の話は終わった。

次に口を開いたのは、番頭ではなく、浩助と呼ばれた若い男であった。浩助はしかめ面を八五郎へ向けてから、話し始める。

「手前は名を、三海屋浩助と申します。三島宿にて、葉茶屋を営んでおります」

丈之助と似ているから隠さずに言うが、自分は鳴海屋の子だ。妹もそうで、それ故自分たちは父に、一軒持たせてもらった。三島宿の鳴海屋という意味で、三海屋なのだ。

「丈之助兄はその事を知っていて、商いで旅に出ると、よく三海屋へ寄ってくれました。今回、妹が縁づく事になり、父が兄に、祝いの金を託すと言ってきたのですが」

商いの都合で旅の行きには寄れない。帰りに行くと、文をもらっていた。しかし、待てど暮らせど丈之助は来ない。早く妹の嫁入り支度をしたくて、浩助が江戸へ来たものの、おかみが妾と子に厳しいことは知っていたから、鳴海屋へは行きづらい。

「思いついて、番頭さんに知らせ、宿へ来てもらう事にしたんです。鳴海屋は番頭で持っている店だと、兄さんが言ってました」

ところが、まず顔を見せたのはお雪で、兄の許婚だったと名乗った。

「何と今、丈之助兄は行方知れずなのだとか。それで縁談も流れたと聞きました」

では兄は、自分たちの所へ来なかっただけではなく、旅の途中で消えていたのだ。戸惑っていると、鳴海屋の番頭八五郎が現れたが、こちらは丈之助兄と違って、妾の子を嫌っているようであった。

「八五郎さんは、鳴海屋にはもう金はない。妹の嫁入り支度は、兄の手前が揃えるようにと言ったんですよ。きっと鳴海屋のおかみに手前を追い払うよう、言われてるんです」

浩助はむくれた顔で、そう話をくくった。

そして八五郎が残ったが……番頭は黙って座ったままで、口を開かない。皆の目が集まっても、目は畳を睨んだままなので、八五郎の代わりに、麻之助が口を開いた。

「八五郎さん、お前さんは、丈之助さんを探している私達に言わないでいる事が、あったみたいですね。まあ鳴海屋さんも、三海屋さんの事を黙ってましたが」

店を支えている番頭なら、主が外に作った子で、店を持たせた浩助の事くらい、知っていた筈だ。ならば三島宿で、丈之助がどこへ行ったのか、察しは付きそうなものであったが、三海屋の事を麻之助へは告げていない。

「外の子にやった店の事を、鳴海屋さんは言い辛かったのかな。でも丈之助さんが行方知れずなんだ。八五郎さんは話してくれなきゃ」

そう言っても、八五郎は口を開けない。それで麻之助は、先を続けた。

「どうして黙っているのか。私は番頭さんが、腹を立てていたからだと思いました」

鳴海屋は、女遊びが過ぎていた。旅先にまで妾がいる。店の金どころか、おかみの持参金まで、おなごに使ってしまっている。

「もう店には嘘偽り無く、財と呼べるようなものは、残っていないんでしょう？」

「えっ」

浩助が、目を見開いた。

「なのに肝心の商いは、番頭達が頼りときてる。しかもそんな調子なんで、二人の番頭を先々分家させる事なんて、とても無理だ。店を切り回している番頭さんなら、そういうことも見えてるんじゃないですかね」

働いても働いても、己が生み出した金は、主の妾達へ消えてゆく。今回も、既に一軒持たせ、己で商っている子の婚礼の金まで、主はねだられている。

「あれは……父が出すと言ったんだ」

浩助が大きな声を出すと、八五郎の口が、やっと開いた。

「手前と、もう一人の番頭は、もう鳴海屋を辞める気でおります」

老いるまで勤めても、今の鳴海屋では分家どころか、まとまった銭を貰う事も出来ない。働けなくなる前に、小商いでいいから己で稼げる道を、見つけなければならなかった。

「えっ？　それじゃ鳴海屋さんは、これからどうなるのかしら」

思わずお浜が問うと、八五郎は笑い出した。

「主も跡取りの息子もいるんですよ。勿論その二人が店を、やっていくんでしょう」

だがそうなったら、妾や子供達に金を撒くどころか、店が続くかどうかも分からない。

「お二人とも、商いには向いていない方達だ」

それで今回の旅の途中、八五郎は丈之助に、もう散財を止めるよう言っていた。

勿論、わざわざ小僧へ聞かせたりはしなかったが、丈之助と番頭が言い争えば分かるし、心配にもなる。小僧は旅先で具合を悪くし、三人は三島宿で足を止めた。その時、丈之助が浩助へ、大枚の祝い金を届けようとしたので、八五郎は初めて怒ったのだ。

「丈之助さんの手の中にある金。そいつを店の払いに当てれば良かったと、思う日が来るかもしれない。はっきりそう言ったんです」

それでも丈之助が出かけたので、八五郎は、後は好きにすればいいと思った。翌日、小僧が動けるようになっても帰って来なかった時、三海屋にいるものと思い、さっさと先を急いだ。

「まさか帰って来ないとは、思っておりませんでした。その後は……不安に思いました」

そう言うと八五郎は、ちらりと浩助を見てから、顔を背けた。すると吉五郎が、しかめ面で言葉を付け足す。

「もしかしたら八五郎さんは、こう考えたのかな。これきり金は渡せなくなると言った丈之助と、三海屋の家人が揉めた。三海屋が丈之助を、どうかしたのではないかと」

「は？　物騒な事などしちゃいませんよっ」

浩助は狼狽《うろた》えている。

しかし八五郎にとっては、双方とも主の身内であった。人一人消えているだけに、下手なことは言い出せない。番頭は早く店を辞める気で、三海屋の事を伏せていたのだ。

麻之助が、首を横に振る。

「お気楽に江戸まで来て、番頭さんを呼びつけたんだ。三海屋さんが、丈之助さんをどうかしたって事はないでしょう。となると、丈之助さんが居なくなった三島辺りを、一度探したいですね」

浩助を丈之助と間違えたので、旅は中止となり、三島宿一帯をまだ調べてないのだ。

「ならばその役目、三島宿にいる三海屋に頼むのが良かろうな」

吉五郎がはっきり言った。地元の者なら、やりやすい。それで良いなと念押しすると、浩助は一瞬、妹の嫁入り支度もあるのにと言葉を濁した。するると、お浜のぴしりとした声が部屋に響く。

「あんた、祝い金を貰うときだけ、身内の顔をするんじゃないわよ。困った時は知らん顔と言うんなら、二度と鳴海屋さんと関わっちゃいけないわ」

はっきり言われて、浩助の顔が下を向く。

「でもまだ、祝い金は貰ってないのに」

途端、麻之助が拳固を握ったが、遠慮無く三海屋の頭をはたいたのは、八五郎であった。怖い声が三海屋へ向いた。

「鳴海屋からは、もう金は出ないよ。浩助さん、甘えた事ばかり言ってないで、ちっとは大人になるんだな。下手をしたら鳴海屋と一緒に、三海屋が潰れるよ！」

呆然とした浩助の顔が、皆を見てくる。

結局三島宿は、三海屋が調べる事になった。つまり麻之助は、薬が買えない事になり、皆に謝って回ることが決まった。

暫くの後。

お浜が高橋家を訪ねてきて、丈之助の件の礼を言い、ぎっしり饅頭の入った菓子箱を置いていった。薬の件で、米つきばったのように、あちこちへ頭を下げていた麻之助は、屋敷の部屋でようよう落ち着き、ほっと息をついた。宗右衛門が長火鉢のところで茶を淹れ、眉尻を下げつつ見てくる。

「麻之助、それで丈之助さんは、どうなったんだい？　お前さんの考えは、本当に当たっていたのかい？」

「あ、はい。この饅頭を頂いた時、お浜さんが、後の話を教えて下さいました」

丈之助は生きていたのだ。しかし大けがをして、三島宿近くの寺で寝付いており、まだ動くことも出来ないそうだ。斬られ、寝込んでおり、往来手形の入った荷まで取られ、江戸へ知らせる事が出来なかったという。

「おや、居所が知れたのは良かった。だが、斬られたとは剣呑な話だ」

「ええ。丈之助さんは三島宿で、やはり三海屋さんへ行ってたんです。そして途中、賊と行き会っちまったようで」

懐に、三海屋への祝儀の金を突っ込んでいた為、目を付けられたらしい。多分、番頭と揉めた後だったので、考え込みでもして目配りが出来ず、隙もあったのだろう。

「命が大事だ。あっさり持ち金を全部、賊へ渡せば良かったんです」

なのに、番頭から大事な金だと知らされた丈之助は、人へ渡す筈の金が惜しくなったのか、強盗から逃げたらしい。あげく背から斬りつけられ、金も荷も奪われる事になったのだ。

「それでも近くに人がいて、悲鳴を上げてくれたので、賊が逃げ、死なずに済んだとか」

丈之助は近くにあった寺に運び込まれ、そこで未だ寝付いている。三島宿へ戻った三海屋が見つけ、世話をしていると、お浜は語っていった。

麻之助は、丈之助は当分、江戸へ帰れそうもないので、ゆっくり治せばいいという。

「おや麻之助、どうしてだい？」

「番頭さん達が、揃って辞めたんで。鳴海屋は今、大騒ぎの最中だそうです」

花梅屋のお浜は、お雪の縁談が破談になって良かったと、きっぱり口にした。

「今回の騒動があったおかげで、お雪さんが助かったと言ってました。それで、この饅頭を届けて下さったんだとか」

実際、番頭という商いの柱を失うと、鳴海屋主の頼りなさが際だっているらしい。あの店へ孫を嫁がせる訳にはいかないと、お浜は言った。

「商売は厳しいですね。でもとにかく、私と吉五郎は、小十郎様に事の次第を話せそうです」

納得して下さるだろうから、ほっとしていると、麻之助は笑う。

「それでおとっつぁん、この饅頭を少し、八木家へ持って行っていいですか？　お安さんはつわりも軽くなって、今、食べられるようなんで」

もちろんと言われて、麻之助は重箱に、饅頭を取り分けにかかった。すると何故だか、今回の件に関わった人達の事が頭に浮かぶ。

二人の番頭達は、この後、次の商いを無事、始める事が出来るだろうか。

鳴海屋の妾や子供達は、鳴海屋から金が出なくなったら、やっていけるのか。

(丈之助さん、早く良くなるといいけど。鳴海屋さんと跡取りの兄さんには、助けが必要みたいだ)

ちょいとお寿ずを思い起こさせた娘お雪は、この後、誰に嫁ぐ事になるのか。

心の底にある考えと、甘い匂いを閉じ込めるように、重箱に蓋をする。同じ饅頭を、今頃花梅屋の皆も食べているのかなと、麻之助はふと思った。

ひとめぼれ

1

江戸は神田の古町名主《まちなぬし》、高橋《たかはし》家の跡取り息子麻之助《あさのすけ》は、支配町の皆から、お気楽者と呼ばれる事が多い。そして、そんな風だから、親である町名主高橋宗右衛門《そうえもん》は、日々大いに悩んでいた。

だが、しかし。跡取りの評判が今ひとつでも、気にするのは親ばかり。実のところ、他には誰も困っていなかった。よって麻之助自身は、時々小言を言われながらも、のんきに過ごしているのだ。

ところが、そんな麻之助が最近、本気で、大いに気を揉むことになった。珍しくも、江戸に雪がかなり積もったある冬の日、麻之助は、思いがけず雪見に招かれたのだが……それが、のんびりした日々を打ち砕いてしまったのだ。

「おんやま。日頃の心がけがいいから、仏様がご褒美を下さったのかな」

町が雪で白く覆われたある日、麻之助と友の清十郎《せいじゅうろう》の所に、雪見へ誘う文が届いた。先だって助けた花梅屋《はなうめや》の隠居お浜《はま》からで、深川にある同業の料理屋風花屋《かざはなや》で、楽しみませんかというお誘いであった。

「何と、贅沢な話だね。町名主の跡取りの身じゃ、そう出来る事じゃないよ。ありがたや」

麻之助は友と、わくわくしながら迎えの舟に乗り込んだのだ。

ところが。

神田川を出て隅田川を下ると、舟は東の深川へ向かわず、川下にある新大橋を過ぎた所で一旦、西寄りに進んだ。二人がはてなと首を傾げていると、船頭は永久橋の先で、思わぬ連れをあと三人乗せたのだ。

麻之助達は目を丸くし、舟の中で居住まいを正すと、大急ぎで挨拶をした。

（こりゃ驚いた。相馬《そうま》小十郎《こじゆうろう》様と吉五郎《きちごろう》に……何と、娘の一葉《いちは》さんまでいるよ。相馬家の方々が、全員乗ってきたぞ）

勿論、お浜が小十郎達を誘っても、何の不思議もない。相馬家はお浜と縁続きだし、先日の件では小十郎達も、お浜を助けたからだ。

（でも、ねぇ）

麻之助は舟に揺られつつ、ひょこりと首を傾げてしまう。

（お城の礎石よりも石頭で、融通のきかない相馬家の二人が、何で雪見へ行くんだ？）

この両名が、口実を作って勤めを放り出し、料理屋での持てなしを受けると知ったら、高橋家の猫であるふには、驚いて鼠を取り逃がしてしまうかもしれない。これは、それくらい不可思議な事であった。

（しかも、さ。小十郎様が、娘御まで料理屋へ連れてくるなんて。いやぁ、小十郎様らしくない。全くもって変だ。さて、一体どんな訳があるのやら）

今日は、ただの雪見ではなかったのだろうか。そう悩んでいる間に、舟は隅田川を東へ横切り、深川の水路へ入っていった。麻之助は同心達へ目を向けた後、また首を傾げる。

（そもそもお浜さんは、どうして今日、我らを深川へ呼んだのかしらん）

浮かれ、そこを考えていなかったが、ようく考えれば、麻之助達が料理屋に招かれる事自体、変であった。先日の件では、既に花梅屋から礼の品を受け取っていたからだ。

（怖いなぁ。これから行く料理屋に、猪でも出るんで、退治の手伝いに行くのかしら）

麻之助が阿呆な事を考えていた時、隣から清十郎が囁《ささや》いてくる。それは、麻之助が抱えた戸惑いとは、また別の当惑であった。

「おい、吉五郎の様子だが、何か妙じゃないか？　あいつさっきから、深川の雪景色を見もせず、舟底を睨んでるぞ」

「おやま。そういえば吉五郎ったら、確かにいつもと違う。今日は本当に無口だな」

友が目も向けない深川木場は、縦横に掘割が通っている土地柄だが、今日は雪の中でその水路が、薄青い筋のように見えていた。そして木置場に置かれた材木は、雪を被った見慣れない姿で、天を突くかのように高さを競っている。雪化粧をした一帯には、不思議な美しさがあった。

「見事だよな。吉五郎ったら何でこの景色より、舟底を見たいのかね？」

首を傾げた、その時。まるで麻之助のささやきに答えるかのように、舟の先の方に座っていた小十郎が口を開いた。

「麻之助達はお気楽者ではあるが、間抜けではないようだ。今、月番である町奉行所の者が二人、昼間から雪見に向かっておる不思議に、先程から首を傾げておるな」

小十郎が、事情を話すと突然言い出したので、麻之助は、話が筒抜けになる船頭へ、思わず目を向けてしまった。すると若い男は委細承知の顔で、竿を握ったまま、そっぽを向いている。

（うへ、気がつかなかった。どうやらこの船頭さん、岡っ引きの手下か誰かみたいだ

ね)

　そんな男を連れているのだから、小十郎達はやはり今日、遊ぶ気ではないのだ。同心は料理屋へ向かう訳を、淡々と語りだした。

「少し前のことだ。ある神田の商家から、店などの沽券《こけん》、つまり土地の権利を記した書き付けが盗まれ、大騒ぎとなった」

　だが盗人は小十郎が早々に捕らえた。大きな商家であれば、日頃挨拶を欠かさぬ同心がいるものだが、そこはたまたま、相馬家と縁の深い店だったのだ。

「沽券を持ち出したのは店の奉公人で、手代の一松《いちまつ》という者であった」

　小十郎が、堀川の流れへ目を向けつつ、少し眉を顰《ひそ》める。

「商家へ奉公して一人前になるには、長い年月が必要だ。しかし真面目に勤めても、先々分家してもらえる者など、ほんの一握り。大概の奉公人は、途中で店を辞める事になる」

　よって一松も、先の不安にとっ捕まったらしい。それを、たまたま知り合った博打打ちが焚《た》きつけ、一松は沽券へ手を伸ばしてしまったのだ。

「一松はまだ若かったので、店主も、大騒ぎは望まなかったのだが。しかし仲間の博打打ちが沽券を早々に、金に換えようとした。よって、事が表沙汰になってしまったのだ」

そうなっては、庇《かば》いきれるものではなかった。しかも盗んだのは、家と、店がもつ長屋両方の沽券で、相当な額のものだった。

「一松は先日お白州で、死罪と決まった」

江戸では十両盗めば、首が飛ぶと言われているのだ。そしてそれで、沽券の件は終わったと思われた。ところが。

「三日前にまた、沽券が絡んだ騒ぎがあった。麻之助、このたび相馬家へ泣きついてきたのは、料理屋風花屋だ」

「あ、今日これから、雪見にゆく店ですね」

「店の主は、お浜どのの知り人なのだ。風花屋によると、差出人のない文が届いたらしい」

その文には、沽券の話はまだ終わっていないと書かれていたという。

「終わっていない、ですか？」

「そして風花屋の沽券も、実は、既に盗まれている。その沽券は、一旦、料理屋の蔵へ隠してあると、書いてあったとか」

「人知れず、盗みがあった。そしてその事を、文で教えてくれる者がいた訳ですか」

これは何とも奇妙な話で、麻之助と清十郎は顔を見合わせた。風花屋の主が急ぎ調べたところ、店奥の、内蔵に置いてあった筈の沽券は、謎の文にあった通り、庭に立つ一番蔵の奥へ移されていたという。

小十郎の声が、厳しいものになった。

「文が教えた事は、本当だったのだ。だが沽券は失われてはおらず、無事に取り戻せた」

よって風花屋は、悩む事になったのだ。この後また沽券が盗まれたら困る。だから、事を放っておきたくはない。

しかし先日、他店で沽券が盗まれた時のように、お仕置きになる者が出る事を風花屋は嫌がった。恐ろしいのだという。

「それで私と吉五郎が、雪見に招かれたことにして、風花屋へゆくことになった」

つまり今なら、沽券は店から出ていないから、大事にせずに済む。二人は、誰が沽券を一番蔵へ移したのかを見極め、これ以上の騒ぎを封じる為、深川へ向かっているのだ。

清十郎が頷き、落ち着いた声で、もう一度、起きた事をくり返した。

「誰かが、沽券を内蔵から持ち出した。しかしその誰かはそれを風花屋から出さず、一番蔵へ隠した。そういう次第ですよね」

となると。

「今回も、店の奉公人が疑わしいのではないですか」

「おお、清十郎は嫁御を貰ってから、冴えてきたな。そんなところだろう」

「ならば、我らが同道させて頂いたのは……風花屋への訪問が、取り調べではなく雪見だと、店で働く者達へ示す為なのでしょう」

小十郎の娘一葉を連れてきたのも、同じ理由に違いない。麻之助が横からそう続けると、小十郎の側にいた一葉が、目を見張った。

「あら。料理屋へ連れて行って下さるなんて、初めてだと思っていましたら。父上、お仕事の都合だったんですか」

一葉の眉尻が下がってしまったので、麻之助が舟の後ろの方から、ひらひらと手を振りつつ声を掛ける。そして事のついでであろうと、雪は見事に積もっているし、料理屋では美味しい膳も出る筈だと口にした。

「雪見はいいですよ。深川の料理屋で、冬の庭を見る機会なんて、そうあるもんじゃないし。私は楽しみです」

「そういえば……そうかしら」

「私達と一葉さんは、小十郎様方のお調べが奉公人達に知られないよう、せっせと楽しむ事にいたしましょう」

「それ、大事なお役目ですよね？」

一葉が頷き、しっかり雪見をやりますと言うと、小十郎が笑っている。一つ間を置いてから、清十郎が、扇子で口元を隠しつつ囁いてきた。

「やれやれ、やはり雪見には、剣呑《けんのん》な用件が関わっていたか。だけど我らは、ただ雪見をしていればよさそうで、ほっとしたよ」

するると麻之助は一寸、目をしばたたかせた。そして清十郎へぐっと顔を近づけると、扇子で友の頭をぱかりとはたいたのだ。

「おい、何するんだ」

答える麻之助の声が、水音に紛れそうなほど、小さくなった。

「清十郎、確かに同心が、身内を料理屋へ同道すれば、遊びに来たと言い訳できるな。町名主や、その跡取りと一緒でもいい」

だが。

「だけど清十郎。傍目を誤魔化す必要があるからって、娘と町名主、両方を料理屋へ連れて行く必要は、ないとは思わないか?」

お浜から誘われたが、今回の料理屋の支払いは、多分、沽券の件を調べて貰う風花屋持ちだ。余分な者まで連れて行き、払いを増やす小十郎とも思えなかった。

「おっと、そういやぁ、そうだね」

言われて清十郎が、首を傾げる。

「じゃあ、両方を同道したのは、何故なんだ? おい吉五郎、何か訳を聞いてるか?」

清十郎は小声で、悪友吉五郎へと声を掛けた。だが吉五郎は、清十郎へ顔を向けてこない。狭い舟の中なのに聞こえなかったのか、変わらず舟底とにらみ合っているのだ。

清十郎と麻之助は身を寄せ合うと、揃って眉間に皺を寄せた。

「変だ、変だ！　吉五郎は今日、本当に妙だ」

そして小十郎は何かを承知しているのか、そんな吉五郎に小言を言う事もない。風花屋へ向かう事情も、小十郎が全て話したのだ。

「麻之助、思い当たる事はあるか？」

「いんや、全くない。でも、すんごく気になってる」

「このまま吉五郎を、放っておくことも出来ないぞ」

今は別件で来ているから、騒ぐ訳にはいかない。だが、風花屋で沽券の事が片付いたら、とにかく友と話し合おう。麻之助はそう言うと、石頭の親友を気遣わしげに見た。

「あいつは真面目すぎる。下手をすると一人でずっと、悩み事を抱え込んじまうから」

清十郎も頷く。

「吉五郎の奴、仕事でしくじったのかな。なら、一緒に一晩呑もう。気に病む事があったのなら、ゆっくり話を聞くさ」

互いに長いつきあいで、悩みごとを乗り越えるのも、三人でやるべしと心得ている。上手くいかずに砕け散った事もあったが、まあ三人でいれば、また立ち上がれるのだ。

「よし、これから何をやるか、とにかく決まった。これで雪景色を楽しむ事が出来るぞ」

麻之助は明るく言ってみたが、その時、前の方を見て、言葉が途切れてしまう。これから同心として、勤めに向かおうとしているのに、小十郎までが、物思いにふけっているように見えたからだ。

（なんとまあ……相馬家で、何かあったんだろう）

しかしまさか、小十郎に訳を問う事も出来ない。どうにもすっきりしないまま、麻之助達は雪景色の中を、舟に揺られていった。

2

深川の堀を舟で進み、永代寺近くまでゆくと、細い堀川が多くなる。するとその先、一層趣のある雪景色が広がってきた辺りに、雪見の場所、風花屋が見えてきた。

海が近いからか、僅かに潮の匂いがする中、生け垣と細い堀が、塀代わりに広い敷地を区切っている。舟が庭脇の簡単な船着き場へ着くと、降りた一行はそこから飛び石伝いに、風花屋の玄関へ向かった。

すると店には幾つか、驚くような事が待っていたのだ。

まず魂消《たまげ》た事に、小十郎達が沽券について調べに来たことが、あっさり奉公人達に知れ渡ってしまった。小十郎のもくろみを壊したのは、若い男であった。男は風花屋の玄関で一同を迎えると、とんでもない挨拶をしてきたのだ。

「奉行所の方々に、町役人《ちょうやくにん》のお二人様。本日は風花屋へ、お調べに来られたとのこと、ご苦労様にございます」

「へっ？　いやその……」

麻之助は魂消、吉五郎が厳しい顔つきとなって、甘い顔だちの男を見つめた。

「こりゃ参ったねえ。吉五郎、この御仁は誰なのか、知ってるかい？」

確か風花屋は、年配であった筈だ。一方眼前の若者は……おなご達にやたらと人気のある、両国の貞達《さだ》を思い起こさせる、綺麗な面の男であった。

（いや正直に言やぁ、この男、貞さん達と比べても、やたらと甘ったるい見てくれをしてるよね）

江戸っ子が良しとする、いなせな所とか、気っぷの良い様子とかは、さっぱり見受けられない。女形が、並の男の姿で現れたかのように、ただただ優しげな風情なのだ。

すると男が口を開く前に、思わぬ声がその名を告げてきた。何と同道した一葉が、語り出したのだ。

「麻之助さん、こちらの方は、相馬家と縁続きのお方です。花梅屋の隠居お浜さんの孫で、春四郎《はるしろう》さんと申されます」

「おや、お浜さんのお孫さんですか。つまり一葉さんとは……まあ、遠縁と言ったらいいでしょうかね」

そんな男が、どうしてこの場に現れたのか分からず、麻之助は首を傾げる。すると一葉は玄関に立ったまま、また嬉しそうに、春四郎の事を語り始めた。

「きっと、お浜さんの代理で来られたんですわ。春四郎さん、今は町人ですけど、先々お武家になられる事も考えておいでなんですって。だから最近父の働きぶりを、見に来られているんです」

春四郎は何と相馬家へまめに顔を出し、その暮らしぶりを学んでいるというのだ。

「おんやま。相馬家へ通い詰めると、お武家になれるんですか？ 初耳ですが」

麻之助が明るく問うと、その言葉に何を感じたのか、春四郎は一寸、ぐっと眉を上げた。しかし直《す》ぐに、笑みを浮かべる。

「そりゃ、先々武家になるのなら、武家言葉を覚えるとか、所作を見習うとか、色々必要でしょうから」

ここで清十郎が、至って真っ当な事を口にする。

「お武家の養子に入るんなら、持参金を貯める方が先じゃないですかね。たっぷり金を積めば、御家人株など買えると聞きますよ」

しかし武家となっても、御家人暮らしは貧乏覚悟であった。そもそも金に困るような武家でなければ、持参金と引き替えに、跡取りの立場を渡したりはしないからだ。

　春四郎の綺麗な顔が、一瞬そっぽを向いた。

「でも……暮らしに困っているお武家ばかりでは、ないでしょうに」

「はて、どういう事かな？　春四郎さん、あんた、どうやって武家になろうとしているんだい？」

　料理屋へは、お調べの為に来た筈なのに、麻之助達と春四郎が玄関で問答をしてしまい、なかなか店へ上がる事にならない。だがその時、奥から慌てた顔で主の風花屋が出てくると、皆を店へあげ、春四郎をたしなめた。

「春四郎さん、今回はお浜さんにも手を貸して頂いたのだから、お前様も雪見をしたいなら、おいで下さいと言いました。ですが、勝手をされては困ります」

「ご主人、勝手などしませんよ。あたしは一葉さんから、小十郎様達が風花屋へ行くと聞きました。で、この春四郎も小十郎様に手を貸したいと、お伝えしたかっただけなんです」

　しかし黙っていたのでは、その志は伝わらない。よって春四郎はまず玄関で、自分も一緒に活躍する意向である事を話したのだ。

「は？　活躍？」

「ご主人、雪見という事にして、同心の旦那を店へ呼んだと、祖母の店で耳にしたんです。風花屋で、盗みか刃傷沙汰、騙しなどがあったんでしょう？」

だが奉公人達は、医者の話をしていなかった。よって刃傷沙汰ではない。つまり。

「店から盗まれた物があって、相馬様はそれを、取り戻すためにおいでになったんだ。どうです、あたしは鋭いんですよ」

春四郎は、先々武家になるなら、一度、小十郎と共に働いてみるべきだと考えたのだ。

「一葉さん、良い考えだと思われませんか？」

笑みを向けると、まだ十二の一葉の頬が、紅梅の花びらのように染まる。清十郎と麻之助は吉五郎を見た後、揃って顔を顰めた。

(なるほど……吉五郎が舟底を見つめてた訳は、これか)

だがここで、真っ先に眉間に皺を寄せ、春四郎を見たのは、何と風花屋であった。

「春四郎さん、勝手をしないで下さいと、言いましたでしょう？」

小十郎へ迷惑を掛けるなら帰ってくれと言われ、春四郎はぴたりと黙る。とにかく皆は風花屋に導かれ、細い渡り廊下を進み、その先にある離れの大きな部屋へ向かった。風花屋と話しつつ、麻之助が後ろへ目を向けると、春四郎もめげずに付いてきていた。

「おや、さすがは料理屋、神田や日本橋の商家では見ない程、ゆったりと広い庭ですね」

離れは平屋で、今日は雪見をするからか、角部屋の障子戸は見事に開け放たれている。だから、それこそ舟から見る景色のように、部屋から庭の三方を眺める事が出来た。

右手奥には料理屋が見え、その向こうには大きな土蔵がある。雪は今も静かに降り続いており、庭木も庭石も、大きな白い塊となっていて趣深い。

「綺麗ですねえ。さすがは風花屋さんだ。来られて良かった」

言葉を惜しまず、麻之助が大いに褒めると、料理屋の主は嬉しげに笑った。

「雪はまだまだ降り続きそうです。ですから今なら、庭へ出て頂いても結構ですよ」

足跡一つない雪の庭へ、足を踏み入れたがる客は多いのだという。だが、幾つか気を付けて欲しい事もあると、風花屋は続けた。

「ええと、正面に見えます、大きな雪達磨《ゆきだるま》みたいなものは、実は雪を被った灯籠です」

よって、あれに寄りかかったりしたら、重い石が倒れてくることになるので、止めて欲しい。それと、柿の木に残っている実は、鳥の冬場の餌だから、もがないで欲しい。

「もう一つ、この庭には池がありましてな。あそこの梅の木の辺りなんですが……今は張った氷の上に雪が積もって、場所が分からなくなっているんです」

しかし、人一人を支えるほど、池の氷が厚いとは思えない。

「この寒さだ、池に落ちたら凍えます。特に麻之助さん、用心なさって下さいまし」

「あんりゃ、私だけ名をあげて下さるとは。ご心配おかけします」

ここで、麻之助が風花屋と話していると、部屋を囲む外廊下に立っていた一葉が、首をすくめ、くしゃみをした。

部屋には幾つもの火鉢が置かれ、暖を取るようになってはいる。だが、雪の野に居るのも同然だから、火鉢の炭火では、手の先くらいしか暖まらないのだ。酒が出ていたが、十二歳の一葉はまだ呑めなかった。

「これは、済みません。直ぐに、暖かい甘酒など出しましょうね。沽券の話をするのは、それからにいたしましょう」

風花屋が店奥へと消えると、春四郎が直ぐ、一葉へ火鉢を勧める。すると一葉は、それは嬉しそうな顔で、その火鉢へ寄っていった。

(ありゃ一葉さん、分かりやすい態度だねえ)

麻之助が眉尻を下げた時、吉五郎は春四郎達に背を向け、小十郎と何やら話し始めた。麻之助と清十郎は、皆から少し離れた縁側近くに座ると、揃って、甘すぎる面の男へと半眼を向ける。

「麻之助、春四郎さんは何だか変だ。張り切って、一葉さんに笑いかけてるじゃないか」

麻之助はうなずくと、先程風花屋から聞いた話を友へ語る、春四郎の家は、黒田屋《くろだや》という仏具屋らしい。

「決まった寺相手に、本当に手堅い商いをしている所だそうな」

だがそういう店だと、商いが急に大きくなる事はないそうであった。

「春四郎さんが武家になりたいと言っても、親は、持参金を作るのに苦労しそうだね」

次男はともかく、三男、四男に分家をする事は出来なかろうと麻之助が口にする。そして春四郎は、四男だという。

「つまりあの男、出来れば持参金など払わず、武家の養子になりたいんだろう。きっとそんな時……たとえば先日の、花梅屋の騒ぎの時かな、縁続きに武家がいたと耳にしたんだ」

その縁者は、実入りが良いと言われている八丁堀の同心だったから、なおさら興味が湧いたのだ。しかも相手には娘がいて、まだ十二であった。顔に自信のある春四郎なら、これは好機だと思ったかもしれない。

「さぁて、厄介な事になったもんだ」

相馬家の当主は強面の小十郎だから、武家ですらない男を、同心の跡取りとして受け入れるとは思えない。春四郎が、剣術をやっているようにも思えなかった。

ただ。麻之助は顔を顰める。

「一葉さんは一人娘だからなぁ」

婿になる男が相馬家の跡を取るものと、周りは思っている。吉五郎は一葉を嫁にする約束で、相馬家へ養子に入ったのだ。

しかし吉五郎は真っ直ぐすぎる男だから、もし一葉が嫌がったら、嫁にする筈もない。一葉が春四郎に夢中になったままでいると、遠からず一騒動、起きそうな気配なのだ。

「小十郎様だって、ああ見えて、一葉さんを可愛がっておいでだし」

清十郎が口をひん曲げ、麻之助はため息をついた。

「ああ。一葉さんてば、つい先日まで肩上げの付いた着物を着てたのに。気がついたら、甘い気持ちに浸ってるんだものねえ」

恋しい、愛おしい、一目でもいいから会いたい。まだ子供のような若い娘が、初めてそういう気持ちに捕らわれたら、他の事など目に入らないに違いない。

（たとえその気持ちの為に、人を傷つけても。それでも止められない思いも、この世にはあるだろう）

だが、気持ちのままに突っ走った後、ふと立ち止まり、周りへ目を向ける時が来たら。その後……どうなるのだろうか。

（吉五郎は、黙っちまってるし）

火鉢の脇に立っているのに、ひやりとしたものを感じて、麻之助は首を振る。それから雪の積もる静かな庭へ目を向け、眉間に皺を寄せた。

3

離れで暖かいものを飲んだ後、風花屋の主は小十郎達を、まずは以前から沽券が置かれていた、母屋の内蔵へ連れて行った。風花屋は分厚い戸を開き、手燭《てしょく》の火で蔵の内を見せた。

「沽券は一番奥にあります、鍵の掛かる長持の中へ入れてありました」

すると麻之助は、お気軽な声で、あれこれ主へ問うた。

「ご主人、この内蔵の鍵は、どこに置いてありましたか。そこの長持が、無理矢理開けられた様子はありませんでしたか？」

「鍵は手前の部屋に置いてあります。それと、内蔵の鍵に傷など無かったと思います。あの、麻之助さんも、母屋へ来たんですね」

問いに返事はしたものの、雪見をしにきた筈の麻之助が、何故内蔵へ付いてきたのかと、風花屋は戸惑っている。これに、横から清十郎が答えた。

「風花屋さん、そりゃ春四郎さんが離れに残らず、勝手に来ちまったからですよ」

春四郎は、風花屋から窘《たしな》められたというのに、やはり己の才を示したがっているのだ。

「ですからね、小十郎様方の邪魔をしないよう、我らが気を付けなきゃと思いまして」

「あたしは、勘が鋭いんですよ。きっとお役に立てますってば」

春四郎は言い立てる。

しかし内蔵へは、いつも春四郎を褒め、励ます一葉が来ていないので、いささか威勢が悪かった。一葉も、春四郎と一緒に来ると言い出したが、それは麻之助が止めたのだ。

「同心である小十郎様のお調べに、娘さんが顔を出しちゃ拙《まず》いですよ。今日の一葉さんのお役目は、雪見をすることでしょう?」

「でもきっと、春四郎さんは素晴らしいご活躍をなさいます。だから側で見たいんです」

(おやま)

一葉が、こういう我《わ》儘《まま》を言うのは珍しく、麻之助はまた驚く事になった。

(春四郎さんはおなごにとって、まるで先日芝居で見た、磁石みたいなお人なんだな)

〝毛抜《けぬき》〟という歌舞伎芝居には、驚くほど強い磁石が出てくるのだ。婚礼を妨げる為、悪者は磁石で姫君の髪飾りを、髪が逆立つ程、強く引っ張る。春四郎が若いおなごを引き寄せる様は、まさにその磁石に似ていた。

(男から見ると、こんな甘い面の、どこがいいのかって思うんだけどね)

一葉は今離れで、風花屋の仲居に相手をしてもらっている。しかし、これが相馬家であれば、きっと一葉は、我慢などしなかったに違いない。麻之助は、そっと吉五郎へ目を向けた。

（ああ、拙いねえ。一葉さんは吉五郎の事、嫌いじゃないんだろうけど）

しかし吉五郎を、男と言うより兄か、身内のように思っている気がする。少なくとも春四郎のように、夢中になってはいないのだ。

（沽券の騒ぎが無事終わったとしても、こっちは、ただで済みそうもないや）

麻之助達が一緒に呑むだけでは、多分吉五郎には足らない。そう、察しがついてしまった。

（お寿《す》ず、私は、どうしたらいいんだろう）

男と女が関わっている事ゆえ、周りがあれこれ言っても、詮無いだけだとは思う。けれどたとえ、余分な口出しはお節介だと分かっていても、やはり友の事は心配なのだ。

（こういうとき、お寿ずが生きていてくれたらなって、つくづく思うよ）

妻と一葉なら、おなご同士、きっと濃い話も出来ただろう。一葉と母のおさんでは、歳が離れすぎているし、清十郎の義母お由有《ゆう》は、余所へ嫁いでもういない。頼りに出来る清十郎の妻、お安《やす》は出産を控えており、今、用を頼みたくはなかった。お寿ずが産後亡くなった事を思うと、絶対に駄目であった。

（やれ、どうすればいいのか）

情けなくも悩んでいる間に、風花屋は皆を内蔵から、沽券が勝手に移されていた先、一番蔵へと連れて行った。料理屋の蔵は二階建てで大きく、母屋から少し離れた奥の庭に立っている。

料理屋の床の間を飾る掛け軸や花器、茶道具なども入れてある為か、蔵の戸は鉄の枠を付けた、見るからに丈夫そうな代物であった。錠前も上方の職人が作ったという、随分大きなものだ。

「風花屋さん、儲かってるみたいだ」

春四郎はそう囁いた後、主の側へ寄り、大いに胸を張った。

「こりゃあ立派な蔵ですね。風花屋さん、この春四郎が、沽券が盗まれた訳を、しっかり推察して差し上げますよ」

「春四郎さん、沽券は今も、この風花屋にあります。盗まれたなどと、気軽に言わないで下さいな」

揉め事を大きくする気かと風花屋に睨まれ、春四郎は急ぎ頭を下げる。しかしへこたれる事なく、早く中を見たいと言って、頑丈そうな蔵の錠へ手を伸ばしたのだ。

だが、しかし。がちゃりと重そうな音がしただけで、錠前が外れなかったので、風花屋が首を傾げた。

「おや？　開けておくよう、店の者に言っておいたんですが」

吉五郎が蔵の錠へ手を掛け確かめたが、やはり開かない。主は急ぎ鍵を取りに母屋へ戻り、それから暫《しばら》く蔵へ帰って来なかった。

「おんや、風花屋さん、ついでに厠《かわや》へでも行ったかな？」

麻之助がのんびり言う横で、吉五郎が錠を指し、何やら小十郎と話をしている。春四郎も二人の話に加わりたい様子だったが、小十郎の傍らへ寄るのは怖いらしい。

「あのへっぴり腰。春四郎さんときたら、勝手に通い詰めた相馬家で、小十郎様から小言でも食らったかな？」

清十郎が口元をゆがめている。麻之助も清十郎も相馬家へ顔を出した時、小十郎からお叱りを受けた事はあった。

「そりゃ、怒った小十郎様は怖いけどさ。あんなに腰が引けるとは、情けない」

一葉の婿の座を狙うという事は、春四郎が相馬家へ入るという事だ。つまり小十郎が、舅《しゅうと》になるという事なのだが……あの様子では、同じ屋敷では暮らせなかろうと、清十郎は冷たいことを言っている。麻之助も頷いた。

「本当に、何で同心になりたいのかね。それにさ、やっぱり腕っ節が強くないと、同心のお勤めは怖い気がするんだけど」

町名主が揉め事を裁定する玄関ですら、時々勝手を言い、拳を振るう馬鹿がいるのだ。

「清十郎、おかげでおとっつぁんときたら、最近は揉めそうな裁定を、私に回してくるんだよ」

そして同心は町名主より、もっと剣呑な件、例えば人殺しなども扱う。捕まれば死罪になると分かっているから、捕り物の時、相手は死にものぐるいで抗《あらが》ってくる筈だ。

「へっぴり腰の同心じゃ、直ぐに弱いと巷《ちまた》で噂になるよ。つまり、いざって時に賊から、真っ先に狙われそうだけど」

それでは命が、いくつあっても足りない気がするのだ。

「春四郎さん、度胸だけは良いのかしらん」

麻之助が首を傾げていると、そこへ、やっと風花屋が戻ってきた。そして驚いた事に、主は顔を引きつらせていたのだ。

「風花屋さん、どうかしたんですか?」

麻之助が声を掛けると、風花屋は、とんでもない事を口にしてきた。

「あのっ……蔵の鍵が消えてしまいました」

「ありゃ。大事な蔵の鍵が失せたんじゃ、商いにも差し障りそうですね」

小十郎が、控えの鍵はないのかと問えば、二本ある鍵が、一度に消えたと風花屋が返してきた。更に、消えたのは鍵だけではなかったという。その騒ぎで、戻ってくるのが遅くなったのだ。

「い、一葉様。お嬢様も、姿がなくて。離れにおいでになりませんっ」

「えっ」

小十郎も吉五郎も、顔を強ばらせる。

「一緒に離れにおりました仲居二人は、茶や菓子の用意の為、部屋を何度か出ていたそうです。そんな時、ふと目を離した隙に、一葉様が居なくなったというんです」

皆が内蔵へと向かって、間もなくのことだったらしい。それでも最初は、それこそ厠へでも行ったのかと、仲居は思っていたのだ。しかし帰って来ず、その内騒ぎになった。じきに皆で離れを探し、母屋を探したが、それでも見つからない。一葉の姿は風花屋のどこにも、見当たらないのだという。

「これが他の日でしたら、庭の散策に行かれたという事も、ありましょう。ですが今日は、ずっと雪が降っておりますから」

店へ出入りした客すらいないと聞き、小十郎が顔を顰める。

「そうか。建物の内から出た者がいたら、足跡が残る筈だな」

雪が降り続いてはいるが、直ぐに足跡が消える程ではない。一葉は少なくとも、庭へ出てはいないのだ。

ここで小十郎が、春四郎を見た。

「今の一葉なら、お主に呼ばれれば部屋から出るだろう。用があって呼んだりしたか？」

「あたしが？　い、いいえ。あたしはずっと、小十郎様達と一緒におりました。一葉さんを呼んではおりません」

真っ赤になった春四郎の後ろで、麻之助と清十郎が、それは確かだと言葉を揃えた。春四郎は先程から、小十郎へ良い所を見せようと必死であり、麻之助達の前から姿を消した事はなかったのだ。小十郎が頷く。

「まあ、春四郎の名で文を送れば、一葉を呼び出せるか」

となれば一葉が今、居そうな場所は一つだと、小十郎は続けた。

そして、さっと前を見たものだから、皆の目が見開かれる。小十郎は真っ直ぐに、開かなくなった蔵を見つめていたのだ。

そして蔵の錠は、誰が見ても、たまたま閉まってしまうような代物ではなかった。表から誰かが、閉めたに違いない。そして蔵の鍵は二本とも、無くなっているのだ。

「我らが内蔵へ行っている間に、誰かがこの蔵へ一葉を呼び出し、外から鍵を掛けたかな」

「でも……何でです？　訳が分かりません」

春四郎が、呆然とした声を出している。麻之助はここで、蔵の軒下辺りから、幾つかの石ころを拾った。

「とにかく、蔵の内に誰かいるか、確かめましょう」

そして清十郎達に、蔵の壁へ耳を付けてくれと言ってから、ほてほてと、雪が積もっている蔵のまわりへ足を踏み出す。

もっとも、辺りは雪が踏み固められていないから、一歩ごとに埋まり込んでしまい、
麻之助は冷たいようと泣き言を並べた。それでも壁を叩き、二階へ小石を投げつつ蔵を一回りすると、中の音を聞いていた清十郎、吉五郎が、渋い顔と共に麻之助を迎えた。

「中から音がした。僅かに声も聞こえた。あれは一葉さんだ」

しかし蔵の壁は分厚く、話は出来なかったという。風花屋の主は、顔色を蒼くした。

「中には水も、食べ物も置いてありません。早く出して差し上げないと」

だが、土蔵は壁も扉も厚い。そして、ある筈の鍵が、消えてしまっていた。

「ど、どうしたら良いんでしょうか」

活躍すると言っていた春四郎は、足下へ目を向けてしまっている。麻之助は、言うべき事をさっさと口にした。

「いざとなったら、斧で蔵の戸をぶち壊します。その時は、吉五郎と小十郎様は、手を出さないで下さい」

奉行所に勤める同心としての、立場があるからだ。料理屋へ雪見に行った折に、その店の蔵を壊したと噂が立つのは、どう考えても拙い。小十郎は厳しい男ゆえ、敵も結構多そうだと、麻之助は見当を付けていた。

「清十郎も、手を出すなよ。お前さんは既に、町名主になってるんだから」

こういうときの始末は、まだ跡を取っていない、麻之助が引き受けるのがいい。江戸では、当主のやったことと、まだひよっこが為したことでは、罪の重さが違うのだ。

「後で、おとっつぁんに泣かれるかなぁ。麻之助がまた、馬鹿をやったって」

そう言いつつも、斧を拝借したいと、麻之助は早々に風花屋へ頼んだ。主は顔を引きつらせながらも、意外としっかりした様子で頷いてきた。

（蔵の戸一枚と、奉行所とのつきあい。風花屋さんは、同心と仲良くする事を選んだかな）

さすがは繁盛している店の主、決断が速いと、麻之助は深く頷く。主はまた、母屋へと飛んでいった。

すると。主は今度も、なかなか帰って来なかったのだ。そして戻ってきたとき、風花屋の手には、何やら書き付けが握られていた。内蔵の前に、いつの間にか置かれていたのだという。

小十郎が、素早く紙に目を落とす。そこには、とんでもない事が書かれていた。

4

「やはり一葉を、蔵に閉じ込めた者がいたようだ。蔵の戸を壊してはならないと、そ奴が命じてきたぞ」

　小十郎と吉五郎、風花屋、それと麻之助達残りの三人は、蔵から離れ、一旦料理屋の離れに戻った。蔵の前では、誰に話を聞かれるか分からないからで、雪見をする筈だった部屋には、急ぎ障子戸が立てられた。風花屋が、見つけた書き付けを皆の真ん中に置くと、小十郎は怖いような顔でそれを見た。

「蔵の戸に斧を振るえば、風花屋に火を付ける。文にはそう書いてあるな」

　そんな事になったら、あの分厚い扉を壊す前に煙が立ちこめ、蔵から逃げられない一葉が、危うくなるかもしれない。

「ならば、斧は使えませんね」

　暴れる気でいた麻之助は、口をへの字にした。文には鍵盗人の勝手な望みが、更に書かれていた。

「付け火を止めさせ、蔵の鍵を返して欲しければ、奉行所に居る一松を解き放てとある」

　そうすれば文の主は風花屋へ、鍵のありかを教えてくださるのだそうだ。

「一松？　誰でしたでしょう？」

「風花屋、先に主家の沽券を盗み、お仕置きを待っている元手代だ。この店で沽券の騒ぎが起きた時も、名が出た筈だが」

「えっ……ああ、そうでございました」

脅し文の字は、わざとなのか、金釘流《かなくぎりゅう》で書いてある。だが漢字を間違える事もなく、読みやすい文でもあった。吉五郎が歯を食いしばる。

「義父上《ちちうえ》、今回、風花屋の沽券を外の蔵へ移した者は、そもそも沽券など狙っていなかったのですね」

目的は、死罪に決まった元手代を、奉行所から救い出す事だったのだ。勿論捕まったら、重罪間違いなしだ。文の主は、奉行所や同心を相手に、命を懸けた勝負をしていた。

ここで吉五郎が、姿勢を正した。

「先程の麻之助ではないですが、いざという時は、まだ見習いである自分が事の表に立ちます。義父上は一葉さんの事を、一番にお考え下さい」

同心の身内が人質に取られるなど、あるまじき事であり、これが余所に知れるだけで、大事になりかねなかった。小十郎は眉間に皺を寄せ、文を睨む。

「さて、この後どう動くか、だが」

案があるかと、小十郎がまず若い者達に問う。すると麻之助が、ひょいと手をあげた。

「この文の主が誰なのか、まだ分かりません。でも、ですね」

麻之助は先程、一葉を探した時、風花屋に出入りした者はいないと聞いた。

「つまり。一葉さんを蔵へ押し込め鍵を掛けたのは、今、この料理屋にいる者だと思います」

「何とっ」

風花屋が顔を引きつらせる。今日、料理屋に客は来ていた。だが、脅しの文が置いてあった内蔵にまで客が入り込もうとしたら、直ぐに見とがめられてしまう筈だ。

「では……う、うちの奉公人が、こんな大事をしでかしたというんですか？　でも、沽券を盗った手代の身内など、うちにはいなかった筈ですが」

風花屋の奉公人は、決まった口入屋が世話してくれている。奉公人の身内から罪人が出たとなれば、馴染みの口入屋が、知らせにくる筈だというのだ。

しかし麻之助は、首を横に振った。

「犯人と一松との縁が、血縁とは限りません。口入屋が、知らない事もあるでしょう」

肩を落とした風花屋へ、小十郎が声を掛ける。

「主、今この家にいる者の名を、書き出してほしいのだが。客も下働きも、全員だ」

「は、はい」

風花屋が急ぎ紙を用意している間に、麻之助は清十郎と小声で話すと、共に立ち上がった。そして風花屋へ、料理屋の中を見に行ってもよいかと頼んでみる。

「ここで小十郎様と一緒に、犯人の名を推察しても、より良い案を思いつく自信がないです」

よって麻之助達はその代わりに、蔵の鍵を探したいと言い出したのだ。

「犯人は、一松を助け出したいんです。だから一葉さんを蔵に閉じ込め、人質に取った」

しかし蔵の鍵を身につけている事は、剣呑な選択だ。着物を調べられたら、直ぐに己が犯人である事を知られてしまう。だから。

「鍵は、どこかに隠してあるはずです」

麻之助を、小十郎が見つめる。

「麻之助、鍵を見つける当てがあるのか？」

「いいえ。さっぱりないです。でも、風花屋の外には出ていないでしょうから、頑張って探します」

ここで清十郎が、言葉を継ぐ。

「店に火をかけると脅してきたんだ。犯人は風花屋さんや、その身内じゃないでしょう」

やはり奉公人ではないかと、思われるのだ。

「ならば一番に調べる先は、奉公人達が寝起きしてる部屋でしょうか」

「俺も行こう。手が多い方が良かろう」

吉五郎も立ち上がり、悪友三人組が、離れから出て行こうとする。だがそこへ、後ろから小十郎の声が掛かった。

「吉五郎、この春四郎も連れて行ってくれ」

置いていかれても、役に立たぬとはっきり言われ、春四郎は恨めしげな顔になる。吉五郎は、珍しくも義父へ言葉を返した。

「義父上、我らと一緒にいますと、春四郎どのの身が危ないのではないですか」

今回の犯人は、命がけで事を仕掛けてきているのだ。よって、鍵を取り戻そうとする者を、放っておかないかもしれない。

「春四郎どの。己の身は己で守れるか？　俺は今、一葉さんを助ける為に動いている。何かあっても、お主の事は二の次だからな」

そして麻之助達は、似た歳の野郎を、おなごのように守ったりはしない。友からそう言われて、麻之助は口を尖らせた。

「だってさぁ、これからお武家になろうって御仁を町人が守っちゃ、格好がつかないよ」

断言され、春四郎は立つのを躊躇《ためら》ったが、小十郎が怖い顔を向け追い立てる。

「来るんだったら、後は知らねえよぉ」

清十郎が珍しくも伝法に言い、部屋から足早に出て行く。麻之助達が続くと、春四郎が強ばった顔で後を追ってきた。

5

風花屋で奉公人達が寝起きしているのは、家の者達が暮らしている、母屋の二階だ。客間がある料理屋の二階は、天井が高く見晴らしも良い、心地よい場所だ。しかし母屋の上階は、広くはあったものの天井は低く、寒々しい板間だった。

そこに奉公人達の荷と店の荷物が、同じような行李に入れられ、沢山並べてあった。

「中をくまなく調べるのは、面倒そうですね」

最後に二階へ上がった春四郎がため息をつくと、麻之助が苦笑を浮かべる。それから、全部の行李を開けはしないと続けた。

「番頭さん二人は通いで、長屋住まいだって事だ。つまりこの二階で寝起きをしてるのは、小僧と手代さん達だろう」

ならば着物や持ち物を沢山、行李に入れている筈はなかった。

「着物は高いものだもの。まだ沢山は買えないよ」

そして蔵に付けられていた錠前は、かなり大きなものだった。つまり鍵も当然重い鉄で、大きい代物だ。もしそんな物が行李の中にあったら、転がった時、分かる筈なのだ。

麻之助はそう言うと、手近な行李を一つ手に取り、揺さぶって見せる。中にあるものが、鈍い音を出した。

「この行李には、重い鉄の鍵なんか入っちゃいないみたいだ」

「あ、そうやって探す気なんですね」

春四郎が驚く前で、吉五郎達もさっさと、他の行李を抱え上げる。

「あ、この中にもないな」

「あたしも確かめます」

振り終わった行李は、部屋の端に積んでゆく。店の荷は、中が詰まっており開ける事になったが、それでも随分と早く調べられた。

「早く鍵が見つかるといいですね」

しかし春四郎がそう言うと、吉五郎が清十郎に、あると思うか問うた。すると清十郎は首を横に振り、麻之助ときたら、まず見つからないだろうと、あっけらかんと言ったのだ。

「この部屋は、真っ先に調べられそうだもん。私なら、こんな所には隠さないな」

「同感だ」

吉五郎はそう言いつつ、それでも行李を確かめていく。春四郎は、行李を足下に置き、いささか呆然とした声を出した。

「あ、あの。ここには蔵の鍵、ないんですか？」

春四郎が立ち尽くしているものだから、麻之助は困ったように、また笑った。

「うん、多分」

「私達はね、今、鍵がここには無いことを確かめるために、働いてるんだ」

これは、調べ事をするとき必要な、手順の一つであった。奉公人の誰かが、悪行を為したと考えるなら、この部屋は調べておかねばならないのだ。

「勘で動くと、見落としが出るから」

もし間違った推察の元、動いてしまったら、本物の罪人ではなく、別の誰かを捕らえかねない。

「調べ事をするなら、面倒でも手順を踏む。そういうものなのさ」

麻之助の言葉に吉五郎が頷くと、春四郎は行李を見つめる。その手が、止まってしまった。

「お三方は、町役人と同心見習いだ。だから調べの経験を、積んでおいでなんですね」

ここで急に、羨ましいですと春四郎がつぶやいた。自分とて働いてはいるが、先々兄がやっていく仏具屋を、手伝っているに過ぎない。そして寺という商売相手は限られるから、どう考えても、己が仏具屋になる道はなさそうなのだ。

「おまけにあたしは、男っぽくない顔のおかげで、男の身内や友の受けが悪くて」

その上、おなごからは顔のみ見られて、これまたどうにも面白くないという。

麻之助はくいと、口の片端を引き上げた。

「そいつは大変だな。うん、辛いねえ」

話しつつ、行李を抱える。だが。

「町名主の家でも、兄弟がいれば、家を継ぐのは一人きりだよ」

「それは、その通りです。だから」

春四郎はまた一つ、行李を手に取る。

「離れた場所で違う暮らしをしたら、あたしだって、今より上手くいくんじゃないか。最近はそんな風に、思ってるんですよ」

途端、清十郎が怖い顔で春四郎の前に立った。

「お前さん、違う暮らしを試してみたいから、吉五郎の許婚へ近づいたのか？」

「わぁ、清十郎さん、怖いです」

清十郎は麻之助と同様、喧嘩の場数を踏んでいるから、端正な見た目よりもずっと、剣呑な男なのだ。春四郎は泣き言を口にしたが、麻之助はここで、急に窓が気になったものだから、二人を放っておいた。

そんな麻之助が気に掛かったらしく、吉五郎も、春四郎には目を向けない。

「何を見てるんだ、麻之助」

窓の外に鍵が釣り下がっていたかと、悪友がからかってきたが、麻之助は真面目に窓を見続けた。

「私だったら、どこに鍵を隠すかなって、ずっと考えてたんだよ」

そうした所、何と今あっさり、ありかを思いついたのだ。

「あそこへ隠すかなと思ったのさ」

「あっ……」

吉五郎が短い声と共に立ち尽くしたものだから、清十郎が春四郎を構う事を止め、二人の側へと寄ってくる。そして、目を見開いた。

「そうか！　ひょっとして隠し場所は……雪の中か！」

「雪はまだ降り続いてる。清十郎、鍵を庭に埋めたら、その跡は、じきに分からなくなると思わないかい」

「確かに、格好の隠し場所だな」

埋めた方は、側に何か目印がある所を選び、覚えておけばいい。そして、風花屋の庭は広い。母屋と離れを合わせたよりもずっと広くて、木々も多かった。

すると、話を聞いていたらしい春四郎が、三人の後ろで呆然とした声を出した。

「今回の犯人、頭の良い奴なんですね。何だか、とても敵わないって気がしてきました。必死に家の中を探していた鍵が、庭にあるなんて」

清十郎が顔を顰め、春四郎を睨む。

「なぁに、鍵が庭にあると決まったら、探すまでさ。これから庭中、お前さんを追い回せば、雪を蹴散らせる。存外直ぐ、鍵が見つかるかもしれないぞ」

「冗談を言わないで下さいようっ」

春四郎が悲鳴を上げて後ずさり、麻之助は腕を組んで、首を横に振る。

「残念な事に、春四郎さん一人が走ったからって、この広い庭全部、探せはしないよ。犯人は、確かに大層頭がいいねえ」

その上、命を懸けての勝負をするほど、度胸も良い。

「誰だか知らんが、こんな騒ぎを起こすくらいなら、早めに奉公なぞ辞めてりゃ良かったのに。一松もだ」

店を去れば、一時、暮らしに困るかもしれない。しかし明日が不安だと思い詰め、盗みをする事はなかったはずだ。その上、だ。

「お江戸にゃ、お節介は多いんだよ」

奉公した店を、途中で辞める者は多い。行く当てがないとなれば、麻之助達のような町役人などが、話を聞いてくれる。狭くとも暮らす長屋が決まったら、今度はそこの差配が親代わりになる。働く先が見つからないなら、天秤棒で荷を担いで、振り売りの小商いを始めるのもいい。皆、大枚は稼げずとも、そうやって何とか暮らしているのだ。

するると、清十郎の眉尻が下がる。

「麻之助、そりゃそうだけどさ」

大店の奉公人は、十やそこいらで店に入って働くのだ。後は食べるのも寝起きも、店の中だ。

「店を辞める奉公人達は多かろうが、その後どうやって暮らしているかなんて、残ってる者達には、見えてないだろう」

それゆえ、働きながらも不安に包まれる。博打打ちにそそのかされ、馬鹿をやったりするのだ。

「でもさ、だからって十二の一葉さんを、土蔵に閉じ込めていい訳じゃない。そこへ火を付けちまったら、許されはしない」

麻之助が、雪が降り続く庭へ目を戻す。それから、横にいる春四郎を見て、ため息を漏らした。

「春四郎さんは、人気役者のように、おなごを引きつけるけど、でも、芝居の〝毛抜〟に出てくる磁石みたいに、鉄の鍵を吸い付ける事は、出来ないんだよねえ？」

「人にはそんなこと、出来ませんよ。それにあたしだって、どんなおなごでも、引き寄せる訳じゃないんです」

春四郎によると、男の甘い顔というものは、磁石どころか、役立たずを通り越し、厄災の元だという。

「ええ、若い娘さんには好かれます。ですが、その親には恐ろしく不評です。だから娘さんとは、いつの間にか会えなくなります」

十八、十九になった娘御相手だと、春四郎のような顔は、用心されてしまうという。余程、おなごへ勝手をしてきたように、思われるらしい。

「〝毛抜〟の磁石並どころか、あたしには養子の先一つありません。あたしはこの顔のおかげで、ろくでもない男だと思われちまうんですよ」

「おんやまぁ。その見てくれは、存外役立たずなのか」

そういえば〝毛抜〟で見た磁石とて、本当は、天井から物を引きつけるほど強くはないと聞いたと、麻之助は苦笑を浮かべる。

「けれど〝磁石〟が、鉄を引きつけるのは確かだよね」

麻之助はここでまた、雪の庭へ目を向けた。

「ひもの先に磁石を付けて、それを庭中引っ張ったら、鍵を見つけられないかしら」

しかし清十郎が、大きく首を横に振る。

「無理だろうな。磁石で探すより、料理屋の客に、庭で雪遊びでもしてもらった方が、まだ見つかりそうな気がする」

「おお、雪遊びか。それなら鍵を探す為じゃなくとも、今日の客が楽しみそうだな」

吉五郎が頷く。

「だが、ならば鍵は、お客が遊んでも見つからない所に、隠さねば駄目だな」

しかし、そこは雪が降り積もり、埋めた跡を隠してもらえる、外の筈であった。ここで四人が顔を見合わせる。

「客が雪遊びをしても、春四郎さんが磁石を持って駆け回っても、鍵が見つからないと言い切れる場所って、あの庭のどこだ？」

何だか謎かけみたいな話になったが、これは真剣な問答であった。犯人は、奉行所に勝負を挑んでいる。よって、たまたま鍵が見つかってしまうような所に、隠すとは思えなかった。

清十郎、吉五郎、麻之助、春四郎の眼差しが、しばしの間、白一面の庭へ向けられた。吉五郎が唸《うな》る。

「多分、ここだけは探さないという所だな」

しばしの静けさが、二階の板間を包む。

「ここだけは、探さない場所か……行くはずのない場所だ」

「行ってはいけない場所……」

そう言った途端、麻之助が「あれ」と言い、大きく首を傾げた。

「何か……引っかかったぞ」

それから……麻之助達はゆるゆると、顔を見合わせていった。麻之助の頭には、この風花屋に来てから耳にした言葉が、思い浮かんできていた。

「もしかして、吉五郎達も同じ言葉を、思い浮かべているのかな」

二人の悪友が目を見交わし、やがて頷く。揃って庭の、一方を向いた。春四郎一人がぽかんとした顔つきで、三人へ問うてくる。

「あの、何か思いついたんですか。一葉さんを、助けられそうなんですか？」

麻之助は口の端を、笑うように引き上げる事になった。

6

その後、麻之助達は離れに戻ると、風花屋に頼み、店の者を全て集めてもらった。

もっとも風花屋の家人達は、犯人とは考えられないゆえ、彼らに、料理屋にいる客達の用を、しばし任せることにする。

大事であったが、それでも今は一葉と店の無事が大事だと、主は躊躇わなかったらしい。

「今日中に、事が何とか済めば、本当にありがたいです」

離れの襖を取り払うと、大きくなった部屋に、番頭以下奉公人達が座る。麻之助達は、小十郎と共に皆と向き合うと、ゆっくり話を切り出した。

「風花屋さん、店の皆さん、急に無理なお願いをしまして済みませんでした」

集められた事情が分からず、首を傾げている奉公人達もいる。ここで麻之助は、先刻蔵の鍵を閉めて、同心である小十郎の娘一葉を、蔵へ閉じ込めた不埒者《ふらちもの》がいると話した。しかもその者は、蔵に鍵を掛け、それをどこかに隠してしまったのだ。

「よって、そ奴が誰なのか、突き止めねばならないんです」

その事だけを話したのは、一松の件には奉行所が関わっているからだ。麻之助が勝手に、ここで全て話すのは拙い。よって、今日の出来事を大層簡単に変え、伝えた。

(風花屋さんの名も絡んでるし。後は小十郎様へ任せる事にしよう)

で、そろそろ、この騒ぎを終わりにしたいと、麻之助は続けた。

「おお、事が収まりそうなのですね？」

部屋内がざわめきに包まれる。

「実は」

そして麻之助はここで、二つ息をする間、間を置いた。そして先程、鍵が見つかったので、蔵の戸は開き、一葉は表へ出せたと皆へ告げたのだ。

「おや。ではあの子は、どこにいるのだ？」

この話には小十郎も驚いた顔で、麻之助達の後ろへ目を向ける。しかし吉五郎は義父へ、一葉は離れへ連れてきていないと告げた。

「義父上、一葉さんは、今は他の部屋で休んで貰ってます」

これから、一葉を閉じ込めた犯人を捕らえるつもりであった。それゆえ、その場にいるのは怖かろうと思ったからだ。

「ほう……鍵を取り戻した上、犯人を捕らえるのか。誰の仕業か分かったのか？」

問われた吉五郎と麻之助達は、揃ってこめかみを掻いた。

「その、はっきり分かっていないので、奉公人全員をこの場に集めていただいたんです」

麻之助は珍しくも鹿爪《しかつめ》らしい顔を、皆へと向ける。

「それでこれから、鍵の件とは関係の無い人達を、省いていく事にします」

奉公人が今日、いつ、どこで、何をしていたか、その事を一番知っているのは、一つ屋根の下で一緒に働いている他の奉公人達だ。だから互いの話を聞き、関係のないものを知ろうという訳だ。

「おお、なるほど」

風花屋が頷き、身の証が立てられる者は、話すようにと奉公人達へ言う。すると、さっそく声を上げた者が出た。

「あの……閉じ込め騒ぎで、蔵の鍵が無くなったんですよね？　鍵は、店奥の内蔵に置いてある筈ですが」

そこは小僧が入る事を、許されてはいない場だという。奥へは帳場の横を通らねば行けないし、小僧がそちらへ向かえば、誰かが直ぐに気がつくと、小僧頭が話した。

「ああ、そうなんですか。風花屋さん、間違いないですね？　では小僧さん達は、廊下へ出て下さい」

数人が外れる。次は料理人達が、では自分たちも、関係ないと言い出した。台所で働く面々は、やはり店奥の内蔵へは行かない。料理に使う品は、外蔵に置いてあった。

「あら、では仲居も同じですよ」

そう言うと、また多くが廊下へ出る。下働き達も次に外れると、客が待っているからと、料理人達は店へ戻って行った。

「残ったのは手代さん、番頭さん達ですね」

番頭が二人に、手代が五人であった。麻之助がしばし黙っていると、更に声が上がった。

「あの、一番番頭さんは、違うと思います」

そう言ったのは、廊下にいた仲居の一人だ。今日は馴染み客が来ており、一番番頭は料理屋二階の客間で相手をしていたらしい。それは小十郎達が来る前からの話で、主が鍵を探し出した時、番頭はまだ客間にいたのだ。

「ああ、そういえば」

何人かが頷き、一番番頭が部屋から出る。

（あと、六人）

離れに残った者達は居心地が悪そうで、僅かに身を揺らしている。ここで風花屋が、そういえば手代の二人も違うと言い出した。

「朝方自分が、揃って使いにやっていました。鍵の騒ぎが起こった時は、まだ帰っていなかったと思います」

自分からちゃんと申し出ろと言われた後、頭を下げた手代達が列から外れる。更に手代の一人は、ずっと店表にいたとされ、残るは二番番頭と、手代二人となった。

すると……ここで麻之助達は、また顔を見合わせる事になった。部屋の内に、声にならない何かが漂ってきたのだ。廊下に出た奉公人達の目が、三人の内の一人、二番番頭へ、何とはなしに集まってきていた。

麻之助は一瞬、目をつぶる。

（あ……やっぱりというか。奉公人の仲間内だと、誰がどう動くか何となく分かるよね。証は無いけど、察しは付くというか）

三人の内、手代二人はまだ若かった。手代であれば、内蔵へは行く事がある。行っても小僧のように止められはしない。けれど。

（多分あの二人だと、滅多に奥へは行かないんだろう。行ったら珍しいなと思って、誰だ。

かが覚えているんだ）

それは、麻之助達には分からなかった事であり、風花屋の皆には明らかな事だったのしかし、それでも証はない。ない、が。言外の言葉が段々重みを増し、見つめられた者にのしかかる。息が苦しいような時が重なってゆく。

それでも、更にしばしの間、部屋は静かであった。

だが、やがて。

二番番頭の新兵衛《しんべえ》が、ふっと息を吐くと、その細面の風貌を麻之助の方へ向けてきたのだ。こんな時であるのに、存外落ち着いているように見えた。

「あの……先程、蔵の鍵を見つけたと言われましたよね？　本当ですか？」

どこにあったのでしょうと、新兵衛が問う。本当に見つけたのか、それとも、そういう事にして、犯人の気をくじきたかったのか。そう問うているように思えた。

小十郎も、麻之助を見てくる。麻之助はにこりと笑い、きちんと答えた。

「勿論、ちゃんと見つけました。一葉さんは、本当にもう蔵から出ています」

事はけりが付いたんですよと告げると、新兵衛がもう一度、息を吐いた。風花屋が、店の切り盛りを任せてきた男を見て、徐々に顔色を蒼くしてくる。皆の目が、麻之助にも向けられてきた。強い眼差しだった。

「番頭さん、鍵は庭にありました」

「庭？　麻之助さん、この一面の雪の中から、鍵一本を見つけたのですか？」

風花屋が目を見開き、どうやって見つけたのかと問う。ここで麻之助は、例の芝居の題を口にした。

「〝毛抜〟という歌舞伎の芝居は、ご存じですか。あの話には、磁石が出てきます。そいつは鉄を吸い付けるんですよ」

つまり蔵の鍵も、磁石さえあれば、雪の下からも拾い出す事が出来る。麻之助がそう続けると、一瞬、新兵衛の顔が強ばった。

「でも……」

「でも、の続きは、何ですか？」

吉五郎と清十郎が声を揃えた為か、新兵衛の言葉が途切れる。ここで麻之助が新兵衛を見つめ、語られなかった、〝でも〟の先を続けた。

「番頭さんは、ご存じなんですね。ええ、風花屋の錠前の鍵が、どこにあったか」

芝居では大げさな程、鉄を引き付ける磁石だが、しかし新兵衛が〝でも〟と言ったように、本物はそこまで強くはない。

「いや、仮に強い磁石があっても、あの隠し場所に近づいて、磁石を使うことなど出来なかった。犯人は、それを知っていた」

だから。

「先程新兵衛さんは、でも、と言われたんですね？」

麻之助は正面から、新兵衛を見つめる。

「つまり番頭さん、あなたが犯人なんだ」

廊下から、押し殺したような声が上がる。小十郎と風花屋は、黙ったままであった。

「私達は先程、雪の庭に鍵が隠されているんだろうと、察しを付けました」

それから庭の中で、一番探しにくい場所はどこかを考えたのだ。そして、思いついた。人がうっかり近寄ったら、とんでもない事になる箇所があった。

「風花屋の庭には、池があります。薄く氷が張っているから、今は上に積もった雪で見えないけれど、落ちたら大変だ。だから気を付けてと、ご主人から注意を受けていました」

つまりその池こそ、雪遊びの時でも人が近づかない、一に安全な隠し場所に違いなかった。錠前の鍵を氷の上へ置き、薄く雪を被せておけばいい。この寒さの中、誰が薄い氷の張った池へ近づこうとするだろうか。

「近づくとね、磁石など使う前に……とんでもない事に、なっちまうんですよ」

麻之助は先刻の事を思い出し、うんざりした声を出す。

「おかげで探すのは大変でした。探し始めて直ぐ、やはりというか、氷が割れちまって。

冷たかったですよう」

それでも吉五郎が共に頑張って、一緒に池の中を探してくれたので、鍵は見つかったのだ。

するとここで、吉五郎が静かに言葉を継いだ。

「だから一葉さんは、もう蔵にはいない。新兵衛、お主が馬鹿をした次第を、ここで話してくれぬか？」

どんな訳があるにせよ、主に迷惑をかけ、まだ十二の娘に怖い思いをさせたのだ。これから新兵衛は、罰を受けなくてはいけない。一葉へ謝る機会は、もう無いかもしれなかった。

「一葉さんへ、事の事情を伝えるくらいは、やっても良かろう」

新兵衛は、下を向いてから口を開いた。ここで突然、一松の名を出したので、多分訳の分からない奉公人も、居たに違いなかった。

「一松は、娘の恋しい相手でした」

しかし一松もまた、お店の奉公人だった。手代になったばかりだったので、当分嫁取りなど出来ないと分かっていた。

そして新兵衛は通いの番頭だったから、長屋暮らしで娘もいたが、しかし、のれん分けをしてもらう当てはなかった。

「風花屋じゃあ少し前に、前の一番番頭さんが分家してもらったばかりなんです。旦那様だとて、そうは店を出せませんから」

一松と娘の縁組みを考える事は、無理であったのだ。

そうして新兵衛が何も出来ずにいる間に、一松は焦ったのか、とんでもない馬鹿をして捕まった。娘は一松の最期を耳にしたくないと、江戸を出て、遠くの縁者の所へ行った。妻は既に亡く、新兵衛は気がつけば、一人きりになっていたのだ。

「この人のために、馬鹿を止めねばならない。そういう相手が側にいないと、駄目ですな。人は簡単に、とんでもない方へ転がり落ちてしまうようだ」

娘の為に、何かしたかったのだ。幸せだった日々を、取り戻したかったのだ。そう話す新兵衛の顔が、段々畳の方へ向いていく。

「正直なところ、今、娘が側に居なくて良かった」

娘より若い一葉には、申し訳無い事をしたと言い、新兵衛は深く頭を下げた。その顔が辛そうで、見ているとたまらない。

麻之助達と春四郎が、言葉もなく小十郎の方を向く。これから先は、町人が何かを言える時では、なくなっていた。

7

後日、麻之助達は小十郎から、相馬家へ呼び出された。屋敷には春四郎もおり、先日の始末を教えて貰う事になった。

「分からないと、気持ちに区切りを付けるまでに、時が掛かるからな」

小十郎が淡々と言った。

まず、一松の仕置きが終わったこと。

二つ目に、二番番頭新兵衛の詮議は、内々に終えたことを告げた。

「あ奴の罪だが、風花屋が、沽券は店から出なかった故、その件の罪は問いたくないと言い出したのでな。表には出さなかった」

一方小十郎も、娘が関わっている故、事を表沙汰にはしないと決めたという。実際起こったのは、沽券の置き場所が店の内で動いた事と、しばしの間、一葉が蔵に閉じ込められたという事のみであった。

よって、そのことを口にしないと決めた途端、重かった筈の新兵衛の罪が、目につかないものになっていった。

「しかし、だ。新兵衛が、奉行所相手に事を構えたのは、確かなのでな」

表向き罪を問えずとも、お咎《とが》めなしでは済まなかった。風花屋を脅してきた文が、残っている。

「結局、主家への行い不届きという事で、新兵衛は江戸所払いと決まった。新兵衛は、遠方に居る娘の所へ向かうという話だ」

仕事と信頼を失ったが、とにかく首が繋がったのだ。新兵衛は運が良かったと、小十郎は言葉を結ぶ。そして。

その後、しばし黙った後、小十郎は部屋に呼んだ者達を順に見ていった。相馬家の部屋に並んでいたのは、麻之助と吉五郎、清十郎の他に、春四郎、それに一葉であった。

(な、何なんだろう。この不可思議な間は)

居心地が悪くなって、麻之助が身を動かし誤魔化していると、ようよう小十郎が、決めた事があると話を始める。

「今日は皆に、言っておく事があるゆえ、揃ってもらったのだ」

それは相馬家の跡取りと、一葉の縁組みの事であった。

「えっ……」

一葉が目を見開き、何事かと不安げな様子になる。吉五郎は横で、己の膝へ目を落とした。小十郎はそれに構わず、先を語ってゆく。

「皆も知っての通り、私の子は一葉しかいない。それで遠縁から吉五郎に、養子に来てこういう例は多くあり、八丁堀の皆は、一葉が吉五郎と縁組みすると思っている。

「しかし、だ。最近一葉は、知り合って間もない春四郎の事ばかりを、見ておったようだ。一葉はまだ子供のようなものだ。己を止められなんだのだろう」

　ただ、こうなると当然のように、ある噂が出る事になる。

「相馬家を継ぐのは、誰なのかということだ」

　相手が春四郎ではなくても、同じだ。もし一葉が、吉五郎との縁組みを望まなかった場合、誰が相馬家を継ぐのか。小十郎はどうするのか、腹を決めておかねばならない。

「それで、だ」

　吉五郎、一葉、春四郎へ、順番に目をむけてから、小十郎は先を語った。

「当家の次期当主には、吉五郎を据えることにする。吉五郎は養子だが、血縁だ。一葉を嫁にせず、吉五郎が相馬家を継いでも、周りは納得するだろう」

　吉五郎は既に、同心見習いとして勤めている。そのお役を立派にこなしており、奉行所にも馴染んでいるのだ。

「他の者へ相馬家を、渡す事もあるまい」

　吉五郎が声も無く、目を見張っている。ではその場合、一葉はどうするかと、小十郎は続けた。

「一葉は添いたい相手へ、嫁に出す事とする」

「おやっ」

麻之助が、思わず声を出してしまった。これは英断であった。

「よって、一葉が何としても町人の春四郎へ嫁ぎたければ、やり方を考えてもよい」

その場合、お浜にでも養女に貰ってもらい、町人として嫁ぐ事になるだろう。

「もっとも相馬家は同心で、実入りは良いとされているが、財があるとは言えない。着るものや、一通りの嫁入り道具は揃えても、大枚を持参金として付ける事は無理だ」

勿論、養子先のお浜が、一葉の持参金を用意する事はない。そして小十郎は先々、娘の縁組み相手を、同心とし贔屓《ひいき》する気はない。一葉と添う者は、そういう利が全く無いことを承知で、縁組みしなければならないのだ。

「まだ若い一葉がそれで良くとも、周りや相手が、諾と言わない事も有り得る筈だ。一葉、覚悟しておきなさい」

すると小十郎が語っている間に、一葉は早くも春四郎へ目を向けていた。その目がきらめいて、見事な程に、吉五郎を見ていない。

一葉は生きていく為の、金の何たるかなど、まだ分かってはいない歳だ。明日への不安を抱えた事はなかろう。十二では、絡んでほぐれない人の縁を、身にしみた事とてないだろう。

（今はただただ、夢の中。恋うるのみか）

その若さを、吉五郎も小十郎も、しっかり目にする事になった訳だ。

（これじゃあ……吉五郎は、ため息をつく事すら出来ないか）

麻之助はそっと、友へ顔を向けた。吉五郎は、悪友三人の内では、一番堅い一生を送りそうな男であった。早くから決められた相手と添い、波乱も無い真っ当な毎日を送る男だと、勝手に思っていたのだ。

（なのに）

そして……それでも一葉の気持ちだけは、思いがけなく満たされるかといえば、そうでもないように思えた。珍しくも、娘である一葉の思いを、親が認めていると言うのに、春四郎は存外嬉しがっていなかった。

（春四郎さん、少し顔が引きつっている）

春四郎には今、継ぐ店はないのだ。武家ならば部屋住みと呼ばれ、嫁も持てない立場であった。だからこそ、内福な同心になりたいと望んでいたように思える。

（春四郎さんの親が、持参金もない娘を、四男の嫁にする筈もないか）

相手が、商家の事を心得ない一葉だと、益々厳しい。そもそも春四郎は、一葉が町人になることなど、望んではいなかっただろう。

（四男である春四郎さんの先々は、多分、嫁御の立場次第だろうから）

大いに助けてくれる相手でないと、春四郎はそもそも、伴侶を得ること自体無理かもしれなかった。勝手をすれば親が困る。周りが困る。当人も困る。それを春四郎も十分、分かっているに違いない。

惚れ薬のように、磁石のごとくおなごを引きつけても、それでも春四郎には未だ、許婚すらいないのだ。それが四男の、今の立場であった。

だから……。

色男は、一葉の方を見なかった。笑みも浮かべていなかった。一葉はそれでも春四郎を見つめていたが、段々と笑みが消えてゆく。

やがて……一葉の頬に、ぽろりと涙がこぼれ落ちた時、小十郎が渋い顔で腕を組んだ。

解説　「まんまこと」を自由に漫画で描けた幸福

紗久楽《さくら》さわ

江戸時代に恋焦がれ、江戸を舞台にした漫画を描いています。

二〇〇四年の大河ドラマ『新選組！』を見て、まず幕末にはまりました。幕末の本を読みあさっているうちに、杉浦日向子先生の「合葬《がっそう》」という漫画に出会い、私は網羅系なので、杉浦先生が描いているものを全て読みました。子供のころから絵を描くことが生活の中にあったので、真似をして江戸漫画を描き始めることは、私にとってとても自然な流れでした。

二〇〇八年から、江戸の浮世絵師の世界を舞台にした漫画「猫舌ごころも恋のうち」を、自分のホームページに載せ始めました。大学が美術系で、浮世絵の本がたくさんあったので、図書館でよく見ていましたね。その「猫舌ごころ」が評判良く書籍化と決まった際に、畠中恵先生が推薦文を単行本の帯に書いてくださいました。畠中先生の作品は「しゃばけ」シリーズを拝読していました。

そのウェブサイトや、同人誌を見た秋田書店の方が、「まんまこと」を漫画化しませんか、というお話をくださいました。大好きな畠中先生の作品なので、すぐにハイとはお答えできなくて、悩みに悩んで始めるまで二年くらいかかりました。原作のイメージを壊してはいけないし、自分が考える江戸の雰囲気がまだ固まりきっていなかったのです。

漫画版「まんまこと」を「プリンセスＧＯＬＤ」で連載し始めたのは二〇一一年から。『かぶき伊左』シリーズと同時並行で連載しました。

キャラクターでは、まず町名主の跡取り息子・麻之助。普段のお気楽でのほほんとした顔と、本来のしっかりしている時の顔を、絵の中で共存させないといけない、二面性がしっかりとある面差しにしないとと、ずっと考えていました。だんだんのんびりした糸目の比率が漫画では上がっていくんですが……。漫画版最終巻の三巻で啖呵《たんか》を切るシーンは、違和感なしに麻之助の性根のカッコいい部分が現れるようにしたい、と表情にとても気を使いました。「しゃばけ」の若だんなが若草色の着物を着ている、というイメージが柴田ゆうさんの挿絵でとても印象的でしたので、あえて差を出すために麻之助にはそれ以外の、紺や茶、鼠《ねずみ》色をカラーでは着せました。第二巻の「万年、青いやつ　前編」で犬柄の浴衣を着せてみたら、すごく似合っていて、これは新しい発見でした(笑)。

幼馴染の同心見習い、吉五郎さんは、石頭で堅物《かたぶつ》だけれども意外と女性との絡みが多いので、朴訥《ぼくとつ》そうだけど印象は悪くない、はっきりした顔にしました。「ひとめぼれ」での最後の彼の顔、いつか描いてみたいなと思いました。

悪友で、やはり町名主の跡取り、清十郎さんは、浮世絵を参考にして涼しげな顔立ちに。この八木家は、清十郎の義母であるお由有さんもきっと美形だろうし、お父さんも美形だろうし。で、描くのが意外と大変でした。私が作画するカロリーをたくさん使うんです、美形の方々には（笑）。

麻之助の許嫁、お寿ずは、原作で「明るい紅の朝顔のようで、夏の朝を思わせる人」と書かれていたのがとても印象的だったので、凛として、きりっとした顔にしました。その瞳で真っ直ぐ見つめられると「本当のこと」をすべて射抜かれる様な、そんなお嬢さん。私はそんなお寿ずのことをよく覚えていて、先のシリーズを拝読しても、麻之助が彼女を思い出すたびに、自分が漫画で描いた彼女の瞳が眼前に浮かびます。

絵に描くまで、原作を何度も何度も読み返しました。畠中先生が文字で書かれたまんまことの世界を、余すところなく絵に表したくて。本はボロボロになってカバーもなくなりました。「万年、青いやつ」に出てくる万年青《おもと》（ユリ科の常緑多年草）。「艶があり、なかなかいい一品」とか「葉脈に沿って葉の表面が盛り上がっている」とさらっと書かれているのを、どう漫画にするか。万年青の写真や資料をいくつも見て、研究しました。

そうそう、髷《まげ》もたくさん種類があるんですが、麻之助の頃は、月代《さかやき》が広くて、髷が細いのが流行りだったんです。当時に生きておしゃれを気にする部分が麻之助や清十郎さんにもあったでしょうから、江戸の流行を自然に取り入れたいと思いました。

玄関で裁定をする……玄関ってどのくらいの広さなんだろう？　これは実際に江戸川区に現存する「一之江名主屋敷」を取材して、参考にしました。

江戸時代は識字率もあがり、出版も盛んだったので、資料がたくさん残されているのは助かります。単行本にまとめるとき、二巻と三巻にはちょっとしたコラムを入れました。「江戸の結婚」「江戸の色事情」「江戸ペット事情」……他には「名主屋敷間取り図」。知っていると、もっと読者の方が読むのが楽しくなるかなあ、と思ったので。「まんまこと」は江戸後期のはじめ、「寛政」期で、「粋」な風俗ど真ん中。この時代をたくさん描けたのは、本当に楽しくて、まさに「私、生きてる！」と感じました（笑）。

小説には出てこない、漫画版オリジナルの部分もあります。麻之助の癖である〝狐《きつね》の窓〟のポーズ。江戸時代のまじない手遊びの一種で手の親指と人差し指で丸を作って、目に当てる——この窓を通して物を見ると、本当のことがわかる。「まんまこと」（＝本当のこと）という第一話のタイトルが、すごく素敵だな、と思ったんです。裁定のシーンや、見せ場となるところでするポーズですが、これをなんと、ドラマ（NHK木曜時代劇「まんまこと〜麻之助裁定帳〜」二〇一五年に放映）が取り入れて、麻之助役の福士誠治さんが、番組の中で実際にやってくださったんです。これは嬉しかったですね。

描いている間も、小説はどんどん先に進んでいたので、麻之助とお寿ずにどういう運命が待ち受けているのか、ということは分かっていました。だから漫画をどう締めるか、については、とても悩みました。最終巻の「あとがき」にも書きましたが、人間の運命はいつどうなるか分からない。悲しみがずっと残ることもあれば、癒されることもある。未来のことを暗示させることも必要ですが、作中の「今」を生きている人たちがそれに引きずられてはいけないと思いました。感情の機微が細かく書かれていることが魅力の小説でしたので。なので私は、この先二人に何があるかを、二人自身はわかっていないけれど、ただ確実にその瞬間だけは二人の幸福と結びついていたであろう『結納』の場面を、華やかに盛り上げて描いてあげたいと思いました。そしてすっぱり終わらせました。

今回久しぶりに「まんまこと」シリーズを読みましたが、畠中先生が、毎回どうやって事件を考えていらっしゃるのかなあと思います。続きを小説で読むと、麻之助が、結構ずーっと傷の癒し方に悩んでいる。漫画で三年くらい彼と向き合ってきましたが、ああ、すぐに立ち直れる人ではないんだなあ、と納得感がすごくあります。作家側として早く救ってあげたくなるところを、小説では畠中先生がゆっくりゆっくり、書いていることで、麻之助が本当に繊細な人なんだと、心に残ります。

そこでふと、今回の「ひとめぼれ」のお話の中では、己《おのれ》で決断していき行動していくたくさんの女性たちの姿が、麻之助や清十郎、吉五郎の人生に交わりあったり通り過ぎて行ったな、と思いました。江戸の縁談・婚姻は己たちの意思よりも先に決められます。それにどれだけ当人たちが見切りや、折り合いやけじめを心につけていくかが、「まんまこと」シリーズでは長く描かれている様に思いますが、身を切られて傷ついた想いをすっぱとできずに、引きずっていくことになるのはその制度を決めて実行しているはずの男性たちのほうなのかもしれない。そしてそうやってずっと「悩める」ことこそが江戸の男性の、麻之助の特権なのかもな、ともはじめて思いました。女性たちはお由有さんをはじめ、どんどん先に進んで行かざるを得ません。漫画版「まんまこと」の最終ページ、麻之助がお寿ずさんに手を引かれて結納に連れて行かれるシーンを描きました。そんな調子で、もしかしたらまた誰かに引っ張ってもらえたら麻之助は心からお気楽になれるのかな。そんな彼の手を引いて勝手に走っていくような女性のイメージが、「心の底」に登場するお雪さんに見えたので、私はまた一つ、大きく納得をしていました。

「かぶき伊左」で幕末、「まんまこと」で寛政期を描いたので、いま連載中のBL漫画「百《もも》と卍《まんじ》」は、文化文政期を描いています。天保の改革の少し前で、陰間《かげま》（男娼）茶屋の流行が終わりかけている頃が舞台です。陰間あがりの青年・百樹《ももき》と、元火消しの卍の恋――江戸時代を舞台にしたBL漫画はほとんどなかったので、絶対に描きたかったものです。この作品は二〇一九年の文化庁メディア芸術祭マンガ部門で、BL作品としては初めて、優秀賞を受賞しました。最初は、これほど話題になるとは全く思ってなかったので、いま多くの読者がついてくれていることは、すごく嬉しいですね。百と卍のキャラクターの人気は偏ることなく仲良く半々で、男性の読者も多いです。

「かぶき伊左」と「まんまこと」は、表現で言うと光、江戸に感じる憧れや輝きの華やかなイメージを描こうとしました。「百と卍」では、逆に影を大事にして、陰りの中にある営みの愛しさのことを描こうとしています。真反対ですね。

「まんまこと」シリーズはとにかく自由にやらせていただいたのが、すごく嬉しかったです。いまの漫画家としての自分を育ててくれた作品、これからも一読者として、麻之助の成長を楽しみにしています。

（漫画家）

結納の日の麻之助とお寿ず。
(『まんまこと 参』「静心なく 後編」より)［漫画・紗久楽さわ］
※漫画『まんまこと』全３巻は、現在電子書籍で読むことができます。

文春文庫

ひとめぼれ

定価はカバーに
表示してあります

2020年6月10日　第1刷

著　者　畠《はたけ》中《なか》恵《めぐみ》
発行者　花田朋子
発行所　株式会社　文藝春秋

東京都千代田区紀尾井町 3-23　〒102-8008
TEL　03・3265・1211㈹
文藝春秋ホームページ　http://www.bunshun.co.jp

落丁、乱丁本は、お手数ですが小社製作部宛お送り下さい。送料小社負担でお取替致します。

印刷・凸版印刷　製本・加藤製本
Printed in Japan
ISBN978-4-16-791504-9